KB015811

太宰治

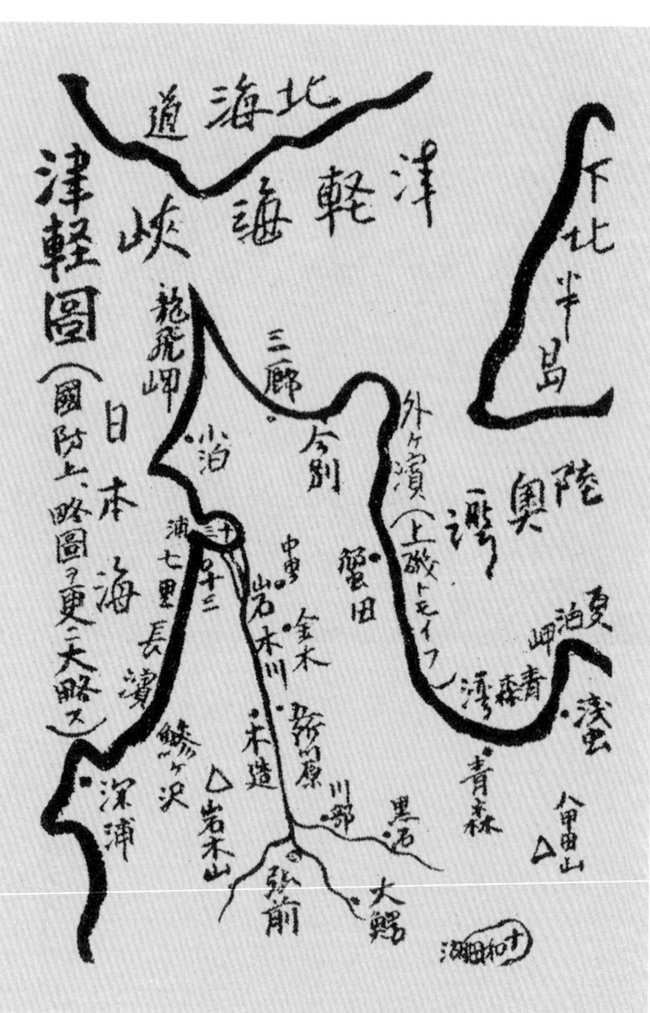

다자이 오사무가 직접 그린 쓰가루 지도

쓰가루

다자이 오사무

김동근 옮김

| 차례 |

‖ 편집 후기 ‖

유머와 따스함이 묻어나는

약간의 기행문과 대부분의 사랑 이야기。

다자이 오사무의 1944년작 『쓰가루』는 일본의 문학 출판사 오야마쇼텐의 「신풍토기총서」 시리즈 일곱 번째 책입니다。 유명 작가들이 자기가 나고 자란 고향을 직접 소개한다는 콘셉트로 기획된 「신풍토기총서」는 다자이 오사무를 포함한 사토 하루오、 나카무라 치헤이、 이토 에이노스케 등 당대를 대표하는 문인들을 저자로 하여 모두 여덟 번째 책까지 간행되었는데、 다른 책들이 전형적인 기행문인 것과는 달리 이 책은 다자이가 쓰가루 지방을 여행하는 도중에 일어난 에피소드를 중심으로 전개되는 자전적 소설 형식을 취하고 있습니다. 물론 지리, 역사, 풍물 같은 기행문학적 요소가 아예 없는 것은 아니지만, 그나마도 대부분 다른 책을 인용하는 형태로 설명하고 있습니다. 그런 걸 보면 다자이 자신도 그런 부분에 대해서는 크게 신경을 쓰지 않았던 게 아닐까 합니다. 이건 여담이지만 「신풍토기총서」 중에서 문학 작품으로 가치를 인정받아 현재까지 널리 읽히고 있는 것은 이 책 『쓰가루』뿐입니다. 그리고 다자이의 흔적을 찾아 쓰가루로 몰려드는 수많은 여행자들의 손에는, 아직도 어김없이 이 책이 쥐어져 있습니다.

솔직하게 고백하자면, 나는 편집을 하면서, 다자이가 의도한 바와는 달리, 이 책에 사진과 지도와 부가적인 설명을 최대한 많이 넣어, 요즘 나오는 세련된 여행서처럼 만들어보겠다고 몰래 다짐을 했었습니다. 굳이 말하자면 여행 중에 만난 중학교 시절 친구인 N군의 집이 어디인지, 빗방울 후두두두 떨어지던 밤 술을 마시며 묵었던 바닷가 여관은 어디에 있는지, 그런 걸 지도에 표시하고, 또 지금은 어떤 모습인지도 사진으로 보여줘야겠다, 그런 생각을 했던 것입니다. 그런데 편집을 하면 할수록, 그럴 필요가 없을 것 같다, 아니 그러면 안 될 것 같다, 하는 생각이 들었습니다.

어차피 『쓰가루』는 실제 사건과 가공의 이야기들이 뒤섞인 여행 소설입니다. 고독에 몸부림치는 어느 작가가 사랑하는 사람들을 찾아 꿈에 그리던 고향으로 여행을 떠나는 이 낭만적인 소설을 앞에 두고, 거기에 사실감? 현실감? 그런 걸 욱여넣기 위해 이야기의 무대가 되는 장소들의 초라한 현재 모습을 적나라하게 까발리고 더 나아가 사람들 사이에 오고간 따뜻한 대화마저 허와 실을 낱낱이 구분하여 폭로하는 짓, 예를 들면, 중학교 동기생 N군의 집이 이미 오래 전에 철거되어 없어졌다거나, 그리운 다케를 만나러 머나먼 고도마리까지 찾아간 다자이가 실은 별다른 대화를 나누지 않고 다음 날 함께 동네 구경만 하고는 그냥 돌아왔다거나, 그런 이야기를 마치나 혼자만 알고 있는 대단한 화젯거리인 것처럼 자랑스레 떠벌이는, 그런 짓은 별로 낭만적이지 않다는 생각이 들었습니다. 그래서 나는 다시 처음으로 돌아가기로 했습니다. 다자이가 직접 그린 삽화 네 점 외에 다른 도판은 되도록 본문에 싣지 않았으며, 분위기를 돋워줄 사진 자료를 책 말미에 조금 수록했습니다. 대신 번역과 편집에 더 공을 들였고, 뭐, 지도나 사진 없이도 이 정도면 다자이 오사무의 낭만적인 쓰가루 여행 느낌을 잘 살린 것 같습니다.

편집은 끝났습니다。그동안 나는 K군이 되어、성실한 T군과、유쾌한 N군과、또 우리 술고래 작가 다자이 오사무와 함께、어디에 있는지도 모르는 여관에서 술을 마시고、낯설어 이름도 기억나지 않는 길을 걸었던 것 같기도 합니다。다케를 만난 것도 같습니다。그런데 내 머릿속에는 쓰가루에 대한 지식이 거의 남아 있지 않습니다。다만 T군、N군、S씨、M씨、아야、다케는 기억이 납니다。모두 안녕。

그리고 이제 막 책을 펼친 당신을 위해。때는 전쟁이 한창이던 1944년 5월 12일입니다。다자이는 거지꼴을 하고、그러니까、색 바랜 군복 비슷한 옷에 각반까지 두른 채 여분의 옷가지와 도시락、물통이 든 배낭을 짊어지고、그야말로 전쟁터에 나가는 차림새로 미타카 집을 나섰습니다。그리고 17시 30분 우에노발 아오모리행 급행열차에 몸을 실었습니다。아오모리까지는 열네 시간이 걸립니다。밤에는 아직 날이 춥습니다。내일 아침 여덟 시에 아오모리 역으로 옛 친구 T군이 마중을 나온다고 합니다。이 정도만 말해두면 될 것 같습니다。그러면 당신도 K군이나 L군, P군, 혹은 C군이 되어 헤매지 않고 쓰가루를 여행할 수 있을 것 같습니다。이 책을 다 읽거들랑 다시 한 번 후기를 읽어주세요。그러면 내 마음 알 테니까。

옛 친구가 생각나는 밤입니다。혼자서 조용히 맥주라도 마셔야겠습니다。마지막으로、다자이여、안녕。쓰가루여、안녕。당신을 혼자 이 페이지에 남겨두고、편집하는 내내 들었던 노래를 흥얼거리며、나는 돌아갑니다。안녕。

내려 쌓이는 눈、눈、눈、눈。

쓰가루에는 일곱 가지 눈이 내린다더군。

가루눈[(1)]、싸락눈[(2)]、솜눈[(3)]、물눈[(4)]、된눈[(5)]、설탕눈[(6)]。

봄을 기다리는、얼음눈[(7)]。

니누마 켄지가 부른
「쓰가루 여인의 사랑津軽恋女」에서
https://cafe.naver.com/sowadari/923

1 **가루눈** 눈이 바람에 가루처럼 흩날리며 이는 눈보라. 2 **싸락눈** 쌀알처럼 작은 입자 형태로 내리는 눈. 3 **솜눈** 목화송이처럼 내리는 눈, 함박눈. 4 **물눈** 수분을 머금고 내리는 눅눅한 눈. 5 **된눈** 쌓인 눈의 표면이 밤새 얼어 껍질처럼 단단해진 것. 6 **설탕눈** 눈이 녹고 얼기를 반복하다 굵은 설탕처럼 얼음 결정이 된 것. 7 **얼음눈** 설탕눈 위에 다시 눈이 내려 얼음처럼 딱딱하게 굳은 것.

벚꽃에 에워싸인 히로사키 성의 천수각

작가의 고향을 가다

— 津輕 —

쓰가루

다자이 오사무

소와다리

쓰가루의 눈

가루눈

싸락눈

솜눈

물눈

된눈

설탕눈

얼음눈

(도오연감[1]에서)

[1]아오모리의 지방 신문사 〈도오일보사〉에서 발행하는 정기간행물. 한 해 동안의 통계 등을 기록하여 매년 발행했다.

| 일러두기 |

작중 몇 차례 언급되는 일본해(日本海)는 동해(東海)입니다. 작자의 국적(일본인)과 책의 분위기 등을 고려하여 원문 그대로 일본해로 표기한 점 양해 부탁드립니다.

|| 서편 ||

나는 이번 여행에서 보고 온 크고 작은 마을의 지리, 지질, 천문, 재정, 연혁, 교육, 위생 같은 문제에 대해서, 전문가처럼 아는 체하며 의견을 내는 것은 피하려 한다. 내가 그런 말을 한다 한들, 어차피, 하룻밤 벼락치기 공부이며 부끄럽고 얄팍한 도금에 지나지 않는다. 그런 것들에 대해, 자세히 알고 싶은 사람은, 그 지방 전문 연구가에게 물어보시라. 나는 전공 분야가 따로 있으니. 세상 사람들은 잠정적으로 그 분야를 사랑이라 부른다. 마음과 마음의 맞닿음을 연구하는 학문이다. 나는 이번 여행에서, 주로 그 한 분야만을 추구했다.

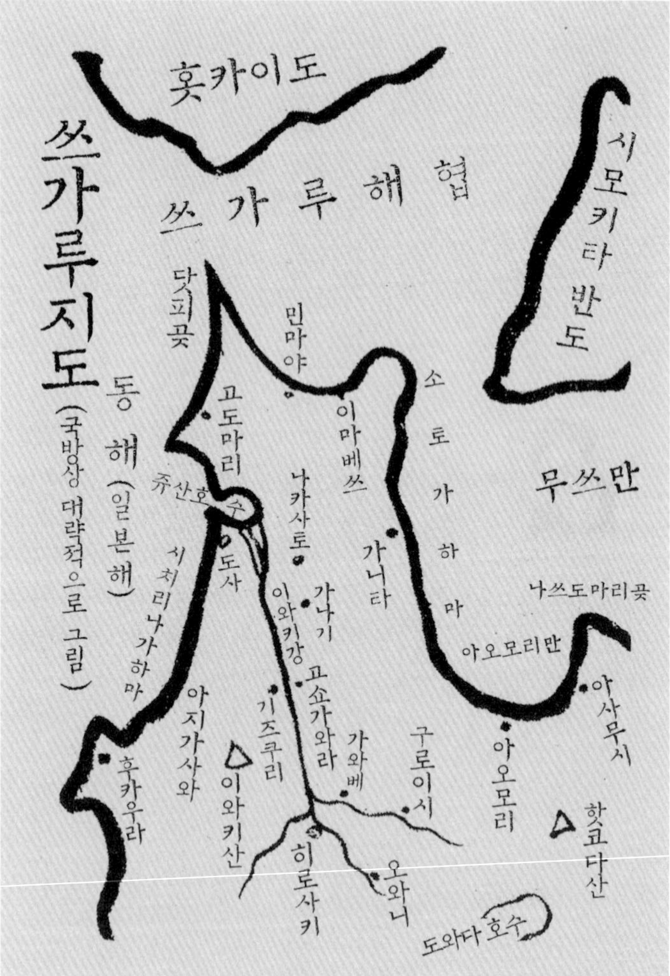

쓰가루지도
(국방상 대략적으로 그림)

홋카이도
쓰가루해협
시모키타 반도
닷피곶
민마야
동해 (일본해)
고도마리
이마베쓰
소토가하마
무쓰만
쥬산호수
나카사토
가니타
도사
시치리나가하마
이와키강
가나기
나쓰도마리곶
아오모리만
고쇼가와라
아사무시
아지가사와
기즈쿠리
가와베
구로이시
아오모리
후카우라
이와키산
핫코다산
히로사키
오와니
도와다호수

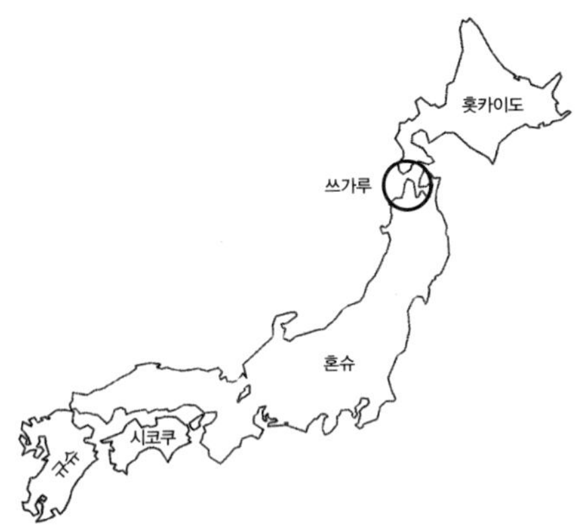

어느 해 봄, 나는, 태어나서 처음으로 혼슈 북쪽 끄트머리, 쓰가루 반도를 대략 3주에 걸쳐 돌아보았는데, 그것은, 내 30여 년 인생에서, 제법 중요한 사건 가운데 하나였다. 나는 쓰가루에서 태어나, 그 후로 20년을, 쓰가루에서 자랐지만, 가나기, 고쇼가와라, 아오모리, 히로사키, 아사무시, 오와니, 그 정도 마을에만 가보았을 뿐, 그 외 다른 마을에 대해서는 전혀 몰랐던 것이다.

가나기는, 내가 태어난 마을이다. 쓰가루 평야 거의 중앙에 위치하며, 인구 오륙천, 이렇다 할 특징도 없는데, 어딘지 모르게 도시 흉내를 내면서 약간 거드름을 피우는 마을이다. 좋게 말하면, 물처럼 담백하고, 나쁘게 말하면, 속이 빤히 보이는 허풍쟁이 마을이라고 할 수 있을 것 같다. 거기에서 30리(12km)쯤 남쪽으로 내려가면, 이와키 강을 끼고 고쇼가와라라는 곳이 있다. 이 지방 산물의 집산지이며, 인구도 1만 이상 된다고 한다. 아오모리와 히로사키를 제외하면, 인구가 1만이 넘는 곳은, 이 주변에는 달리 없다. 좋게 말하면, 활기찬 마을이고, 나쁘게 말하면, 복작복작한 마을이다. 시골 냄새는 나지 않고, 도시 특유의, 고독한 전율이 이렇게나 작은 마을에도 이미 희미하게 배어든 것 같다. 비유가 너무 거창해서 내가 말하고 내가 민망하긴 한데, 가령 도쿄를 예로 들자면, 가나기는 고이시카와, 고쇼가와라는 아사쿠사, 라고 할까?(1) 고쇼가와라에는 우리 이모가 산다. 어렸을 적, 나를 낳아준 어머니보다, 이모를 좋아해서, 정말 자주자주 이곳 고쇼가와라 이모 집에 놀러 왔었다. 나는, 중학교에 들어가기 전까지는, 고쇼가와라와 가나기, 두 곳을 빼면, 쓰가루 지방의 다른 마을에 대해서, 거의 아무것도 몰랐다고 할 수 있다. 시간이 흘러, 아오모리에 있는 중학교로 입학시험

1 고이시카와는 녹지가 많고 조용한 주거지인 반면 아사쿠사는 센소지라는 유명한 절이 있어 늘 떠들썩하다.

을 치러 갈 때、그게、고작해야 서너 시간짜리 외출이었지만、나한테는、아주 대단한 여행처럼 느껴져서、그때의 흥분을 나는 약간 각색하여 소설로 쓴 적도 있는데、소설 속 묘사가 꼭 사실 그대로인 것은 아니고、가련한 어릿광대가 지어낸 허구로 가득 차 있긴 해도、그래도、느낌은、대충 이랬던 것 같다。말하자면、

"알아주는 이 아무도 없는、이러한 쓸쓸한 멋 부리기는、해가 갈수록 기발해져서、마을 소학교를 졸업하고 마차 타고 기차 타고 현청소재지가 있는 백 리(40km) 밖 소도시로、중학교 입학시험을 치르기 위해 외출하던 날、소년의 옷차림은、참으로 이상야릇했습니다。하얀 플란넬 셔츠를、어지간히 마음에 드는 옷이었는지、역시、그날도 입었습니다。게다가 이번에는 셔츠에 나비 날개 같은 커다란 깃이 달려 있어、그 깃을、여름에 셔츠 깃을 양복 상의 밖으로 내어 입는 것과 똑같은 방식으로、기모노 밖으로 끄집어내、기모노 깃을 덮게끔 입었습니다。왠지、턱받이 같기도 합니다。하지만、소년은 가엾게도 긴장하여、그런 차림새가、꼭 귀공자처럼 보일 거라 생각했습니다。구루메가스리[(2)] 기모노에、희끗희끗한 줄무늬가 있는、똥짤막한 하카마[1]를 입고、그리고 긴 양말、반짝반짝 광이 나는 까만 목달이구두。거기에 망토。아버지는 이미 돌아가시고、어머니는 병약하시어、소년의 뒷바라지는 모두、상냥한 형수가 정성껏 해주었습니다。소년은、형수에게 눈치껏 응석을 부려、억지로 셔츠 깃을 크게 만들어달라고 졸랐는데、형수가 웃자 진심으로 화가 났고、자기 미학을 아무도 이해하지 못하는 것에 눈물이 나올 만큼 분한 마음이 들었습니다。'세련됨。우아함。' 이는 소년에게 미학의 전부이며、그것 말고는 아무것도 없었습니다。아니、삶의 전부、살아가는 목적의 전부이며、그것 말고는 아무것도 없었습니다。망토는、일부러 단추를 채우지 않은 채、가녀린 어깨에서 당장이라도 미끄러져 떨어질 듯、아슬아슬하게 걸치고、그리고 그것을 세련된 옷차림이라 믿었습니다。어디서、그런 걸 배웠을까요? 멋쟁이 본능이란、본보기가 없어도、스스로 발명해내는 것일지도 모르겠습니다。거의 난생 처음 도시다운 도시에 발을 들여놓다보니、소년은 일생일대의 공을 들여 옷을 차려입었습니다。얼마나 흥분했는지、그 혼슈

← ②규슈 구루메 지방에서 나는 옷감으로 질푸른 바탕에 규칙적 흰색 무늬가 특징이며 평상복을 만드는 데 많이 쓰인다.
①일본 전통복 하의로 기모노 위에 입는 통이 넓은 주름 바지. 기모노에 비해 활동하기 편하다.

북쪽 끄트머리 어느 소도시에 도착하자마자 소년은 말투까지 싹 변했을 정도였습니다. 전부터 소년잡지를 보고 익혀두었던 도쿄 말씨를 썼습니다. 그렇지만 여관에 묵으면서, 여관 여종업원들이 쓰는 말투를 들어보니, 이곳 역시 소년이 태어난 고향과 완전히 똑같은, 쓰가루 사투리를 썼습니다. 소년은 조금 맥이 빠지는 느낌이었습니다. 태어난 고향과, 그 소도시는, 백 리(40km)도 떨어져 있지 않았던 것입니다."

그 바닷가 소도시란, 아오모리를 말한다. 쓰가루에서 제일가는 항구로 만들기 위해, 소토가하마 번주가 경영에 착수한 것이 간에이 원년(1624년). 대략 320년 전쯤이다. 당시, 이미 가옥이 1천여 채에 달했다고 한다. 그리고 오우미, 에치젠, 에치고, 카가, 노토, 와카사 등 여러 지역[1]들과 선박 교통이 왕성해지면서 점차 번영하기 시작하여, 소토가하마에서 가장 번성한 주요 항구가 되었고, 메이지 4년(1871년) 폐번치현[2]으로 아오모리 현이 탄생함과 동시에, 현청소재지가 되어 지금은 혼슈의 북문을 지키고 있으며, 홋카이도 하코다테를 잇는 철도 연락선[3] 이야기를 하면 모르는 사람이 없

1모두 옛 일본의 행정 구획으로 혼슈 중북부 동해에 인접한 지역. 여기서는 호쿠리쿠 지역을 말한다.
2중앙 집권을 목적으로 지방 통치를 담당하던 번을 폐지하고 중앙 정부가 직접 관할하는 현을 신설한 행정 개혁.

을 것이다。 현재 가구 수 2만 이상、 인구는 10만을 넘는다지만、 여행하는 사람한테는、 그다지 느낌 좋은 마을은 아닌 듯싶다。 수차례 일어났던 대화재 탓에 가옥들이 빈약해진 것은 어쩔 수 없다손 치더라도、 여행자는、 도시의 중심부가 어디인지、 전혀 짐작할 수가 없다。 이상하게도 낡고 찌들어서 거무튀튀해진 무표정한 집들이 어깨를 맞대고 늘어선 채、 무엇 하나 지나는 사람에게 호소할 마음이 없는 것 같다。 나그네는、 편치 못한 마음으로、 허둥지둥 이 마을을 빠져나간다。 그렇지만 나는、 이곳 아오모리에서 4년을 살았다。 그리고、 그 4년은、 내 인생에서、 매우 중대한 시기였다는 생각도 든다。 그 무렵 내 삶에 대해서는、「추억」이라는 내 초기 소설에 상당히 극명하게 드러나 있다。

"뛰어난 성적은 아니었지만、 나는 그해 봄、 중학교에 시험을 치르고 합격했다。 나는、 새로 산 하카마에 검은 양말、 목달이구두를 신었는데、 여태 하고 다니던 모직 망토 대신 사라사[1] 망토를 단추를 채우지 않은 채 섶을 풀어헤쳐 멋스럽게 걸치고、 바다가 있는 그 소도시로 떠났다。 그리고 거기서

← ③배에 기차를 통째로 싣고 바다를 건너 아오모리와 하코다테를 오가며 철도 교통을 잇던 세이칸 철도 연락선을 말함.
①오색으로 짐승, 꽃, 기하학 무늬 등을 염색한 직물.

포목점을 하는 우리와는 먼 친척뻘 되는 사람 집에 짐을 풀었다. 입구에 낡아서 너덜너덜해진 포렴을 걸어놓은 그 집에, 나는 쭉 신세를 지게 되었다.

나는 무슨 일이든 우쭐해지기 쉬운 성격인데, 입학했을 당시에는 목욕탕에 갈 때도 학교 모자를 쓰고, 하카마를 입었다. 그런 내 모습이 길거리 유리창에라도 비칠라치면, 나는 웃으며 거기에 까딱 인사를 하곤 했다.

하지만, 학교는 하나도 재미가 없었다. 학교 건물은, 마을 어귀에 있는데, 하얀 페인트를 칠했고, 바로 뒤편은 해협에 면한 널찍한 공원이라, 파도 소리와 소나무의 수런거림이 수업 중에도 들려왔으며, 복도도 넓고 교실 천장도 높아서, 모든 게 좋았지만, 선생님들은 나를 심하게 박해했다.

나는 입학식 날부터, 어떤 체육 선생님한테 맞았다. 날 보고 건방지다고 했다. 그 선생님은 입학시험 때 내 면접을 담당했는데, 아버님이 돌아가셔서 제대로 공부도 못 했겠구나, 하며 나에게 다정한 말을 건네주기에, 나도 다소곳이 고개를 숙였건만, 그래서 나는 마음이 더 아팠다. 그 후에도 나는 여러 선생님들한테 맞았다. 히쭉거렸다거나, 하품을 했다거나, 갖가지 이유로 벌을 받았다. 내가 수업 중에 하품을 크게 하기로 교무실에 소문이 자자하다, 라는 말을 들었다. 나는 그런 어처구니없는 말이 오가는 교무실이, 이상했다.

나와 같은 마을에서 온 학생 하나가, 어느 날, 나를 학교 앞 모래언덕 뒤로 부르더니, 너 태도가 정말 건방져 보인다, 그렇게 두들겨 맞기만 하다가는 낙제할 게 뻔하다, 하고 충고를 했다. 나는 어안이 벙벙했다. 그날 방과 후, 나는 바닷가를 따라 홀로 집으로 가는 발길을 재촉했다. 파도가 구두를 핥고, 나는 한숨을 쉬며 걸었다. 교복 소매로 이마에 난 땀방울을 훔치고 있으려니, 깜짝 놀랄 만큼 커다란 쥐색 돛이 바로 눈앞을 휘청거리며 지나갔다."

그 중학교는, 지금도 옛날과 다름없이 아오모리 동쪽 구석에 있다. 널찍한 공원이란, 갓포 공원을 말한다. 그리고 이 공원은, 거의 중학교 뒷마당이라 해도 될 만큼, 중학교와 바짝 붙어 있었다. 나는 겨울 눈보라가 휘몰아치는 날 말고는, 학교에 다닐 때, 이 공원을 지나, 바닷가를 따라 걸었다. 말하자면 뒷길이다. 거의 학생들은 다니지 않는다. 나는, 이 뒷길이, 기분 좋았다. 초여름 아침은, 특히 좋았다. 그리고,

내가 신세를 졌던 포목점이란, 데라마치에 있는 도요타 아저씨 집이다. 20대 가까이 이어온 아오모리 굴지의 노포. 그 집 아저씨가 작년에 돌아가셨는데, 아저씨는 나를 친자식 이상으로 아껴주었다. 잊을 수가 없다. 요 이삼년 동안, 나는 아오모리에 두세 번 갔는데, 그때마다, 아저씨 무덤에 성묘를 하고, 그리고 으레 아저씨 집에서 잤다.

"내가 3학년 되던 해, 봄 어느 아침, 등굣길에 주홍빛 칠을 한 다리 둥근 난간에 기대어, 나는 잠시 넋이 나가 있었다. 다리 아래로 스미다 강(1)을 닮은 너른 강이 느릿느릿 흐르고 있었다. 완전히 넋을 놓았던 경험은, 지금껏 나에겐 없었던 일이다. 뒤에서 누가 지켜보는 것 같은 기분이 들어, 나는 항상 어떤 태도를 꾸며냈다. 사소한 내 몸짓 하나하나에도, 그는 어찌할 바를 몰라 손바닥만 바라보았다, 그는 뒤통수를 긁적이며 중얼거렸다, 등등, 그때그때 상황 설명을 덧붙였기 때문에, 나에게, 문득, 이라든가, 나도 모르게, 라든가 그런 행동은 있을 수 없었다. 다리 위에서 정신을 차리고 나니, 내 가슴은 쓸쓸함에 울렁댔다. 그런 기분이 들 때면,

---

(1) 도쿄 북부 사이타마 현에서 흘러드는 아라카와 강에서 갈라져 나온 강. 아사쿠사를 지나 도쿄 만으로 빠져나간다.

난 다시금, 내 과거와 미래를 생각한다. 달가닥달가닥 다리를 건너면서, 이런저런 생각을 하다가, 다시 몽상에 빠졌다. 그리고, 끝내 한숨을 내쉬고는 이런 걱정을 했다. 훌륭한 사람이 될 수 있을까?

(중략)

어쨌든 너는 다른 누구보다 뛰어나야 한다, 라는 협박 같은 생각 때문이었지만, 사실 나는 공부를 잘했다. 3학년이 되고부터는, 항상 반에서 수석이었다. 공부벌레라는 소리를 듣지 않고 수석을 차지하기란 쉽지 않았지만, 나는 그런 조롱을 받지 않았을 뿐 아니라, 반 친구들을 길들이는 기술까지 터득하고 있었다. 별명이 문어인 유도부 주장조차 내게는 고분고분했다. 교실 구석에 쓰레기통으로 쓰는 커다란 항아리가 있었는데, 내가 때때로 그것을 손가락으로 가리키며, 문어, 항아리에 들어갈래? 하고 말하면, 문어는, 그 항아리에 머리를 집어넣고 웃는다. 웃음소리가 항아리에 울려 색다른 소리를 냈다. 같은 반 미소년들도 대부분 나를 따랐다. 내가 얼굴에 난 여드름에, 삼각형이나 육각형, 꽃모양으로 자른 반창고를 덕지덕지 붙여도 누구 하나 우습다고 여기지 않았을 정도였다.

이 여드름이 내 속을 썩였다. 그 무렵에는 점점 수도 늘어나서, 매일 아침, 눈을 뜰 때마다 손바닥으로 얼굴을 어루만지며 상태를 파악했다. 갖가지 약을 사다 발랐지만, 효과가 없다. 나는 약을 사러 약방에 갈 때, 쪽지에 약 이름을 써서, 이런 약 있나요? 하고, 다른 사람 심부름이라는 식으로 말해야만 했다. 나는 여드름이 욕정의 상징인 것만 같아 눈앞이 캄캄해질 만큼 부끄러웠다. 차라리 죽어버렸으면 좋겠다는 생각도 들었다. 내 얼굴에 대한 집안사람들의 좋지 않은 평가도 절정에 달했다. 다른 집으로 시집간 제일 큰누나는, 슈지[1]한테는 시집올 사람이 없을 거야, 라는 말까지 했다고 한다. 나는 부지런히 약을 발랐다.

동생도 내 여드름이 걱정되어, 수도 없이 내 대신 약을 사러 가주었다. 나와 동생은 어렸을 때부터 사이가 나빠, 동생이 중학교 입학시험을 치를 때도, 나는 동생이 떨어지기를 바랐을 정도였지만, 이렇게 둘이서 고향을 떠나고 보니, 나는 동생 성격이 좋다는 것을 차차 알게 되었다. 동생은 자라

1 다자이 오사무는 필명이며 호적상 이름은 쓰시마 슈지.

면서 말수가 적은 내성적인 아이가 되어갔다。우리 동인지에 도 가끔 짤막한 글을 냈는데、문장이 전부 여리여리했다。나보다는 학교 성적이 좋지 않은 것을 끊임없이 괴로워했고、내가 위로라도 건네면 도리어 시무룩해졌다。또、자기 이마가 후지산 모양이라 여자 같다고 억울해했다。이마가 좁으니까 머리가 그렇게 나쁜 거라고、굳게 믿었다。나는 내 동생한테만큼은 모든 걸 허용했다。그 무렵 나는、사람과 마주할 때、전부 감추든가、전부 드러내든가、둘 중 하나였다。우리는 뭐든지 터놓고 이야기했다。

초가을 어느 달 없는 밤、우리는 항구 선창가에서、해협을 건너오는 시원한 바람에 옷을 펄럭이며 붉은 실에 대해 이야기했다。그건 언젠가 학교 국어 선생님이 수업 중에 학생들에게 해준 이야기인데、우리 오른쪽 새끼발가락에 눈에 보이지 않는 붉은 실이 매어져 있어서、그 실을 스르르 길게 풀어 가다보면 한쪽 끝은 반드시 어느 여자아이의 새끼발가락에 묶여 있다고 한다。두 사람이 아무리 멀리 떨어져 있어도 그 실은 끊어지지 않고、아무리 가까이 있어도、설령 길거리에서 우연히 마주친대도、그 실은 엉키는 법이 없으며、그리고 우리는 그 여자아이를 아내로 맞이하게 되어 있다。나는 이 이야기를 처음 들었을 때는、꽤나 마음이 들떠서、집에 돌아오자마자 동생한테 말해줬을 정도였다。우리는 그날 밤도、파도 소리、갈매기 우는 소리에 귀를 기울이면서、그 이야기를 했다。네 와이프는 지금쯤 뭐하고 있을까? 하고 동생에게 물었더니、동생은 선창가 난간을 두어 번 양손으로 잡고 흔들더니、정원을 거닐고 있어、하고 쑥스럽다는 듯 대답했다。큼직한 정원용 게다를 신고、부채를 들고、달맞이꽃을 바라보는 소녀라……、정말로 동생과 잘 어울릴 것 같았다。내가 이야기할 차례였지만、나는 깜깜한 바다에만 눈길을 준 채、붉은 오비[1]를 두른、까지만 말하고 입을 다물었다。해협을 건너오는 연락선이、거대한 여관처럼、수많은 선실마다 노란 등불을 밝히고、흔들흔들 수평선에서 떠올랐다。"

동생은、그로부터 이삼년 있다가 죽었는데、그 시절、우리는、선창가를 좋아했다。겨울、눈이 내리는 밤에도、우산을 받치고 동생하고 둘이서 선창가에 왔다。항구 깊은 바다에、소록소록 내리는 눈이 좋았다。하지만 요즘은 아오모

---

[1] 기모노를 입을 때 두르는 장식 허리띠.

리 항으로 배들이 몰려드는 바람에, 여기 선창가에는 배들이 빼곡해서 경치라고 할 것도 없다。그리고, 스미다 강을 닮은 너른 강이란, 아오모리 동쪽을 흐르는 쓰쓰미 강을 말한다。곧장 아오모리 만으로 흘러든다。강물은, 바다로 흘러들기 직전 어느 지점에 이르면, 이상하게도 머뭇거리며 역류하나 싶을 만큼 흐름이 둔해지기 마련이다。나는 그 둔탁한 흐름을 바라보며 넋을 놓았다。건방진 비유를 하자면, 내 청춘도 강에서 바다로 흘러들기 직전이었으리라。아오모리에서 보낸 4년은, 그런 이유로, 내게 있어 잊을 수 없는 시기였다고 할 수 있을 것이다。아오모리에 관한 추억은, 대충 그 정도인데, 아오모리에서 30리(12km)쯤 동쪽에 있는 아사무시라는 바닷가 온천도, 내겐 잊을 수 없는 곳이다。마찬가지로 「추억」이라는 소설 속에 다음과 같은 구절이 있다。

"가을이 되어, 나는 그 도시에서 기차로 30분 정도 걸려 갈 수 있는 바닷가 온천 마을에, 동생을 데리고 갔다。그곳에는, 내 어머니 그리고 병치레를 했던 막내 누이가 집을 빌려 온천 요양을 하고 있었다。나는 줄곧 거기에 머물며, 시험공부를 계속했다。나는 수재라는 빼도 박도 못하는 명예를 지키기 위해、무슨 일이 있어도、중학교 4학년에서 고등학교로 보란 듯이 진학해야만 했다。나의 학교 혐오는 그 무렵이 되어、더욱 심해졌으나、무언가에 쫓기고 있던 나는、오로지 공부에만 열중했다。나는 아사무시에서 기차로 통학했다。일요일마다 친구들이 놀러온다。나는 친구들과 어김없이 피크닉을 갔다。바닷가 널따란 갯바위 위에서、전골을 끓이고、포도주를 마셨다。동생은 목소리도 좋고、새로 나온 노래도 많이 알고 있어서、우리는 그 노래를 동생에게 배워、입을 모아 불렀다。놀다 지쳐 그 바위 위에 잠이 들었다가、깨어나니 밀물이 들어와 분명 육지와 이어져 있던 그 갯바위는、어느새 외딴섬이 되었고、우리는 여전히 꿈을 꾸는 기분이었다。"

드디어 청춘이 바다로 흘러들었구만、하고 농담을 해주고 싶은 시절이라고나 할까? 아사무시의 바다는 맑고 차가운 게 나쁘지는 않지만、하지만、여관은、꼭 좋다고는 말 못 하겠다。도호쿠[1] 어촌의 정취야、당연히 스산할 테니、결코 타박할 만한 일은 아니겠으나、그럼에도、바다를 모르는 우물

1 혼슈 동북부 지역으로 아오모리 현, 이와테 현, 미야기 현, 아키타 현, 야마가타 현, 후쿠시마 현이 이에 해당한다.

안 개구리처럼 쓸데없이 거만하게 군다는 느낌을 받는 건 나 하나뿐일까? 내 고향 땅 온천이니, 눈 딱 감고 흉을 보자면, 시골 주제에, 어딘가, 닳고 닳은 듯, 묘한 불안감이 느껴짐을 어쩔 수 없다。나는 근래에, 이 온천 마을에 묵은 적은 없지만, 숙박료가, 어라? 하는 생각이 들 정도로 비싸지만 않다면 다행이겠다。말이 너무 심했는데, 나는 최근에 이 마을에 숙박한 적도 없고, 그저 기차 차창 밖으로 이 온천 마을의 집들을 바라보다가, 그러다가 떠오른 가난한 예술가의 하찮은 감으로 떠드는 말일 뿐, 딱히 아무런 근거도 없는 말이니, 나는 내 직감을 독자들에게 강요하지는 않으련다。차라리 독자들이여, 내 직감 따위 믿지를 마시게나。아사무시도, 틀림없이 지금은, 수더분한 요양지로 새로이 출발했으리라。단지, 아오모리에서 찾아온 혈기왕성한 난봉꾼들이, 어느 시기에, 이 스산한 온천 마을을 기괴스럽고 거만하게 부추겨놓아, 여관 여주인으로 하여금, 우리가 아타미[1]나 유가와라[1]의 여관하고 다를 게 무어냐? 하는, 초가집에서 기와집 꿈을 꾸게 한 적이 있지는 않을까, 하는 의혹이 언뜻 뇌리를

[1] 둘 다 이즈 반도 인근의 대표적인 고급 온천 휴양지.

스치지만、여행 중인 심통 사나운 빈곤 작가는、최근 몇 번이나、추억 속 이 온천 마을을 기차 타고 지나가면서、굳이 내리지는 않았다는 게 이야기의 전부다。

쓰가루에서、아사무시 온천이 가장 유명하고、다음으로는 오와니 온천이 될 것 같다。오와니는、쓰가루 남쪽 끝에 가깝고、아키타 현과의 경계에 근접한 곳인데、온천보다는、스키장 때문에 일본에 널리 알려져 있다。산기슭에 있는 온천이다。여기에는、쓰가루 번 역사의 향기가 희미하게 남아 있다。우리 가족들은、이 온천 마을에도、종종 온천 요양을 하러 왔기 때문에、나도 어린 시절、놀러 왔었지만、아사무시만큼 선명한 추억은 남아 있지 않다。그러나、아사무시에서의 숱한 추억은、선명한 동시에、그 추억이 전부 유쾌하다고는 할 수 없는 것에 반해、오와니에서의 추억은 희미하긴 해도 그립다。바다와 산의 차이일까? 나는 벌써、20년 가까이 오와니 온천을 가보지 못했지만、지금 가보면、역시 아사무시처럼 도회지의 술 찌꺼기에 취해 험악해진 느낌이 들까? 난、오와니를、끝내 포기할 수 없다。오와니는 아사무시보다、도쿄 방면으로 가는 교통편이 매우 열악하다。그런 점이、일단、나로서는 희망적이다。또、온천 바로 근처에 이카리가세키라는 곳이 있는데、그곳은 에도 시대(1603년~1868년) 때 쓰가루와 아키타 사이의 관문이었고、따라서 주변에 사적도 많아、옛 쓰가루 사람들의 삶이 뿌리 깊게 남아 있음이 틀림없을 터、그리 손쉽게 도회지의 바람에 휩쓸리지는 않으리라。게다가 또 하나、마지막으로 믿는 구석이 있으니、여기에서 30리(12km) 북쪽에는 히로사키 성이、지금도 여전히 천수각[1]을 고스란히 남긴 채、연년세세、따스한 봄에는 벚꽃에 둘러싸여 그 건재함을 뽐내고 있다。히로사키 성이 버티고 있는 한、오와니 온천은 도회지의 술 찌꺼기를 홀짝거리다 볼썽사납게 취하는 일 따위 없을 거라 나는 믿고 싶다。

히로사키 성。이곳은、쓰가루 번 역사의 중심이다。쓰가루 번의 시조인 오우라 다메노부는、세키가하라 전투[2] 때 도쿠가와 편에 가세、게이쵸 8년(1603년)、도쿠가와 이에야스가 쇼군으로 임명됨과 동시에、도쿠가와 막부 4만7천 석 제후가 되었고、그 즉시 히로사키의 다카오카에 성을 짓기 시작하여、2대 번주 쓰가루 노부히라 때에 이르러、마침내 완

1 일본의 전통적인 성 건축물에서 망루의 기능을 하는 가장 높은 누각.
2 1600년, 전국의 실력자들이 일본의 패권을 놓고 동군과 서군으로 나뉘어 벌인 전투.

성을 본 것이、바로 히로사키 성이라고 한다。그 후 번주들은 대대로 히로사키 성에 웅거하였으며、4대 번주 노부마사 때、일족인 노부후사를 구로이시로 분가시켜、쓰가루를 히로사키와 구로이시、두 개의 번으로 나누어 지배하였고、겐로쿠 시대(1688년~1704년) 7대 명군 중 으뜸이라고까지 칭송받은 노부마사의 선정은 쓰가루의 위상을 크게 드높였으나、7대 번주 노부야스 때 있었던 호레키 기근(1755년)과 덴메이 대기근(1782년~1788년)으로 쓰가루 일대는 처참한 지옥으로 변했고、번의 재정 역시 궁핍함이 극도에 달하여、앞길이 암담한 가운데서도、8대 노부아키라、9대 야스치카、필사적으로 세력 회복을 꾀한 결과、11대 유키쓰구 시절에 이르러서야 간신히 위기를 벗어나、이어지는 12대 쓰구아키라、순조롭게 번의 통치권을 정부에 반환하였고、그곳에 현재의 아오모리 현이 탄생하게 되는데、그 과정은、히로사키 성의 역사임과 동시에 또한、쓰가루 역사의 대략적인 줄거리이기도 하다。쓰가루 역사에 대해서는、나중에 다시 자세히 설명할 생각이지만、지금은、히로사키에 대한 나의 옛 추억을 잠깐 쓰고、이 책 『쓰가루』의 서편을 끝맺기로 하겠다。

나는、이곳 히로사키의 죠카마치[1]에서 3년을 살았다。히로사키 고등학교 문과를 3년 다녔는데、그 무렵、나는 한창 기다유[2]에 빠져 있었다。푹 빠져 있었다。학교를 마치고 돌아갈 때에는、기다유 여자 사범님 집에 들렀고、처음 배운 게 「나팔꽃 일기」였나? 뭐가 뭔지、지금은 죄다 잊어버렸지만、「노자키무라」「쓰보사카」 그리고 「가미지」 정도를 당시에는 얼추 외우고 다녔다。어째서 그런、분수에 맞지도 않는 기괴한 짓을 하게 되었을까? 나는 그 책임을 전부、이 히로사키에 떠넘기려는 건 아니지만、하지만、그 책임의 일부는 히로사키가 떠맡아 주었으면 하는 생각이다。기다유가、이상하게 성행하는 동네라서 그렇다。때때로 아마추어 기다유 발표회가、동네 극장에서 열린다。나도 한번 들으러 갔었는데、동네 양반들이、가미시모[3]를 쭉 빼입고、진지하게 기다유를 부른다。다들 딱히、능숙하진 않아도、허세도 전혀 부리지 않고、제법 진솔한 창법으로、남들 보기에는 우습겠지만 자기 딴에는 진지하게 부른다。아오모리에는 예로부터 풍류

1 영주의 성을 감싸듯 발달한 마을. 무사들이 거주하며 성을 방어하는 역할을 했고 지역 상업 활동의 중심지.
2 이야기에 가락을 붙여 샤미센 반주에 맞춰 낭독하는 예능인 죠루리의 일종.
3 일본의 전통 의상으로 에도 시대 무사의 예복. 어깨에 풀을 먹여 빳빳하게 세운 것이 특징.

를 아는 사람이 별로 없었던 것 같은데、게이샤들한테、오빠 잘 노네、이런 말을 듣고 싶어서 노래를 배우거나、풍류를 아는 자기 모습을 정치나 장사를 할 때 무기로 삼는 빈틈없는 사람도 있는지、하찮은 재주를 위해 가당치도 않게 헛된 진땀을 흘리며 공부하는 그런 가련한 양반들이、히로사키 쪽에서 자주 눈에 띄는 것 같다。한마디로、여기 히로사키에는、아직、진짜 바보가 남아 있는 것 같다는 뜻이다。『에이케이 군기』[1]라는 고서에도、"오우[2] 지방 사람들의 마음、어리석은 바、위세 강한 자에게도 따를 줄을 모르고、저놈은 조상의 적이다、저놈은 천한 놈이다、그저 운이 좋아서、위세를 자랑할 뿐、하면서、따르지 않는다。" 라는 기록이 있다고 하는데、히로사키 사람들에게는、그와 같은、진짜 바보 고집이 있어서、지고 또 져도 강자에게 머리를 숙일 줄을 모르고、고고한 자긍심을 굳게 지키다가 세상의 조롱거리가 되는 경향이 있는 것 같다。나 또한、히로사키에 3년을 살았던 덕에、꽤 구닥다리가 되어、기다유에 열중해보기도 하고、또、아래와 같은 낭만성을 발휘하는 사람이 되었다。다음 문장

1 1532년부터 1623년까지 도호쿠 지방에서 벌어진 전쟁을 소재로 하여 쓰여진 고전문학.
2 혼슈 북쪽 무쓰 국과 데와 국을 함께 일컫는 말로, 현재의 도호쿠 지방과 거의 일치한다.

은, 내가 옛날에 쓴 소설의 한 구절인데, 역시 익살 섞인 허구임에는 틀림없지만, 하지만, 대략적인 분위기에 대해서 말하자면, 대체로 이러했다, 고 어쩔 수 없이 웃으며 자백하지 않을 수 없겠다。

“찻집에서, 포도주를 마실 때까지만 해도, 괜찮았는데, 머지않아 요릿집으로, 뻔뻔스레 들어가 게이샤와 함께, 밥을 먹는 것을 배웠습니다。소년은 그걸 그렇게, 나쁜 짓이라고는 생각하지 않았습니다。잘 놀고, 건들거리는 행동거지가, 가장 고상한 취향이라고 늘 믿었습니다。죠카마치에 있는, 오래되고 조용한 요릿집에, 두 번, 세 번, 밥을 먹으러 가는 사이에, 소년의 멋쟁이 본능이 다시금 벌떡 고개를 쳐들었고, 이번에는, 그야말로 큰일을 벌이게 되었습니다。「메구미의 싸움」[(1)]이라는 연극에서 본 소방수 복장을 하고, 요릿집 안뜰에 면한 객실에 양반다리를 틀고 앉아, 여어, 아가씨, 오늘 너무, 예쁜데? 하고 말해보고 싶어서, 가슴 두근거리며, 그 복장을 마련하기 시작했습니다。감색 작업 앞치마。그것은, 금방 손에 넣었습니다。그 앞치마 주머니에, 고

(1) 1805년 소방수들과 스모 선수들 사이에 일어났던 패싸움을 소재로 한 전통극.

풍스런 지갑을 넣고, 이렇게 옷 속으로 팔짱을 끼고 걸으면, 제법, 건달처럼 보입니다. 허리띠도 샀습니다. 조이면 보드득 소리가 나는 하카타 허리띠[1]입니다. 줄무늬 무명 기모노를 하나 포목점에 부탁하여, 마련했습니다. 소방수인지, 노름꾼인지, 장사꾼인지, 정체를 알 수 없는 차림새가 되어버렸습니다. 통일성이 없어서 그렇습니다. 아무튼, 연극에 나오는 인물이라는 인상을 주는 복장이면, 소년은 그걸로 만족했습니다. 초여름 무렵이었고, 소년은 맨발에 바닥을 덧댄 조리를 신었습니다. 거기까지는 좋았는데, 문득 소년은 묘한 생각을 했습니다. 바로 쫄바지였습니다. 감색 무명 꼭 끼는 긴 쫄바지를, 연극 속 소방수가, 입었던 것 같은데, 그걸 갖고 싶었습니다. 이거나 먹어라, 하면서, 홱 하고 옷자락을 들어 올려, 훌러덩 엉덩이를 까는데, 그때 감색 쫄바지가 눈에 새겨질 만큼 돋보입니다. 속잠방이 하나로는, 안 됩니다. 소년은, 그 쫄바지를 사려고, 죠카마치를 이 끝에서 저 끝까지 뛰어다녔습니다. 아무데도 없습니다. 그래, 맞다, 목수들이, 입는 거잖아요, 짝 달라붙는 감색 쫄바지 말이에요, 그런 거

1후쿠오카 현 하카타 특산품인 세로줄 무늬가 있는 허리띠로 간편한 평상복을 입을 때 두른다.

없을까요? 네? 하고 열심히 설명하면서 포목점이며, 버선 가게며 물어보고 다녔지만, 글쎄, 그건, 지금 없는데, 하고 가게 사람들은 웃으며 고개를 저었습니다. 이미, 꽤나 더울 때라, 소년은, 땀범벅이 되어 찾아다니다가, 마침내 어느 가게 주인이, 그건, 저희 가게엔 없지만, 저 골목으로 들어가면 화재용품 전문점이 있으니까, 거기 가서 물어보면, 어쩌면 알지도 모릅니다, 하고 힌트를 주어서, 과연, 화재라는 말을 생각 못했어. 화재용품이라 하면, 불을 끄는 물건, 다른 말로 소방용품, 과연 말 되네, 하고 기세가 올라, 말해준 대로 골목 안 가게로 뛰어갔습니다. 가게에는 크고 작은 소화 펌프들이 나란히 세워져 있었습니다. 소방대 깃발도 있습니다. 왠지 주눅이 들었지만, 그래도 용기를 내어, 쫄바지 있나요? 하고 묻자, 있습니다, 하고 그 자리에서 대답하더니 들고 온 것은, 감색 무명 쫄바지, 임에는 틀림이 없지만, 쫄바지 양쪽에 소방수의 상징인 빨간 줄이 두껍게 세로로 주욱 그어져 있었습니다. 아닌 게 아니라, 그걸 입고 돌아다닐 엄두가 나지를 않아, 소년은 쓸쓸하게 쫄바지를 포기할 수밖에 없었습니다.”

과연 바보의 본고장에서도、이 정도 바보는 보기 드물 것이다。베껴 쓰면서 작가인 나 자신조차도、조금 우울해졌다。게이샤들과 함께 밥을 먹었던 요릿집이 있는 그 유흥가를、에노키 골목、이라고 했던가? 아무튼 20년 가까운 옛날 일이다보니、기억도 흐릿해져 확실하진 않지만、오미야노사카 근처、에노키 골목、으로 기억한다。또 감색 쫄바지를 사러 땀범벅이 되어 돌아다녔던 곳은、도테마치(방죽 거리)라고 해서 이곳 죠카마치에서 가장 번화한 저잣거리다。그에 비해、아오모리에 있는 유흥가 이름은、하마마치(항구 거리)。이름부터가 개성이 없는 것 같다。히로사키의 도테마치에 해당하는 아오모리의 상점가는、오마치(큰 거리)라고 한다。그것도 마찬가지로 무개성。말 나온 김에、히로사키의 동네 이름과、아오모리의 동네 이름을 아래에 나열해보겠다。두 도시의 작은 성격 차이가 의외로 분명해질지도 모른다。

혼마치(중앙통)、자이후마치(빈집 거리)、도테마치(방죽 거리)、스미요시마치(살기 좋은 거리)、오케야마치(통메장이 거리)、도야마치(구리 가게 거리)、챠바타케마치(차밭 거리)、다이칸마치(정승 거리)、가야마치(초가집 거리)、햐코쿠마치(100석 거리)、가미사야시마치(위 칼집장이 거리)、시모사야시마치(아래 칼집장이 거리)、뎃포마치(대포 거리)、와카도마치(젊은 무사 거리)、고비토마치(하인 거리)、다카쇼마치(매부리 거리)、고짓코쿠마치(50석 거리)、곤야마치(염색집 거리)、등은 히로사키의 동네 이름이다。그에 비해、아오모리의 동네 이름은、다음과 같다。하마마치(항구 거리)、신하마마치(새 항구 거리)、오마치(큰 거리)、고메마치(쌀집 거리)、신마치(새 거리)、야나기마치(버드나무 거리)、데라마치(사찰 거리)、쓰쓰미마치(둑 거리)、시오마치(소금 거리)、시지미가이마치(바지락 거리)、신시지미가이마치(새 바지락 거리)、우라마치(해안 거리)、나미우치(방파제 거리)、사카에마치(번화한 거리)。

그러나 난、히로사키가 더 수준이 높고、아오모리는 그보다 수준이 낮다고 생각하는 건 결코 아니다。다카죠마치、곤야마치 같은 고풍스러운 동네 이름은 딱히 히로사키에만 있는 게 아니라、일본 전역 죠카마치에는 빠짐없이、그런 동네 이름이 있다。또한 히로사키의 이와키 산은、아오모리의 핫코다 산보다 수려하다。그렇지만、쓰가루가 낳은 위대한 소설가、가사이 젠조[1]는、고향 후배들에게 이런 말로 가르침을 준다。"우쭐대지 마。이와키 산이 근사해 보이는 건、이와키 산 근처에 높은 산이 없어서야。다른 지방에 가봐。저 정도 산은、쌔고 쌔。근처에 높은 산이 없으니까、저렇게 진기해 보이는 거라구。우쭐대지 마。"

역사 깊은 죠카마치야、일본 전역에 무수하다 할 만큼 많

1 1887~1928. 아오모리 태생 소설가.

을 텐데、어째서 히로사키의 죠카마치 사람들은、저렇게 옹고집을 부리며 그 봉건성을 자랑으로 삼고 있을까? 정색하고 말할 것까지도 없지만、규슈、사이고쿠、야마토 같은 곳[1]과 비교하면、이곳 쓰가루 지방은、거의 하나같이 새로 개척한 땅이라 할 수 있다。전국에 자랑할 만한 어떤 역사를 가지고 있을까? 가깝게는 메이지 유신[2]、그때 이 번에서는 어떤 근황파[3]가 나왔는가? 번의 태도는 어땠는가? 노골적으로 말하면、그저、다른 번 꼬리에 붙어 따라다닌 게 전부 아닌가? 도대체 어디에 자랑할 만한 전통이 있다는 것이냐? 하지만 히로사키 사람들은 완고하게 왠지 어깨를 으쓱거리고 있다。그리하여、아무리 위세를 떨치고 있는 자에게도、저놈은 천한 놈이다、단지 운이 좋아서 위세를 자랑할 뿐、하면서 따르지 않는다。이 지방 출신 육군대장 이치노헤 효에는、고향에 갈 때 반드시、전통 기모노에 무명 하카마 차림이었다는 이야기를 들었다。장성 제복을 입고 고향에 가면、마을 사람들은 대번에 눈을 까뒤집고 팔을 홰홰 저으며、그가 어떤 사람이

1일본의 옛 지리적 개념으로 혼슈 서부와 규슈, 시코쿠 일대가 이에 해당하며 오랜 역사를 가졌다.
219세기 후반, 에도 막부를 무너뜨리고 천황을 중심으로 권력을 확립하여 근대화의 기초를 다진 사회 변혁.
3메이지 유신 당시 왕정 복고를 주장하며 막부 타도에 앞장선 집단.

건、단지 운이 좋아서、어쩌고저쩌고 떠들어댈 걸 알기에、현명하게、고향에 갈 때는 으레 전통 기모노에 무명 하카마를 입었다는 이야기인데、전부가 사실은 아니라 해도、그런 전설이 생기는 것도 무리는 아니라는 생각이 들 만큼、히로사키 죠카마치 사람들에게는 무언가 알 수 없는 딱딱한 반골기질이 있는 것 같다。무엇을 숨기랴。실은、내게도 그런 감당 못할 뼈가 한 조각 있어、그것 때문만도 아니겠지만、뭐、덕분에 나는 아직도 하루 벌어 하루 사는 단칸방 신세를 벗어나지 못하고 있는 것이다。몇 해 전、나는 어떤 잡지사로부터「고향에 보내는 말」을 한마디 써달라는 요청을 받고、답변하기를、

"그대를 사랑하고、그대를 미워하노라。"

어지간히 히로사키를 헐뜯었지만、그건 히로사키에 대한 미움이 아니라、작가 자신의 반성이다。나는 쓰가루 사람이다。우리 선조는 대대로、쓰가루 번의 백성이었다。말하자면 순혈종 쓰가루 토박이。그래서 조금도 거리낌 없이、이렇게 쓰가루 흉을 보는 것이다。만약 다른 지방 사람이、내가 하는 소리를 듣고、그리고、섣불리 쓰가루를 얕본다면、난 역시나 불쾌하다。누가 뭐래도、난 쓰가루를 사랑하니까。

히로사키。현재 가구 수는 1만、인구는 5만。히로사키 성과、사이쇼인 5층탑은、국보로 지정되어 있다。벚꽃 필 무렵 히로사키 공원[1]은、일본 제일이로다、다야마 가타이[2]가 보증했다고 한다。히로사키 사단 사령부가 있다。'산신 참배'라 하여、매년 음력 7월 28일부터 8월 1일에 이르는 사흘간、쓰가루의 영봉 이와키 산 정상에 있는 작은 신사에서 열리는 마쓰리 구경 가는 사람、수만 명、참배하러 오가는 길、춤을 추며 이 마을을 지나가고、거리는 더없이 북적인다。여행 안내서에는、아마도、대략 그렇게 적혀 있을 것이다。하지만 나는、히로사키를 설명함에 있어、그것만으로는、아무래도 불만스럽다。그런 고로、이래저래 내 어린 시절 기억을 더듬어、뭐라도 하나、히로사키의 모습을 생생하게 보여줄 만한 걸 찾아 묘사하고 싶었지만、이도저도、시시한 추억뿐、마음 같지 않고、결국 나 자신도 미처 생각지 못한 심한 말을 해버려서、본 작가는、저절로 눈앞이 캄캄해질 따름이다。나는 이 오래전 쓰가루 번의 죠카마치에、너무 집착하고 있다。이

1 히로사키 성이 있는 히로사키 공원은 일본에서 손꼽히는 벚꽃 명소이다. 2 1872~1930. 도치기 현 출신의 소설가.

곳은 우리 쓰가루 사람들의 궁극적인 영혼의 터전이어야만 하는데, 아무래도, 그런 것 치고, 지금까지 늘어놓은 내 설명만으로는, 이 죠카마치의 성격이, 아직 애매하다. 벚꽃에 에워싸인 천수각, 그거야 뭐 히로사키 성만 그런 건 아니다. 일본 전역 대부분의 성은 벚꽃에 파묻혀 있다. 그 벚꽃에 에워싸인 천수각이 옆에 서 있다고 해서, 오와니 온천이 쓰가루의 정취를 온전히 간직하리라고는, 장담할 수 없지 않은가? 히로사키 성이 있는 한, 오와니 온천이 도시의 술 찌꺼기를 홀짝거리다 만취하는 일은 없을 거라고, 조금 전, 되게 우쭐해서 썼을 텐데, 이런저런 생각을 하고, 또 거듭 생각하다보니, 그것도 그냥, 청승맞은 감상을 불러일으키는 미사여구에 불과하다는 기분이 들어, 전부 다, 미덥지 못하고, 어쩐지 불안하기만 하다. 도대체가 이 죠카마치는, 야무지지가 못한 것이다. 옛 번주들이 대대로 살아온 성이 있는데도, 현청을 다른 신흥 도시에 빼앗겼다. 일본 전역을 보자면, 대부분 현청소재지는, 옛 번의 죠카마치다. 아오모리 현청을, 히로사키가 아닌, 아오모리로 가지고 갈 수밖에 없었던 부분에, 아오모리 현의 불행이 있었다고까지 나는 생각하고 있다。나는 아오모리가 특별히 싫은 건 아니다。신흥 도시의 번영을 보는 것도、너무나 기분 좋다。나는、단지、진 주제에、유유자적한 표정을 짓고 있는 이 히로사키가 답답할 뿐。지고 있는 사람에게 힘을 보태고 싶은 게 자연스러운 인정일 터。나는 어떻게든 히로사키 편을 들어주고 싶어서、참으로 어설픈 글일지언정、이것저것 궁리해서 힘들게 썼는데、결국 히로사키의 결정적인 장점、히로사키 성의 독특한 강점을 묘사하지는 못했다。거듭 말한다。이곳은 쓰가루 사람들의 영혼의 터전이다。뭔가 있을 것이다。일본 전역、어디를 찾아봐도 발견할 수 없는 특이하고 훌륭한 전통이 있을 것이다。나는 그런 사실을、분명 예감하고는 있지만、그게 무엇인지、형태로 나타내어、딱 집어 이것이다、하고 독자들에게 자랑할 수 없기에、분해 죽겠다。이、답답함。

봄날 해질녘으로 기억하는데、히로사키 고등학교 문과생이었던 나는、홀로 히로사키 성을 찾아가、성의 광장 모퉁이에 서서、이와키 산을 바라보던 그 때、문득 발밑에、꿈처럼 마을이 호젓하게 펼쳐져 있는 것을 깨닫고、소름이 오싹 돋은 적이 있다。나는 그때까지、이 히로사키 성을、히로사키

외진 곳에 고립되어 있다고만 생각했다。그러나、보라、성 바로 아래、내가 지금까지 본 적도 없는 고아한 마을이、수백 년이나 옛 모습을 그대로 간직한 채 작은 처마를 잇대고、숨죽여 가만히 웅크리고 있었던 것이다。아아、저런 곳에 마을이 있었구나。어린 나는 꿈꾸는 기분으로 나도 몰래 깊은 한숨을 흘렸다。『만엽집』[(1)]에 종종 나오는 '수풀에 가리어진 연못' 같은 느낌이다。나는、왠지、그때、히로사키를、쓰가루를、이해한 것 같았다。이 마을이 있는 한、히로사키는 결코 평범한 마을은 아니라는 생각이 들었다。라고는 해도、이 또한 내가、우쭐해서 혼자 지레짐작한 것이니、독자들은 무슨 말인지 모를 수도 있겠지만、히로사키 성은 이 수풀에 가리어진 연못을 가지고 있기 때문에 세상에 보기 드문 훌륭한 성이 될 수 있는 것이다、라고 이제는 나도 우격다짐 밀어붙일 수밖에 없다。수풀에 가리어진 연못 근처에 만 송이 꽃이 피고、그리고 천수각 흰 벽이 말없이 서 있다면、그 성은 필시 하늘 아래 훌륭한 성이 틀림없다。그리고、그 천하에 이름 높은 성 옆에 있는 온천도、영원히 순박한 기풍을 잃지는 않

(1) 7세기 후반에서 8세기 후반에 걸쳐서 만들어진 일본에 현존하는 가장 오래된 전통 시가집.

으리라, 요즘 말로 하자면 '희망적 관측'을 시도하며, 나는 사랑하는 히로사키 성과 결별하기로 한다. 생각해보면, 자기 가족 이야기를 하기란 지극히 어려운 일인 것과 마찬가지로, 고향의 핵심을 이야기하는 것도 쉬이 할 수 있는 일이 아니다. 추켜세워야 할지, 끄집어내려야 할지, 모르겠다. 나는 이 책 『쓰가루』 서편에서, 가나기, 고쇼가와라, 아오모리, 히로사키, 아사무시, 오와니에 대한, 내 어린 시절의 추억을 펼쳐 놓으면서, 또한, 주제도 모르고 모독적인 비평의 말을 늘어놓았는데, 과연 나는 이 여섯 마을에 대해 정확하게 말할 수 있었나, 없었나, 그 생각을 하면, 절로 우울해지지 않을 수 없다. 그 죄, 만 번 죽어 마땅할 폭언을 나는 토했는지도 모른다. 저 여섯 마을은, 내 과거에서 나와 가장 친근하며, 내 성격을 창조하고, 내 숙명을 규정지은 장소이기에, 오히려 나는 그에 대해 맹목적인 측면이 있을지도 모른다. 이들 마을을 이야기함에 있어, 나는 결코 적임자가 아니었음을, 지금, 확실히 깨달았다. 앞으로 이어질, 본편에서 나는, 저 여섯 마을에 대한 이야기는 될 수 있으면 피하고 싶은 심정이다. 그래서 나는, 앞으로 쓰가루의 다른 마을에 대해서 이야기할 것이다。

어느 해 봄、나는、태어나서 처음으로 혼슈 북쪽 끄트머리、쓰가루 반도를 대략 3주에 걸쳐 돌아보았는데、라는 서편 첫머리 문장으로、이제 다시금 되돌아가는 바、나는 이 여행으로 인해、정말이지 난생처음 쓰가루의 크고 작은 마을들을 둘러보았다。그때까지 나는、정말로、아까 말한 여섯 마을 외에는 알지 못했다。소학교 시절、소풍을 간다거나 해서、가나기와 가까운 마을 몇 군데를 가본 적은 있지만、그건、현재의 나에게、짙고 그리운 추억으로 남아 있지는 않다。중학교 시절 여름방학 때는、가나기 고향집에 돌아가도、2층 서양식 방 소파에 누워、사이다를 벌컥벌컥 병나발 불면서、형들 책을 손에 잡히는 대로 탐독하고 지내느라、아무데도 여행을 가지 않았고、고등학교 시절에는、방학이 되면 도쿄에 사는、바로 위 형(조각을 공부했는데、스물일곱에 죽었다。) 집에 놀러 갔고、고등학교 졸업과 동시에 도쿄에 있는 대학에 들어가、그길로 20년이나 고향에 돌아가지 않았기 때문에、이번 쓰가루 여행은、나에게、상당히 중대한 사건이었다 하지 아니할 수 없다。

나는 이번 여행에서 보고 온 크고 작은 마을의、지리、지질、천문、재정、연혁、교육、위생 같은 문제에 대해서、전문가처럼 아는 체하며 의견을 내는 것은 피하려 한다。내가 그런 말을 한다 한들、어차피、하룻밤 벼락치기 공부이며 부끄럽고 얄팍한 도금에 지나지 않는다。그런 것들에 대해、자세히 알고 싶은 사람은、그 지방 전문 연구가에게 물어보시라。나는 전공 분야가 따로 있으니。세상 사람들은 잠정적으로 그 분야를 사랑이라 부른다。마음과 마음의 맞닿음을 연구하는 학문이다。나는 이번 여행에서、주로 그 한 분야만을 추구했다。어떤 분야를 추구하든、결국、현재 쓰가루의 생생한 모습을、그대로 독자에게 전해줄 수 있다면、쇼와 시대(1926년~1989년) 쓰가루 여행기로는、일단 뭐、합격이 아닐까 하는 게 내 생각인데、아아、이거야 원、잘돼야 될 텐데。

|| 본편 ||

옛날의 나라면, 선뜻 말할 수 있었겠지만, 나도 과연 나이를 먹어 절제라는 것을 조금은 깨닫게 된 탓인지, 아니면, 아니, 속마음을 구차하게 설명하는 건 집어치우자. 말하자면, 피차, 어른이 된 거겠지. 어른이란 외로운 존재다. 서로 사랑하지만, 조심조심, 거리를 지켜야 한다. 어째서, 조심스러워야 하는 거지? 그 대답은, 개뿔도 아니다. 보기 좋게 배신당하고, 망신을 당한 일이 너무 많기 때문이다. 타인은, 믿을 수 없다, 라는 진리의 발견은, 청년이 어른으로 향해 가는 첫 번째 관문이다. 어른이란, 배신당한 청년의 모습. 나는 말없이 걸었다.

1。순례

"여보、여행은 왜 가는 거유?"

"괴로우니까。"

"당신은、입만 열면 그 얘기라(괴롭다)、요만큼도 믿음이 안 가요。"

"마사오카 시키 서른여섯、오자키 고요 서른일곱、사이토 료쿠 서른여덟、구니키타 돗포 서른여덟、나가쓰카 다카시 서른일곱、아쿠타가와 류노스케 서른여섯、가무라 이소타 서른일곱。"[1]

[1] 모두 요절한 일본 작가들이다.

"그건 또, 뭔 소리유?"

"그 양반들 죽은 나이지. 줄줄이 죽었어. 나도 슬슬, 그 나이야. 작가한텐, 그 나이 때가, 제일 중요한데."

"그래서, 괴로울 나이다?"

"뭔 소리야. 까불지 마. 당신도, 조금은, 알잖아. 이제, 더 이상은 말 안 해. 말하면 기분만 잡쳐. 그럼, 난 여행 간다."

나도 이제 나이를 먹었는지, 내 기분을 설명하는 짓 따위, 귀찮은 생각이 들어 (게다가, 그 설명이, 대개 흔해빠진 문학적 허세인 탓에) 아무 말도 하고 싶지 않다. 쓰가루에 대한 글을 써 보지 않겠나? 하고 어느 출판사에 다니는 친한 편집자가 전부터 말한 적도 있고, 나도 살아 있는 동안에, 한 번쯤, 내가 태어난 고장을 구석구석까지 봐두고 싶은 것도 있고 해서, 어느 해 봄, 거지 같은 행색을 하고 도쿄를 떠났다.

5월 중순이었다. 거지 같다, 그 말, 다분히 주관적인 의미로 쓴 표현인데, 그런데, 객관적으로 말한다 해도, 별로 멋진 모습은 아니었다. 난 양복이 한 벌도 없다. 근로봉사[(1)]할 때 입는 작업복이 있을 뿐이다. 그것도 재봉소에 따로 주문

---

1 전시에 전쟁 지원을 목적으로 이루어진 무보수 노동.

해서 지은 건 아니었다。마침 집에 있던 목면 천 자투리를、집사람이 짙푸른 색으로 염색하여、점퍼처럼 생긴 상의와、바지처럼 생긴 하의로 적당히 만들어낸 정체 모를 낯선 형태의 작업복이다。염색한 직후에는、옷감 색도 분명 짙푸른 감색이었지만、한 번、두 번 입고 밖에 나갔더니、금세 색이 바래、보라색인지 무슨 색인지 알 수 없는 묘한 색이 되었다。보라색 옷、여자라도、어지간한 미인이 아니면 어울리지 않는다。나는 그 보라색 작업복에 초록색 부직포 각반을 두르고、고무 밑창을 덧댄 하얀 운동화를 신었다。모자는、부직포 테니스 모자。왕년의 그 멋쟁이가、이런 몰골로 여행을 떠나다니、태어나서 처음 있는 일이었다。하지만 등에 짊어진 배낭에는、돌아가신 어머니의 옷을 뜯어서 다시 지은 가문의 문장을 수놓은 홑겹 하오리[(1)]와 오시마 아와세[(2)]、그리고 센다이히라 하카마[(3)]를 몰래 집어넣었다。언제、무슨 일이 생길지 모르니까。

17시 30분 우에노발 급행열차에 몸을 실었으나、밤이 이슥해짐과 함께、몹시 추워졌다。나는、그 점퍼 비슷한 옷 안

1기모노 위에 입는 짧은 전통 외투. 2가고시마 현 오시마 지방 특산품 명주로 만든 고급 기모노. 3센다이 지방 특산품인 가는 줄무늬가 있는 견직물로 만든 고급 하카마(전통 주름바지). 123을 갖춰 입으면 행사용 전통 정장이 된다.

에、얇은 셔츠 두 장을 받쳐 입은 게 전부다。바지 안에는、팬티뿐。겨울용 외투를 입고、무릎 담요를 준비해 온 사람조차、추워라、오늘밤엔 이게 웬일이야 이상하게 춥네、하고 야단들이다。나도、그런 추위는 뜻밖이었다。도쿄에는 그 무렵 이미、모직 히토에[1]를 입고 돌아다니는 성질 급한 사람도 있었다。나는、도호쿠의 추위를 깜빡 잊고 있었다。손발을 최대한 작게 옴츠리고、말 그대로 완전히 옴츠린 거북이 모양으로、이때다! 무념무상의 수행을 지금 시작하자! 하고 나에게 타일러보았지만、새벽녘이 되자 더더욱 추워져서、무념무상의 수행도 이제는 포기하고、아아 빨리 아오모리에 도착해서、어디 여관에라도 들어가 난로 옆에 양반다리를 틀고 앉아、따끈하게 데운 술을 마시고 싶구나、하는 대단히 현실적인 소원을 일심으로 염원하는 품위 없는 지경이 되고 말았다。아오모리에는、아침 여덟 시에 도착했다。T군이 역으로 마중을 나와 있었다。내가 미리 편지로 기별을 해두었던 것이다。

"기모노 입고 오실 줄 알았는데요。"

---

1 안감을 대지 않고 홑겹으로 지은 얇은 기모노.

“지금 시대가 어느 시댄데。” 나는 애써 농담 투로 그렇게 말했다。

T군은、여자아이를 데리고 나왔다。아아、이 아이에게 줄 선물을 가지고 오는 건데……、그때 퍼뜩 생각이 들었다。

“아무튼、저희 집에 잠깐 들러서 쉬는 게 어떻습니까?”

“고마워。오늘 점심때까지는、가니타 N군 집에 가려고 하는데。”

“알아요。N씨한테 들었어요。N씨도、기다리고 있을 겁니다。아무튼、가니타 가는 버스가 다닐 때까지、저희 집에서 잠깐 쉬세요。”

난로 옆에 양반다리를 틀고 앉아 따끈한 술、하는 나의 발칙하고 세속적인 염원은、기적적으로 실현되었다。T군 집 이로리[(1)]에서는 활활 숯불이 타오르고、그리고 무쇠 주전자에 술병이 하나 들어 있었다。

“먼 길 오시느라 고생하셨습니다。” 하고 T군은、정중하게 나한테 절을 하며、“맥주를、준비할 걸 그랬나요?”

“아니、정종이 좋은데。” 나는 소심하게 헛기침을 했다。

---

1 마루나 방바닥을 파내고 흙과 재를 깔아 불을 피울 수 있게 만든 화로의 일종.

T군은 옛날, 우리 집에 있었던 적이 있다. 주로 닭장 관리를 했다. 나와 동갑이었기 때문에, 사이좋게 놀았다. "하녀들을 마구 야단치는 점이, 저 녀석의 장점이자 단점이야." 하고 그 무렵, 할머니가 T군을 나무라던 말을 나는 들은 기억이 있다. 나중에 T군은 아오모리로 올라와 공부를 했고, 그리고 아오모리에 있는 어느 병원에 근무하면서, 환자들한테도, 또 병원 직원들한테도, 꽤 신뢰를 받았던 모양이다. 몇 해 전에 입대하여, 남방[1] 외딴섬에서 싸우다, 병에 걸려 작년에 귀환했고, 병이 낫자 예전에 일하던 병원에서 다시 일을 하고 있다.

"전쟁터에서 제일, 기분 좋은 건 언제였나?"

"그건," T군은 말이 떨어지기가 무섭게 대답했다. "전쟁터에서 배급받은 맥주를 컵에 가득 따라 마시던 때였어요. 아끼고 아껴서 조금씩 빨아먹다가, 도중에 컵에서 입을 떼고 한숨 돌리려고 했는데, 도저히 입술이 안 떨어지더라구요. 죽어도 떨어지지가 않더란 말입니다."

T군도 애주가였다. 그렇지만, 지금은 한 방울도 마시지 않

[1] 동남아시아 지역.

는다。그리고 가끔、가벼운 기침을 한다。

“어떤가? 몸은 좀。” T군은 아주 예전에 한때、늑막염을 앓은 적이 있는데、이번에 그게 전쟁터에서 도진 모양이다。

“이제는 후방에서 봉사해야지요。병원에서 환자를 돌보려면、나도 병으로 한번 고생을 해봐야만、알 수 있는 게 있어요。이번에 좋은 경험을 했지요。”

“과연、사람이 돼서 온 것 같군。사실、가슴의 병이라는 건 말이야、” 하고 나는、약간 술이 올라、뻔뻔스럽게 의사한테 의학을 설명하기 시작했다。“정신의 병이야。잊어버리면、낫게 되어 있어。가끔가다 거하게 술이라도 마시는 거지。”

“에、뭐、적당히 하고 있습니다。” 하고 말하며、웃었다。나의 난폭한 의학은、전문가한테는 그리 미덥지 못한 듯싶다。

“뭐 좀 드실래요? 아오모리에도、요즘은、맛있는 생선이 별로 없어서요。”

“아니、고마워。” 나는 옆에 둔 밥상을 멍하니 쳐다보며、“전부 다 맛있어 보이는데。차리느라 고생이 많았겠어。그런데、난、별로 생각이 없어。”

이번에 쓰가루 여행길을 나설 때、마음속에 정한 것이 하나 있었다. 그것은, 먹을 것에 의연하자, 였다. 내가 딱히 성인군자도 아니고, 이런 말 하는 게 꽤나 낯간지럽기도 하지만, 도쿄 사람들은, 나 원 참, 먹을 것을 너무 밝힌다. 나는 고리타분한 인간이라서 그런지, 무사는 굶어도 남 앞에서 이를 쑤신다[(1)], 고 하는 약간 자포자기 비슷한 터무니없이 오기를 부리는 모습을 우스꽝스럽게 생각하면서도, 사랑한다. 뭐 굳이 이 쑤시는 모습까지 보여주지 않아도 될 것 같긴 하다만, 그 부분이 바로 사나이의 고집이다. 사나이의 고집이란, 자칫 우스꽝스러운 형태로 표출되기 십상이다. 도쿄 사람들 중에는, 고집도 기개도 없이, 시골에 가서, 우리는 지금 거의 굶어 죽기 일보 직전입니다, 라며 아주 그냥 야단스럽게 궁상을 떨고, 그리고 시골 사람이 내미는 흰쌀밥을 굽실대며 먹고, 아부를 줄줄줄줄, 뭐 더 먹을 것 좀 없습니까? 고구마요? 아이구야 고마워라, 몇 달 만에 이런 맛있는 고구마를 먹어보는 건지, 내친김에 집에 조금 싸 가고 싶은데요, 나눠주실 수 있을깝쇼? 어쩌고저쩌고 만면에 비굴한 웃음을 지으며 애원하는 사람이 간혹 있다나 뭐라나 하는 이야기를

(1) 아무리 다급한 경우라도 체면을 지키려 애쓴다는 의미의 일본 속담.

풍문으로 들었다。도쿄 사람들이 모두、분명 똑같은 양의 식량을 배급받고 있을 것이다。그 사람 하나만、특별히 아사 직전 상태라는 건 기괴하다。어쩌면 위 확장증일 수도 있겠지만、아무튼 먹을 것 좀 달라고 애걸복걸、그건 꼴사납다。국가를 위해、이러쿵저러쿵、하면서 정색하고 진지한 말은 못할지언정、세상이 어떠하든、인간으로서의 자긍심은 지키고 싶다。도쿄의 몇몇 예외자들이 시골에 가서、함부로 제국 수도의 식량 부족을 호소하는 바람에、시골 사람들은、도쿄에서 온 손님을、전부 먹을 것을 구하러 온 사람 취급하고 경멸하게 되었다는 말도 들었다。나는 쓰가루에、먹을 것을 구하러 온 게 아니다。꼬락서니는 그야말로、보라색 거지와 진배없으나、나는 진리와 애정을 구걸하는 거지요、흰쌀밥을 구걸하는 거지가 아니로다! 하며 도쿄 사람 모두의 명예를 위해서、연설이라도 하듯 아니꼬운 허세를 부려주고 싶을 만큼 굳은 결의를 품고 쓰가루에 왔다。만약、누군가 내게、드세요 드세요、자 흰쌀밥입니다、배가 찢어지도록 드세요、도쿄는 상황이 심각하다는 말씀이시지요? 하고 마음에서 우러난 호의를 가지고 말해준대도、난 가볍게 한 그릇만 먹고、

그리고 이렇게 말하려 했다. "익숙해져서 그런가, 도쿄 밥이 더 맛있네요. 반찬거리도, 마침 떨어졌다 싶을 때, 착실히 배급이 나옵니다. 어느 겨를인지 위가 쪼그라들어서, 조금만 먹어도 배가 찹니다. 다행이지 뭡니까."

그렇지만 나의 그런 비뚤어진 경계심도, 전혀 쓸모가 없었다. 나는 쓰가루 이곳저곳의 지인들 집을 방문했는데, 단 한 사람도 나에게, 흰쌀밥입니다, 배가 찢어지도록 드세요 어쩌구저쩌구 말해준 사람은 없었다. 특히 내 고향집 여든여덟 할머니는 심지어, "도쿄는, 맛있는 게 얼마든지 있는 곳이라, 너한테, 맛있는 걸 좀 만들어주고 싶어도 난처하구나. 오이 술장아찌[1]라도 해 먹였으면 싶은데, 왜 그런지, 요즘 술지게미도 도무지 없어서 말이야." 하고 미안하다는 듯 말씀하셔서, 나는 정말이지 행복했다. 그러니까 나는, 먹을 것에 대해서 그다지 민감하지 않고 누긋한 사람들만 만났던 것이다. 나는 그런 행복을 준 신에게 감사했다. 이것도 가져가라, 저것도 가져가라, 하면서 나에게 식료품 선물을 끈질기게 떠맡긴 사람도 없었다. 덕분에 나는 가벼운 배낭을 등에 짊어

1 오이, 무, 마늘, 고추 따위의 채소를 술을 빚고 남은 술지게미에 담가 절인 보존식.

지고 홀가분히 여행을 계속할 수 있었다。하지만 도쿄에 돌아와서 보니、우리 집에는、여행지에서 만난 다정한 사람들이 보내준 소포가、나보다도 먼저 잔뜩 도착해 있었고、난 멍하니 할 말을 잃었다。여담이었고、아무튼、T군도 더 이상 나에게 먹을 것을 권하지는 않았고、도쿄의 식량 사정은 어떠한가、라는 말은、한 번도 화제로 올라오지 않았다。주된 이야깃거리는、역시、옛날에 둘이 가나기 집에서 함께 놀던 시절의 추억이었다。

"나는、그래도 자네를、친한 친구라고 생각하고 있어。" 참으로 앞뒤 생각 없는、무례한、밉살스러운、아니꼬운、연극 대사 같은、우쭐한 말이다。말을 내뱉고 나는 몸서리를 쳤다。달리 말할 수는 없었을까?

"그런 말은、외려 기분이 좋지가 않아요。" T군도 민감하게 생각하는 것 같다。"저는 가나기 댁에서 하인으로 일하던 사람입니다。그리고、당신은 주인님이셨고요。그렇게 생각해주셔야지、안 그러면、제가、기쁘지가 않습니다。이상하지요。그 후로 20년이나 지났는데도、지금도 늘 가나기 댁에서 일하는 꿈을 꾸거든요。전쟁터에서도 꿨어요。닭에게 모이 주는 걸 깜박했다, 큰일 났다! 싶어서, 화들짝 꿈에서 깬 적도 있다구요."

버스 시간이 다가왔다. 나는 T군과 함께 밖으로 나갔다. 이제 춥진 않다. 날씨도 좋고, 거기에, 따끈히 데운 술도 한 잔 했겠다, 춥기는커녕, 이마에 땀이 배어나왔다. 갓포 공원의 벚꽃, 지금이, 만개란다. 아오모리의 길거리는 부옇게 메말라, 아니다, 술 취한 눈에 비친 엉터리 인상을 서술하는 건 조심해야지. 아오모리는, 지금 배 만들기에 열심이다. 도중에, 중학교 시절 내가 신세를 졌던 도요타 아저씨 무덤에 성묘를 하고, 버스 정류소로 발길을 재촉했다. 어떤가, 자네도 같이 가니타에 안 가려나, 하고 옛날의 나라면, 선뜻 말할 수 있었겠지만, 나도 과연 나이를 먹어 절제라는 것을 조금은 깨닫게 된 탓인지, 아니면, 아니, 속마음을 구차하게 설명하는 건 집어치우자. 말하자면, 피차, 어른이 된 거겠지. 어른이란 외로운 존재다. 서로 사랑하지만, 조심조심, 거리를 지켜야 한다. 어째서, 조심스러워야 하는 거지? 그 대답은, 개뿔도 아니다. 보기 좋게 배신당하고, 망신을 당한 일이 너무 많기 때문이다. 타인은, 믿을 수 없다, 라는 진리의 발견은, 청년이 어른으로 향해 가는 첫 번째 관문이다. 어른이란, 배신당한 청년의 모습. 나는 말없이 걸었다. 갑자기, T군이 말을 꺼냈다.

"저는, 내일 가니타에 가겠습니다. 내일 아침, 첫 버스로 갈게요. N씨 댁에서 뵙죠."

"병원은?"

"내일은 일요일인데요."

"뭐어야? 아유, 빨리 말했어야지."

우리에겐, 아직, 철없는 소년의 조각이 남아 있었다.

2。가니타

쓰가루 반도 동쪽 해안은、예로부터 소토가하마라 불리며 선박의 왕래가 잦았던 곳이다。아오모리에서 버스를 타고、동쪽 해안을 따라 북쪽으로 거슬러 올라가면、우시로가타、요모기타、가니타、다이라다테、잇폰기、이마베쓰를 지나、요시쓰네[1]의 전설로 유명한 민마야에 도착한다。소요시간、약 네 시간。민마야는 버스의 종착점이다。민마야에서 파도가 밀어닥치는 불안한 길을 걸어、세 시간쯤 북쪽을 향해 가면、닷피에 다다른다。글자 그대로、길이 끝나는 곳이

1 1159~1189. 헤이안 시대 말기 미나모토 가문의 무장. 라이벌 다이라 가문과의 전쟁을 승리로 이끌었지만 형제 사이의 분쟁으로 자살한 비극적 영웅으로 그려진다.

다。닷피 곶은、그야말로、혼슈 북쪽 땅끝 중의 땅끝。그렇지만、이 주변은 요즘、국방상 상당히 중요한 곳이라、거리나 지형 등등、구체적인 사항에 대한 기술은、절대 피해야만 한다。어쨌거나、이 소토가하마 일대는、쓰가루 지방에서、가장 오랜 역사를 간직한 곳이다。그리고 가니타는、소토가하마에서도 가장 큰 마을이다。아오모리에서 버스로、우시로가타、요모기타를 지나、약 한 시간 반、이라고 하는데 뭐 두 시간 근처면、가니타에 도착한다。말하자면 소토가하마의 중앙부。가구 수는 1천에 가깝고、인구는 5천을 훌쩍 넘는다고。요사이 신축된 것으로 보이는 가니타 경찰서는、소토가하마 전체를 통틀어 가장 당당하고 눈에 띄는 건축물 가운데 하나일 것이다。가니타、요모기타、다이라다테、잇폰기、이마베쓰、민마야、다시 말해 소토가하마의 마을은 전부、이곳 경찰서의 관할구역으로 되어 있다。다케우치 운페이라는 히로사키 출신 학자가 쓴 『아오모리현통사』라는 책에 따르면、가니타 해변은、옛날에는 사철의 산지였는데、지금은 전혀 나지 않지만、게이쵸 시대(1596년~1615년)에 히로사키 성을 건축할 당시에는、이 해변에서 산출되는 사철을 정련하여

사용했다고 하고、또한 간분 9년(1669년) 에조[1] 봉기 때는、진압을 위해 큰 배 다섯 척을、이 가니타 해변에서 건조하기도 하였으며、또한、4대 번주 노부마사 때인 겐로쿠 시대에는、쓰가루 9항 중 하나로 지정되어、이곳에 행정관을 파견하여、주로 목재 수출 업무를 관장했다고 하는데、그건、전부 내가 나중에 조사해서 알게 된 사실들이고、그때까지 난、가니타는 게의 명산지라는 것[2]、그리고 내 중학교 시절 유일한 친구 N군이 산다는 것 말고는 아는 게 없었다。내가 이번에 쓰가루 여행에 즈음하여、N군 집에도 한번 들러 신세를 지고 싶다고、미리 편지를 보냈는데、그 편지에、"절대로、손님으로 생각하지 마시게。자네는、모른 척하고 있으시게。마중 같은 건、절대로、나오지 마시게。하지만、사과주와、그리고 게는 좀 부탁함세。" 라고 썼으니、먹을 것에 의연하자、라는 나의 계율도、게만큼은 예외를 인정했다는 뜻이다。나는 게를 좋아한다。왠지 모르지만 좋아한다。게、새우、갯가재、아무런 영양가도 없을 것 같은 음식만 좋아한다。그리고 또 좋아하는 것은、술。먹을 것에는 아무런 관심도 없는、애

1 혼슈 동북단 지역에 살던 일본의 선주민족(=에미시). 또는 홋카이도의 옛 이름.
2 〈가니〉는 게를, 〈타〉는 밭을 뜻한다. 가니타 = 게밭.

정과 진리의 사도가, 이야기가 여기까지 흘러오니, 뜻밖에도 타고난 식탐의 일부를 폭로하고 말았다.

가니타에 사는 N군 집에서는, 붉은색 커다란 학다리 밥상 위에 게를 산더미처럼 쌓아놓고 나를 기다리고 있었다.

"사과주 아니면 안 되나? 정종이나, 맥주 안 되나?" 하고, N군은, 어려운 이야기라도 꺼내듯 말한다.

안 되기는 왜 안 되나, 그게 사과주보다 당연히 좋지, 그런데, 정종이나 맥주가 귀하다는 사실을 '어른'인 나는 잘 아니까, 미리 신경 쓴다고, 사과주, 라고 편지에 쓴 거잖아. 쓰가루 지방에는, 요즘, 고슈에 포도주가 많이 나는 것처럼, 사과주가 비교적 풍부하다는 소문을 들었다.

"그거야, 뭐, 아무거나." 나는 복잡한 미소를 흘렸다.

N군은, 한숨 돌렸다는 표정으로,

"아이구, 그 말 들으니까 안심이네. 난, 정말, 사과주는 별로라서. 실은 말이야, 마누라가, 자네 편지를 보고, 이건 다자이가 도쿄에서 정종이나 맥주만 마시다가 질려서, 고향의 향기 물씬 나는 사과주를 한번 마셔보려고, 이렇게 편지에도 쓴 게 틀림없으니까, 사과주를 내자고 하더라구. 난, 그럴

리가 없다, 그 녀석이 맥주나 정종이 질렸을 리가 없다, 그 녀석이, 어울리지 않게 배려를 한답시고 그런 게 분명해, 라고 했지."

"하지만, 제수씨 말도 틀린 건 아니야."

"무슨 소리. 이제, 됐어. 정종 먼저? 맥주 먼저?"

"맥주는, 입가심이지." 나도 조금 뻔뻔해졌다.

"나도 마찬가지야. 여보, 정종. 미지근해도 괜찮으니까, 바로 갖다줘."

어디라고 술 잊으랴, 만리타향에서 옛 친구를 만나노라

청운의 뜻 못 이루고, 성성한 백발에 서로 놀라네

스무 해 전 헤어져, 삼천 리 밖으로 헤어졌건만

이때 한 잔 술이 없다면, 무엇으로 한평생을 풀어가리오

백거이[(1)]

난, 중학교 시절에, 다른 집에 놀러 간 적은 한 번도 없었지만, 왜 그런지, 같은 반 N군 집에는, 정말 자주 놀러 갔

1 772~846. 중국 당나라의 대표적인 시인.

다。N군은 그 시절、데라마치에 있는 커다란 양조장 2층에서 하숙을 했다。우리는 매일 아침、서로 불러내어 함께 등교했다。그리고、돌아오는 길에는 그 뒷길、바닷가를 따라 어슬렁어슬렁 걸었는데、비가 와도、허둥대며 뛰지 않고、온몸이야 물에 빠진 생쥐 꼴이 되든 말든、천천히 천천히 걸었다。지금 생각하면 둘 다、굉장히 대범하게、나사가 풀린 아이였다。그것이 우리 둘 사이 우정의 열쇠인지도 모른다。우리는 절 앞에 있는 광장에서、달리기를 하거나、테니스를 쳤고、일요일에는 도시락을 들고 근처 산으로 놀러갔다。「추억」이라는 내 초기 소설 속에 나오는 '친구'란 대부분 이 N군을 두고 하는 말이다。N군은 중학교를 졸업하고 나서、도쿄로 올라가、어느 잡지사에서 일했다고 한다。나는 N군보다 이삼년 늦게 도쿄로 나가、대학에 적을 두었지만、그때부터 우리 둘의 친교는 부활했다。N군이 당시 하숙하던 집은 이케부쿠로、나는 다카다노바바였지만、그래도 우리는 거의 매일 만나서 놀았다。더 이상 그 놀이는、테니스나 달리기가 아니었다。N군은 잡지사를 그만두고、보험회사에 근무했는데、아무래도 의젓한 성격이라、나와 마찬가지로、늘 남에게 속기만 한 것 같다。그러나 나는、남에게 속을 때마다 조금씩 어둡고 비굴해졌지만、N군은 나와 반대로、아무리 속아도、성격이 더더욱 느긋하고、밝아지는 것이다。신기한 녀석、비뚤어지지 않는 게 기특하군、그런 점은 조상 은덕이라고 생각할 수밖에、라며 같이 놀던 입이 걸쭉한 친구들도、N군의 그 올곧음에는 하나같이 감탄했다。N군은、중학교 시절에도 가나기 고향집에 놀러 온 적이 있는데、도쿄로 오고 나서도、도쓰카에 사는 내 바로 위 형 집에、가끔 놀러 왔고、그리고、그 형이 스물일곱 나이로 눈을 감았을 때도、근무까지 쉬면서 여러모로 도움을 주었기에、우리 가족들 모두가 고마워했다。그러다가 N군은、시골집 정미소를 이어받게 되어 고향으로 내려갔다。가업을 잇게 된 후로도、그 신기한 인덕으로 인해、마을 청년들의 신뢰를 얻어、이삼년 전 가니타 마을 의회 의원으로 뽑히고、또 청년단 분단장이니、무슨 무슨 회 간사니、다양한 직책을 맡아、지금은 가니타에 없어서는 안 될 사람 중 하나가 된 모양이다。그날 밤에도、N군 집에 이 지역 젊은 유지가 두셋 놀러 와서 함께 정종이며 맥주를 마셨는데、N군의 인기、과연 굉장했다。바쇼[(1)]의 여행 규칙으로 세상에 전해지는 것 가운데、하나、마음껏 술을 마셔서는 안 된다、향응을 고사하기 어렵더라도 얼큰할 때 그만둘 것、그리하면 어지러운 지경에 이르지 않으리라、라는 글이 있는데、논어에 나오는 주무량불급란(酒無量不及亂)[2]、이라는 말은、술은 아무리 마셔도 괜찮지만 실례를 범하지 말라、라는 의미로 나는 해석하고 있으니、구태여 바쇼의 가르침대로 따르지는 않겠다。만취해서 예를 잃지 않을 정도면、된다。당연한 말 아닌가。나는 술이 세다。바쇼보다 몇 배는 세지 않을까 생각한다。남의 집에서 대접을 받고、그리고 어지러운 지경에 이른다、난 그 정도로 한심한 놈은 아니다。이때 한 잔 술이 없다면、무엇으로 한평생 풀어가리오、이다。나는 거하게 마셨다。그리고 또 바쇼의、그 여행 규칙 중에、하나、하이쿠 외、잡담을 해서는 안 된다、잡담이 나오면 졸면서 힘을 비축하라、라는 조항도 있는데、나는 그 규칙도 따르지 않았다。바쇼의 여행은、우리 같은 평범한 사람들 입장에서 보면、거의 바쇼 스타일 하이쿠 광고를 위해 지방 출장을 간 건 아닐까 하는 의심이 들 만큼、여행 가는 곳

1 1644~1694. 에도 시대 하이쿠 시인.
2 술을 마시는 데 일정한 주량은 없지만 어지러운 데 까지 이르지 않는다는 뜻.

곳마다 하이쿠 모임을 열어 바쇼 스타일 지방 대리점을 조직하고 다닌다。하이쿠 강의를 들으러 온 학생들에게 둘러싸인 강사라면、그야 하이쿠 말고 다른 잡담을 피하고、그리고 잡담이 나오면 꾀잠을 자든 뭘 하든 제멋대로 해도 되겠지만、내 여행은、다자이 스타일 지방 대리점을 조직하기 위한 여행이 아니다。N군도 설마 나한테、문학 강의를 들으려고 술자리를 마련한 것은 아닐 테고、또、그날 밤、N군 집에 놀러 오신 유지 손님들도、내가 N군과 오래전부터 가깝게 지내온 친구라는 이유에서 나를 다소나마 친근하게 대해주어、술잔을 주고받고 있는 그런 상황이니、내가 정색을 하고、문학 정신이란 무엇인가 횡설수설하가、그러다가、잡담이 나오면 기둥에 등을 기대고 꾀잠을 잔다는 건、별로 바람직한 짓거리는 아니라는 생각이 든다。나는 그날 밤、문학에 대한 말은 한 마디도 하지 않았다。도쿄 말씨조차 쓰지 않았다。오히려 일부러 애써 눈꼴실 만큼、순수한 쓰가루 사투리로만 이야기했다。그리고 일상적이고 사소하고 세속적인 잡담만 했다。그렇게까지 하면서 애쓰지 않아도 되는데、하고 술자리의 누구 하나가 분명 느꼈으리라 걱정될 만큼、나는 쓰가루의 쓰시마 집안 '오즈카스'로서 사람을 대했다. (쓰시마 슈지는, 내가 태어났을 때 호적에 올린 이름이고, 또, 오즈카스는 한자로 叔父糟(숙부조)[1] 라고 쓰면 될까? 셋째 혹은 넷째 아들을 업신여기며 말할 때, 이 지방에서는 그 단어를 쓴다.) 이번 여행에서, 나를 다시 한 번, 쓰시마 집안의 오즈카스로 환원시키겠다는 의도가, 나에게 없지 않았던 것이다. 도시 사람인 나에게 불안을 느껴, 쓰가루 사람인 나를 붙잡으려는 염원이다. 바꾸어 말하면, 쓰가루 사람이란, 어떤 사람인가, 그걸 확인하고 싶어서 여행을 나섰다. 내 인생행로의 본보기로 삼아야 할 순수한 쓰가루 사람을 찾아 쓰가루에 왔다. 그리고 나는, 너무나 쉽게, 도처에서 그 사람을 찾아냈다. 누가 어떻다더라 하는 게 아니다. 거지꼴 가난한 나그네에게, 그런 기고만장한 비평은 허락되지 않는다. 그야말로, 무례하기 짝이 없는 짓이다. 나는 설마 개개인의 말과 행동, 또는 나에게 베푸는 환대 속에서, 그런 사람을 발견한 것은 아니다. 탐정처럼 방심할 수 없는 그런 눈초리로 나는 여행을 하는 게 아니다. 나는 어지간하면 고개를 숙이고, 내 발밑만 쳐다보며 걸었다. 그렇지만 내

---

1 叔父(오지)는 숙부나 삼촌을, 糟(카스)는 찌꺼기를 뜻한다.

귀에 소곤소곤 속삭이듯 숙명이라 해야 할 목소리가 종종 들려오곤 한다。나는 그 소리를 믿었다。나의 발견이란、그처럼、이유도 형태도 아무것도 없는、대단히 주관적인 것이다。누가 어떻다더라、누가 뭐랬다더라、난 그런 말에는、거의 전혀 신경 쓰지 않았다。당연한 일이지만、나 같은 사람、그런 말에 신경 쓸 자격도 없지만、아무튼、현실은、안중에 없었다。"믿는 곳에 현실은 있으며、현실은 결코 사람을 믿게 만들 수 없다。"는 오묘한 말을、나는 여행 수첩에、두 번이나 거듭 적어 두었다。

자제해야지 생각하면서도、그만、어설픈 감회를 늘어놓았다。내 주장은 횡설수설해서、나도、무슨 말을 하고 있는 건지、모를 때가 많다。거짓말을 할 때조차 있다。그래서 감정을 설명하기가、싫은 것이다。왠지 너무나、빤히 들여다보이는 서투르고 허식적인 행동 같아서、부끄러워 얼굴이 빨개질 뿐이다。반드시 후회하리라는 걸 알면서、흥분을 하면 그만、말 그대로 '돌아가지 않는 혀에 기름칠'을 해가며 입을 삐쭉 내밀고 이러쿵저러쿵 지리멸렬한 말을 내뱉어、상대의 마음에 경멸뿐이랴、연민의 감정마저 불러일으키고 마는 것、이것도 나의 애처로운 숙명 가운데 하나이지 싶다。

그날 밤은、그러나、나는 그런 서투른 감회를 입 밖에 내지 않고、바쇼가 남긴 규칙을 거스르는 것 같긴 한데、꾀잠도 자지 않고 오로지 잡담에만 흥에 겨워、눈앞에 쌓인 내가 좋아하는 게 무더기를 바라보며 밤이 이슥해질 때까지 계속 마셨다。몸집이 아담하고 성격이 시원시원한 제수씨는、내가 산더미 같은 게를 흐뭇하게 바라보기만 할 뿐 전혀 손을 대지 않는다는 걸 눈치 채고、게를 까먹기 귀찮아서 그러는 게 틀림없다고 생각했는지、직접 솜씨 좋게 게를 까서는、그 아름답도록 허연 속살을 등딱지에 담아、후르츠 뭐라더라 하는、그、과일의 원래 모습을 그대로 간직한 향기롭고 시원한 화과자[1] 같은 모양으로 만들어、몇 번을 거듭 나에게 권했다。아마도 이것은、오늘 아침、이곳 가니타 바닷가에서 막 건져 올린 게。방금 딴 과일처럼 신선하고 산뜻한 맛이다。나는、먹을 것에 의연하자、던 계율을 아무렇지 않게 깨버리고、세 마리든、네 마리든 먹었다。그날 밤、제수씨는、손님이 올 때마다 매번 상을 전부 새로 차려 냈고、지역 사람들

[1] 팥앙금과 한천으로 만든 과일 모양 화과자 〈네리키리〉. 차게 식혀 차와 함께 먹는다.

조차, 상 위에 오른 요리의 풍성함에 놀랄 정도였다. 손님들이 돌아가자, 나와 N군은 안방에서 거실로 자리를 옮겨, 아토후키를 시작했다. 아토후키란, 쓰가루 지방에서, 혼례 같은 경사나 무슨 일로 집에 사람들이 모였을 때, 손님들이 모두 돌아간 다음, 집안사람 몇몇이, 남은 음식을 모아서 조촐하게 벌이는 위로 잔치를 말하는데, 어쩌면 아토히키[1]의 사투리일 수도 있다. N군은 나보다도 더 술에는 강한 체질이라, 우리는 둘 다, 어지러운 지경에 이를 우려는 없었지만,

"그런데, 자네." 하고 나는, 깊은 한숨을 내쉬며, "여전히, 잘 마시는군. 하긴 내 선생님이니, 그럴 만도 하지."

나한테 술을 가르쳐준 건, 사실, 바로 이 N군이다. 그건, 분명히, 그렇다.

"으음." 하고 N군은 술잔을 손에 든 채로, 심각하게 고개를 끄덕이며, "나도, 아주 그 일에 대해서는, 생각이 많다구. 자네가 술 문제로 뭔가 사고를 칠 때마다, 책임감이 느껴져서, 나 힘들었어. 그래도 말이야, 요즘은, 이렇게 생각을 고쳐먹으려고 노력 중이야. 저 자식은, 내가 가르쳐주지 않았

---

1 먹을수록 음식, 특히 술을 탐내는 일.

어도、틀림없이 지 혼자 알아서、술꾼이 되었을 거라고。내 신경 쓸 바 아니라고。"

"허허、그래。자네 말이 맞아。자네한테 책임 같은 게 있을 리가。전부、그 말대로야。"

얼마 안 있어 제수씨까지 가세하여、서로의 아이들 이야기를 나누면서、차분하게、아토후키를 하는 와중에、별안간、닭이 울어 새벽을 고하는 바람에、깜짝 놀라 나는 잠자리에 들었다。

이튿날 아침、눈을 뜨니、아오모리 T군 목소리가 들렸다。약속대로、아침 첫 버스를 타고 와준 것이다。나는 재까닥 일어났다。T군이 있으면、나는、왠지 안심이 되고、든든하다。T군은、아오모리 병원에서 일하는 H씨라는、소설을 좋아하는 동료 하나를 데리고 왔다。또、그 병원 가니타 분원 사무장을 맡고 있는 S씨라는 사람도 같이 왔다。내가 세수를 하는 사이에、민마야 근처 이마베쓰에서、M씨라고 소설을 좋아하는 젊은이도、내가 가니타에 온다는 소식을 N군에게 들었는지、수줍게 웃으며 찾아왔다。M씨는 N군과、또 T군、S씨와도 전부터 알고 지내는 사이라고 한다。지금부터、모두 함께、가니타에 있는 산으로 꽃놀이를 하러 가자고 의견이、모아진 것 같다。

간란 산。나는 앞에서 말한 보라색 점퍼를 입고、녹색 각반을 차고 길을 나섰지만、그런 어마어마한 차림새를 할 필요는 전혀 없었다。그 산은、가니타 변두리에 있는데、높이가 100미터도 안 될 만큼 작은 뒷동산이다。그렇지만、이 산에서 바라보는 전망은、나쁘지 않았다。그날은、눈이 부실 만큼 날씨가 화창하여、바람 한줄기 없고、아오모리 만 저편으로는 나쓰도마리 곶이、또、다이라다테 해협을 사이에 두고 시모키타 반도가、바로 눈앞인 듯 보였다。도호쿠의 바다라고 하면、남쪽 사람들은 혹、거무튀튀하고 성난 파도 소용돌이치는 험악한 바다를 상상할지도 모르지만、가니타 부근 바다는、너무나 잔잔하고 그리고 물빛도 말간 게、소금기도 덜할 듯、바다 내음마저 은은하다。눈이 녹아든 바다。거의 그것은 호수와 닮았다。수심 같은 사항에 대해서는、국방상、거론하지 않는 게 바람직할 것 같고、파도가 모래톱을 다정히 어루만지고 있다。그리고 바닷가 바로 근처에 그물이 몇 개나 걸려 있는데、게를 비롯하여、오징어、가자미、

고등어、정어리、대구、아귀、각양각색 물고기를 사계절 내내 손쉽게 잡아 올릴 수 있는 모양이다。이 마을에서는、지금도 옛날과 다름없이、매일 아침、생선 장수가 손수레에 물고기를 가득 싣고、오징어 고등어 사려、아귀 도도바리 사려、농어 임연수 사려、하고 화가 난 듯 우렁찬 목소리로 외치며、팔러 다닌다。그리고 이 일대 생선 장수는、그날 잡은 고기만 팔고、전날 팔다 남은 것은 일절 취급하지 않는다고 한다。다른 데로 보내버리는 걸지도 모른다。그래서、이 마을 사람들은、그날 잡아 방금 전까지 살아 있던 생선만 먹는 셈인데、하지만、바다가 거칠거나 해서 단 하루라도 물고기를 못 잡은 날에는、마을 전체에 생선은 한 마리도 눈에 띠지 않고、사람들은、건어물이나 나물 반찬으로 식사를 한다。이것은、가니타뿐 아니라、소토가하마 일대 어느 어촌이든、또、소토가하마만 그렇다고 할 수도 없고、쓰가루 서해안 어촌에서는、다 그렇다。가니타는 또한、산나물도 매우 풍부하다。가니타는 바닷가 마을이긴 하지만、또한、평야도 있는가 하면、산도 있다。쓰가루 반도 동해안은、산이 바닷가에 바싹 붙어 있어서、평야가 모자라、산비탈을 논밭으로 개간한 곳도 적지 않은 형편이라、산 너머 쓰가루 반도 서쪽의 넓은 쓰가루 평야에 살고 있는 사람들은、이 소토가하마 쪽을、가게(뒤쪽이라는 뜻)라 부르며、다소、딱하게 여기는 경향이 없지 않은 것 같다。그렇지만、이 가니타만큼은、결코 서쪽 못지않은 기름진 평야가 있다。서쪽 사람들이、딱하게 여긴다는 걸 알면、가니타 사람들은、낯이 간질거리겠지。가니타 일대에는、수량이 풍부하고 잔잔한 가니타 강이 유유히 흐르고 있고、강 유역에 논밭이 넓게 펼쳐져 있다。다만 이 지역에는、동풍、서풍 할 것 없이 바람이 거세게 불어 닥치므로 흉작이 드는 해도 적지 않다고 하는데、그러나、서쪽 사람들이 상상하는 만큼、땅이 척박하지는 않다。간란 산에서 내려다보면、수량이 넉넉한 가니타 강이 기다란 뱀처럼 굽이치며 흐르고、그 양측으로 한 번 갈아엎어놓은 논이 차분하게 자리 잡고 있어、풍요롭고、듬직한 경관을 이루고 있다。산은 오우 산맥에서 갈라져 나온 본쥬 산맥이다。이 산맥은 쓰가루 반도의 뿌리에서 시작되어 똑바로 북진하는데 반도 끝 툭 튀어나온 닷피 곶까지 뻗어가다가 바다로 굴러 떨어진다。2백 미터에서 삼사백 미터쯤 되는 낮은 산들이 즐비하고、간란 산 서쪽에 솟아오른 푸르른 오쿠라다케 산은、이 산맥에서 마스카와다케 산과 함께 최고봉 중 하나인데、높다고 해야、700미터 될까 말까할 정도다。그러나、산이 높아 귀하랴、나무 있어 귀하다、어쩌구저쩌구、기분 잡치도록 적나라하게 단언해 마지않는 실리주의자도 있게 마련이니、쓰가루 사람들은、구태여 그 산맥이 낮다고 부끄러워할 필요는 없을 것이다。이 산맥은、전국에 이름 높은 편백나무 산지이다。오랜 전통을 자랑할 만한 쓰가루의 특산물이、바로 편백나무다。사과가 아니다。사과라 하면、메이지 초기(1867년)에 미국인한테 받은 씨앗을 시험 삼아 심었다가、메이지 20년대(1887년~1897년)에 이르러 프랑스 선교사에게 프랑스식 가지치기 농법을 배우고 나서부터、갑자기 생산량이 늘자、그 후로 이 지방 사람들도 사과 재배에 열을 올리기 시작했고、아오모리 특산품으로 전국에 알려진 것은、다이쇼 시대(1912년~1926년)에 들어와서의 일인데、아무러면、도쿄 가미나리 과자[1]、구와나[2] 대합 구이만큼 경박한 특산물도 아니지만、기슈[3] 귤에 비하자면、현저히 역사가 짧다。간토、간사이 지방 사람

1아사쿠사 센소지 인근에서 파는 과자로 찐 쌀을 볶아 물엿과 땅콩 등을 넣고 버무려 납작하게 눌러 굳힌 과자.
2혼슈 중서부 미에 현 북부의 도시. 대합 요리로 유명하다. 3혼슈 중서부 미에 현 남부. 와카야마 현이 이에 해당한다.

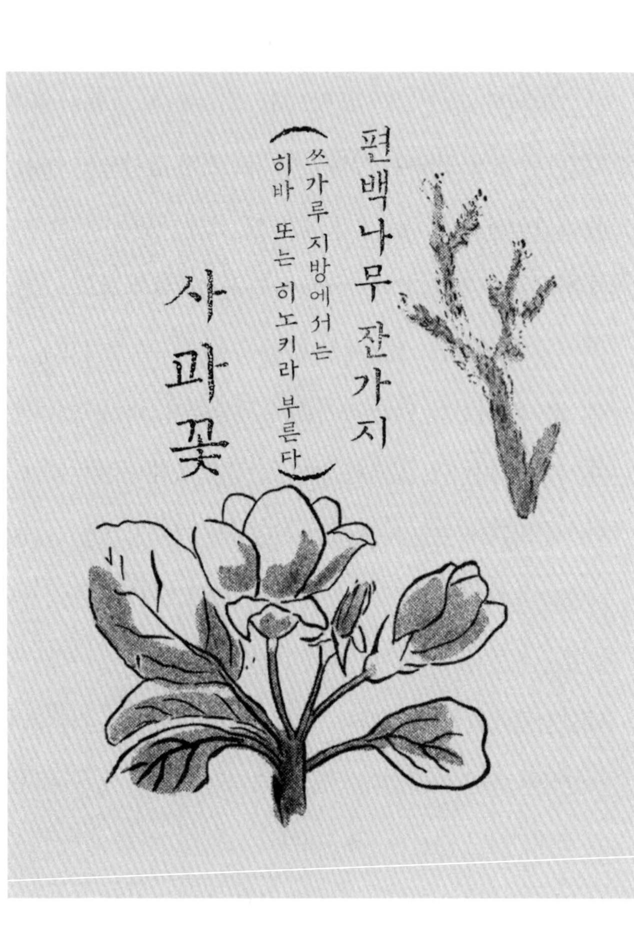
편백나무 잔가지
(쓰가루 지방에서는
히바 또는 히노키라 부른다)
사과꽃

들은、쓰가루 하면 바로 사과를 떠올리고、그리고 이 편백나무 숲에 대해서는、거의 모르는 것 같다。'아오모리(靑森)'라는 명칭[(1)]도 편백나무 숲에서 유래한 것은 아닐까 생각될 만큼、쓰가루의 산에는 나무들이 가지를 서로 휘감아 자라며 겨울에도 숲은 변함없이 푸르고 울창하다。예로부터、일본 3대 삼림의 하나로 꼽히고 있으며、쇼와 4년(1929년)판 『일본지리풍속대계』에도、"원래、이 쓰가루 대삼림은 먼 옛날 쓰가루 번주의 시조 다메노부가 시작한 사업으로、이후、엄격한 제도 아래 오늘날 여전히 그 울창함이 이어져、나라의 모범이 되는 임업 제도라 불리고 있다。덴나(1681년~1684년)、죠쿄 시대(1684년~1688년)、쓰가루 반도 지역에서、일본해 연안 사구 수십 리(10리는 약 4km)에 숲을 조성하여、이로써 바닷바람을 막았고、또한 이로써 이와키 강 하류 지역 황무지 개척에 이바지했다。이후、번에서는 이 방침을 이어받아、계속 숲 조성에 힘쓴 결과、간에이 시대(1624년~1644년)에는 이른바 방풍림이 조성되었고[(2)]、또한 이로써 경작지 8천3백여 정보(약 2천5백만 평)를 개간하기에 이르렀다。그리고、번내 각지

①아오(靑 : 푸른) + 모리(森 : 숲). ②간에이 시대가 덴나, 조쿄 시대보다 앞서기 때문에 문맥상 오류가 있으나 〈일본지리풍속대계〉에 그렇게 적혀 있고, 다자이는 이를 그대로 옮겼다.

에서 계속적으로 숲 조성에 힘쓴 결과, 백여 곳의 방대한 번 소유의 삼림을 마련할 수 있었다. 그리하여 메이지 시대에 들어와서도, 관청은 임업 행정에 크게 관심을 기울였고, 아오모리 현 편백림의 호평은 천하에 자자해진다. 무릇 이 지방 편백나무의 재질이, 각종 건축토목 용도에 매우 적합하고, 특히 습기에 견디는 특성을 가지며, 재목의 생산량이 풍부하고, 또한 그 운반이 비교적 편리하여 중히 여겨졌으며, 연간 생산액 80만 석"이라고 기록되어 있는데, 이게 쇼와 4년(1929년)에 출판된 책이라, 현재의 생산액은 그 세 배쯤 될 거라고 생각된다. 그렇지만, 이상은, 쓰가루 지방 전체의 편백나무 숲에 대한 내용이라, 이걸 가지고 특별히 가니타 지역만의 자랑거리라고 할 수는 없지만, 그러나, 이 간란 산에서 바라다보이는 울울창창 우거진 산들은, 쓰가루 지방에서도 가장 빼어난 삼림 지대이며, 앞서 언급한 『일본지리풍속대계』에도, 가니타 강 하구 사진이 커다랗게 실려 있고, 또, 그 사진에는, "이 가니타 강 부근에는 일본 3대 미림으로 칭송받는 국유 편백림이 있고, 가니타는 그 편백나무를 반출하는 항구로서 제법 북적인다. 여기에서 삼림철도가 해안을 벗어나 산으로 들어가며, 매일 많은 양의 목재를 이곳으로 실어나른다. 이 지역에서 나는 목재는 양질에 값도 저렴한 것으로 유명하다." 라는 설명이 붙어 있다. 가니타 사람들이 자랑스러워하지 않을 수 있으랴. 게다가, 이 쓰가루 반도의 척추를 이루는 본쥬 산맥에서는, 편백나무뿐 아니라, 삼나무, 너도밤나무, 졸참나무, 계수나무, 도토리나무, 낙엽송 같은 목재도 나오고, 또한, 산나물이 풍부하기로 이름나 있다. 반도 서부 가나기 지역도, 산나물은 상당히 풍부하지만, 이곳 가니타 지역도, 고사리, 고비, 두릅, 죽순, 머위, 엉겅퀴, 버섯 종류를, 마을 지척의 산기슭에서 아주 손쉽게 딸 수 있다. 이처럼 가니타는, 논 있고 밭 있고, 산해진미 풍족하니, 그야말로 고복격양(鼓腹擊壤)[1]하는 별천지라고 독자들은 생각하겠지만, 그러나, 이 간란 산에서 내려다본 가니타 분위기는, 왠지 나른하다. 활기가 없는 것이다. 지금까지 가니타를 너무 지나칠 만큼, 치켜세우는 내용만 썼으니, 이쯤에서 조금, 험담을 한다 한들, 가니타 사람들이 설마하니 나를 두들겨 패기야 하겠는가. 가니타 사람들은 온화하다. 온

1 배를 두드리고 발을 구른다는 말로, 태평성대를 누린다는 뜻.

화하다는 것은 미덕이지만, 마을이 나른해질 정도로 주민들이 무기력한 것도, 여행하는 사람 입장에서는 허전하다. 자연의 혜택이 많다는 사실이, 마을 기운을, 오히려 해치는 것은 아닐까, 하는 생각이 들 만큼, 가니타는, 차분하고, 쥐죽은 듯 조용하다. 하구의 방파제도 반쯤 만들다 만 듯한 모양새다. 집을 지으려고 땅고르기를 하다가, 그걸로 끝, 집을 지으려 하지도 않고 그 공터 시뻘건 흙에 호박을 심었다. 간란 산에서, 그게 전부 보인다는 말은 아니지만, 가니타에는, 아무래도 건설하다가 중간에 그만둔 공사가 너무 많은 것 같다. 마을 행정의 활발한 추진을 방해하는 고루한 책동꾼 같은 자가 있는 거 아닌가? 하고 내가 N군에게 물었더니, 이 젊은 마을 의회 의원 나리는 억지웃음을 지으며, 됐어, 관둬, 하고 말한다. 삼가야 할 것은 무사의 장사 얘기, 작가의 정치 얘기. 가니타의 행정에 대한 나의 주제넘은 질문은, 닳고 닳은 마을 의회 의원의 비웃음만 초래한 채 시시한 결과로 끝을 맺었다. 그에 대해서, 퍼뜩 떠오르는 이야기가 있으니 바로 드가[1]가 망신당했던 이야기. 프랑스 화단의 거장 에

1 1834~1917. 프랑스의 인상주의 화가, 조각가.

드가 드가는, 예전에 파리의 한 무용극장 복도에서, 우연히, 유력 정치인 클레망소[1]와 같은 소파에 앉게 되었다. 드가는 거리낌 없이, 전부터 자기가 품고 있던 고매한 정치관을 이 유력한 정치인에게 피력했다. "내가, 만약, 재상이 된다면, 말이지요, 그 책임이 막대함을 헤아려, 가족 친지와 모든 인연을 끊고, 고행자와도 같이, 간소한 삶을 택하여, 관청 바로 근처 하숙집 5층쯤에 아주 작은 방 하나를 빌려서, 거기에 테이블 하나와 변변찮은 철제 침대만 들여놓고, 관청에서 돌아오면 밤 늦도록 그 테이블에서 못다 한 업무를 정리를 하다가, 수마가 덮쳐오면, 옷도 구두도 벗지 않은 채로, 그대로 쓰러져 잠을 자고, 이튿날 아침, 눈이 떠지면 곧장 일어나, 서서 계란과 수프를 먹은 후, 가방을 안고 관청으로 가는 생활을 할 것이오!" 하고 열정적으로 이야기했지만, 클레망소는 일언반구 대꾸도 없이, 그저, 이건 또 뭐야 어이가 없네, 라는 듯한 경멸의 눈초리로, 미술계 거장의 얼굴을, 멀거니 쳐다볼 뿐이었다고 한다. 드가도, 그 눈초리에는 난처했던 모양이다. 어지간히 창피했는지, 그 망신살 뻗친 이야기

[1] 1841~1929. 프랑스의 유력 정치인이자 언론인.

는 아무한테도 하지 않았는데, 15년이 지나고서야, 몇 안 되는 친구 중에서도 가장 가까웠다는 발레리[1]한테만, 슬쩍 털어놓았던 것이다. 15년이라는 대단히 긴 세월, 한사코 숨기기만 했던 걸 보면, 그 오만불손하기 이를 데 없는 거장도, 베테랑 정치인이 무의식적으로 내보인 경멸의 눈초리 앞에, 그야말로 뼛속 깊이 사무친 점이 있었으리라고, 공연히 동정하는 마음이 가슴에 밀려옴을 느낀다. 아무튼, 예술가의 정치담은, 상처의 근원이다. 드가가 좋은 본보기이다. 일개 빈곤 작가에 불과한 나는, 간란 산의 벚꽃과, 또한 쓰가루 친구들의 애정에 대해서만 이야기하는 편이, 아무래도 무난할 것 같다.

그 전날에는 서풍이 세차게 불어, N군 집 장지문이 흔들리기에, "가니타는, 바람의 고장이군." 하고 나는, 항상 그렇듯 지레짐작으로 정의를 내렸는데, 오늘 가니타는, 전날 밤 내가 함부로 내뱉은 말을 숨어서 비웃기라도 하듯, 날씨가 순하고 맑다. 산들바람도 없다. 간란 산 벚꽃은, 지금이 절정이다. 잔잔하게, 담담하게 피어 있다. 만개라는 표현은, 가

[1] 1871~1945. 프랑스의 작가, 시인, 철학자.

당치 않다。 꽃잎도 얇고 투명하여、어쩐지 쓸쓸하고、정말이지 눈에 씻기어 피어난 느낌이다。 벚꽃 종류가 다를지도 모른다는 생각이 들 정도이다。 노발리스[(1)]의 『푸른 꽃』도、이런 꽃을 상상하면서 쓴 게 아닐까? 하는 생각이 들 만큼、아련한 꽃이다。 우리는 벚꽃 아래 잔디에 양반다리를 틀고 앉아、찬합을 열었다。 이것도、역시나、N군 제수씨가 만든 요리이다。 그것과 따로、게와 갯가재가、커다란 대바구니에 한가득。 그리고、맥주。 나는 천박해보이지 않을 정도로만、갯가재 껍데기를 벗기고、게 다리를 쪽쪽 빨다가、찬합에 든 요리에도 젓가락을 댔다。 요리 중에서는、꼴뚜기 몸통에 투명한 꼴뚜기 알을 꽉꽉 채워 넣고、그대로 간장을 발라 구워 둥글게 썬 것이、내 입맛에 아주 잘 맞았다。 귀환병인 T군은、덥다 더워、하면서 상의를 벗고 반나체가 되어 일어나、군대식 체조를 하기 시작했다。 수건을 머리에 두르고 이마에서 매듭을 지은 그 검은 얼굴、약간 버마의 바모[(2)] 장관을 닮았다。 그날、모인 사람들은、열정의 정도에 있어서는 제각각 조금씩 상이한 바가 있었던 것 같지만、뭔가 소설에 관

---

①1772~1801. 독일의 낭만주의 시인, 소설가. ②1893~1977. 버마(미얀마의 옛 이름)의 정치가. 인도에서 분리된 버마의 초대 수상으로 일본군의 지원을 받아 국가원수가 되었으나 일본 패망 후 일본으로 망명했다.

한 의견을 나한테 캐묻고 싶은 듯한 기색을 보였다。나는 묻는 만큼은、확실히 대답했다。“물음에 답하지 않음은 바람직하지 않다。” 라고 앞서 언급한 바쇼의 여행 규칙을 따르기는 했지만、하지만、훨씬 중대한 다른 규칙은 보기 좋게 어기고 말았다。하나、다른 이의 단점을 들어、자기 장점을 드러내지 말라。남을 헐뜯어 자신을 자랑함은 심히 천박하니라。나는 그、심히 천박한 짓을、해버렸다。바쇼도、분명 다른 유파 하이쿠 험담을、찔끔찔끔 했을 테지만、그렇지만 나처럼、조심성이고 나발이고 없이、눈썹을 치켜 올리고 입을 삐죽이며、어깨까지 들썩들썩、다른 소설가를 매도하는 한심한 짓은 하지 않았겠지。나는 씁쓸하게도、그 한심한 짓을 해버렸다。쉰 줄에 들어선 어느 일본 소설가[1]의 작품에 대한 질문을 받고、나는、썩 좋지는 않다、라고 그만、얼떨결에 대답해버린 것이다。최근、그 작가의 과거 작품을、어찌된 영문인지、경외에 가까운 감정으로 도쿄의 독서가들이 받아들이고 있는 모양인데、소설의 신、이라는 묘한 호칭으로 부르는 자들도 생기질 않나、그 작가를 좋아한다는 고백이、곧 그 독

1 일본의 소설가 시가 나오야(1883~1971)를 말함. 사소설에 능하고 간결한 문체와 필치로 소설의 신으로 불렸다. 다자이 오사무와 사이가 좋지 않았다.

서가의 취향이 고상함을 증명하는 수단이라는 이상한 풍조마저 언뜻 보여, 그야말로, 편애가 지나치면 외려 미움을 산다는 말마따나, 그 작가는 크게 난처하여 내키지 않는 웃음을 짓고 있을지도 모르지만, 그러나, 나는 예전부터 그 작가의 기묘한 위세를 멀찌감치 떨어져 바라보며, 앞서 말한 쓰가루 사람 특유의 우매한 기질로, '저놈은 천한 놈이다, 단지 운이 좋아서 어쩌고저쩌고.' 하고, 혼자 붉으락푸르락, 순순히 그 풍조에 따를 수는 없었다. 그리고 요즘 들어, 그 작가가 쓴 작품의 거의 절반을 다시 읽어보고, 잘 쓰네, 하고 생각은 했지만, 특별히, 취향이 고상하다는 느낌은 들지 않았다. 오히려, 망측한 점에, 이 작가의 강점이 있는 것은 아닐까 생각했을 정도였다. 묘사하는 세계도, 각박한 소시민이 의미도 없이 점잖은 척하는 일희일비이다. 작품 속 주인공은, 자기 삶의 방식에 대해서 가끔 '양심적'인 반성을 하는데, 그런 부분이 특히 고리타분해서, 이런 거북스러운 반성이라면, 안 하느니만 못하다는 생각이 들 정도라, '문학적' 미숙함에서 벗어나려다, 오히려, 미숙함에 발이 빠져버린 듯한 좀스러움이 느껴졌다. 유머에 신경을 쓴 것으로 보이는 부분도, 뜻밖일 만큼 많았지만, 자신을 완전히 내던지지 못했는지, 가느다란 신경이 한 가닥 움찔움찔 살아 있어서 독자는 순수하게 웃을 수 없다. 귀족적, 이라는 유치한 비평을 우연히 들은 적도 있는데, 터무니없는 말이고, 그야말로, 편애가 지나쳐서 미움을 샀다. 귀족이란, 어이없을 정도로 활달한 사람이 아닐까 한다. 프랑스 혁명 때, 폭도들이 왕의 거처까지 난입했는데, 그때, 프랑스 국왕 루이 16세, 우둔하다고는 해도, 껄껄 웃으며 쏜살같이 폭도 중 한 사람한테서 혁명모를 빼앗아, 스스로 그걸 푹 뒤집어쓰고는, 프랑스 만세, 하고 외쳤다. 피에 굶주린 폭도들도, 이 불가사의하고도 천진난만한 기품에 감동하여, 엉겁결에 왕과 함께, 프랑스 만세를 부르짖다가, 왕의 몸에는 손가락 하나 대지 않고 얌전히 왕의 거처에서 퇴각했다. 진정한 귀족에게는, 이렇듯 순진한 기품이 있는 법이다. 입을 단속하고, 옷깃을 여미고, 새침을 떠는 것, 그것은 귀족 집안 하인에게서 흔히 볼 수 있는 유형이다. 귀족적이라니, 민망한 말 하지 마시게나.

그날, 가니타의 간란 산에서 함께 맥주를 마신 사람들도, 대체로 그 쉰 줄 작가에게 심취했는지, 나한테, 그 작가에 대한 질문만 해대는 바람에, 끝내 나도 바쇼의 여행 규칙을 깨고, 그렇게 험담을 했고, 험담을 시작하니 점점 열이 올라, 그야말로 눈썹을 치켜 올리고 입을 삐죽이는 결과가 되어, 귀족적이라니, 이상한 부분에서 이야기가 산으로 가고 말았다. 같은 자리에 있던 사람들은, 내 이야기에 조금도 동감하는 것 같지가 않았다. "귀족적이라니, 그런 멍청한 말을 우리는 한 적이 없는데요." 하고 이마베쓰에서 온 M씨는, 당혹스러운 표정으로, 혼잣말하듯 중얼거렸다. 취객의 헛소리에 완전히 할 말을 잃은 것처럼 보였다. 다른 사람들도, 서로 얼굴 마주보며 히죽히죽 웃고 있다.

"내 말은," 내 목소리는 비명에 가깝다. 아아, 선배 작가 험담을 하는 게 아니었다. "남자답다는 말에 속으면 안 된다는 거야. 루이 16세는, 역사상 보기 드문 추남이었다구." 점점 더 산으로 갈 뿐이다.

"하지만, 그 사람 작품, 난 좋습니다." 하고 M씨는, 더더욱 확고하게 선언한다.

"일본에서는, 그 사람 작품, 괜찮은 편이잖아요?" 하고 아오모리 병원 H씨는, 조심스럽게, 분위기를 수습하려는 듯한 표정으로 말한다.

내 입장은, 점점 더 처량해질 뿐이다.

"그거야, 괜찮은 편일 수도 있지요. 뭐, 괜찮은 편이겠지요. 그렇지만, 이 사람들, 나를 앞에 두고서, 내 작품에 대해서는 한마디도 안 하는데, 이거 너무한 거 아닌가?" 나는 웃으며 속마음을 털어놓았다.

모두 미소 짓는다. 역시, 이실직고가 제일이군, 하며 나는 우쭐해져서,

"내 작품은, 엉망진창이지만, 그래도 난, 대망을 품고 있어. 그 대망이 너무 무거워서, 비틀거리는 게 지금 내 모습이지. 자네들한테는, 변변찮고 무식하고 초라한 모습으로 보일지는 몰라도, 하지만 난 진정한 기품이 뭔지를 안다구. 솔잎 모양 과자를 내놓거나, 청자 항아리에 수선화를 꽂아놓고 보여준다 해도, 난 조금도 고상하다고 생각 안 해. 졸부 취향이야, 그건 실례라구. 진정한 기품이란 건 말이지, 새까맣고 묵직한 바위에 백국 한 송이. 애초에, 지저분하고 커다란 바위가 없으면 소용이 없다 이거야. 그게 진정한 고상함. 자네들은, 아직 젊으니까, 철사로 지탱한 카네이션을 컵에 꽂아

놓은 것처럼 여학생 냄새 풀풀 나는 리리시즘[1]을, 예술의 기품이랍시고 빨고 자빠져 있는 거라구."

폭언이었다. "다른 이의 단점을 들어, 자기 장점을 드러내지 말라. 남을 헐뜯어 자신을 자랑함은 심히 천박하니라." 바쇼의 여행 규칙은, 엄숙한 진리와 닮았다. 참으로, 심히 천박하다. 나에게는 이 천박한 악습이 있어, 도쿄의 문단에서도, 모두에게 불쾌감을 주는, 구질구질한 멍청이라며 따돌림을 받고 있다. "뭐, 어쩔 수 없지." 하고 나는, 뒷짐 지고 하늘을 보며, "내 작품은, 정말이지, 형편없으니까. 무슨 말을 들어도, 어쩔 수 없지. 그래도, 자네들이 좋아하는 그 작가의 10분의 1만이라도, 내 작품을 인정해줘도 괜찮잖아? 자네들이, 내 작품을 전혀 인정해주지 않으니까, 나도, 얼토당토않은 말을 지껄이고 싶어지잖아. 인정해줘. 20분의 1이라도 좋으니까. 인정해줘어!"

모두, 시원하게 웃었다. 사람들이 웃으니, 나도 마음이 편해졌다. 가니타 병원 사무장 S씨가, 엉거주춤 일어서며,

"어때요, 이쯤에서, 자리를 옮길까요?" 라고 하는데, 세상

1 서정주의. 시나 산문, 음악 등 예술적 표현에서 개인의 감정이나 정서를 추구하는 정신.

물정 밝은 사람 특유의 자비롭고 나긋나긋한 말투였다。 가니타에서 제일 큰 E라는 여관에、 점심 식사 준비를 시켜 두었다고 한다。 그래도 괜찮겠나? 하고 나는 T군에게 눈빛으로 물었다。

"그러지요。 얻어먹지요。" T군은 일어나 윗옷을 걸치며、 "우린 처음부터 그럴 계획이었습니다。 S씨가 배급받은 고급술을 챙겨두셨다니까、 이제부터 모두、 그걸 드시러 가시지요。 N씨한테 얻어먹기만 해서야、 되겠습니까?"

나는 T군 말에 순순히 따랐다。 이래서、 T군이、 옆에 있어주면、 마음 든든하다。

E라는 여관은、 꽤 말끔했다。 객실의 도코노마[1]도、 번듯하고、 변소도 깨끗하다。 혼자 찾아와 묵어도、 허전하지 않을 여관 같았다。 대체로、 쓰가루 반도 동해안에 있는 여관은、 서해안과 비교하면 고급스럽다。 예로부터 수많은 타 지역 나그네들을 마중하고 배웅한 전통의 발로일 것이다。 옛날에는 홋카이도로 건너가려면、 반드시 민마야에서 배를 타야 했기 때문에、 이 소토가하마 가도는 홋카이도로 가는 전국의 여

1 일본식 방 상석에 바닥을 한층 높여 벽에 족자를 걸고 바닥에 꽃이나 장식물을 두어 꾸민 공간.

행객들을 아침저녁으로 맞이하고 또 보냈던 것이다。 여관 밥상에도 게가 올라와 있었다。

"역시、가니타구만。" 하고 누군가 말했다。

T군은 술을 못 마시니、혼자、먼저 밥을 먹었고、다른 사람들은、모두、S씨가 준비한 고급술을 마시느라、식사는 뒷전이었다。취기가 오를수록 S씨는、기분이 좋아졌다。

"나는요、누구 소설이든、전부 똑같이 좋아합니다。읽어보면、다 재미가 있어요。아주、허허 참、잘들 씁디다。그래서 나는요、소설가라는 사람이 좋아 죽겠어요。어떤 소설가든、좋아서、좋아서 죽겠단 말이지요。나는요、내 아이를、아들이고 세 살인데、이거를 소설가를 한번 시켜볼라고 생각하고 있습니다。이름도、글월 문(文)에 사내 남(男)、글 쓰는 남자、후미오(文男)라고 지었어요。머리통 모양이、왠지、그쪽하고 닮은 것 같은데。실례지만、그런 식으로、정수리가 푹 꺼진 납작한 모양으루다가。"

내 머리가、정수리가 푹 꺼졌다는、그런 말 처음 들었다。나는、내 외모에 대한 가지각색 이런저런 결점을 빠짐없이 남김없이 속속들이 알고 있다고 생각했는데、머리통 모양까지 이상하다는 건 몰랐다。나도 모르는 결점이 아직 많은 건 아닐까、다른 작가 험담을 한 직후이기도 해서、몹시 불안해졌다。S씨는、더욱 기분이 좋아져서、

"어떻습니까、술도 떨어진 것 같은데、이제 슬슬 우리 집으로 같이 가실까요? 네? 잠깐이면 됩니다。우리 마누라도 만나고、후미오도、만나주세요。부탁입니다。사과주는、가니타에、얼마든지 있으니까、집에 오셔서、사과주、네?" 하고、자꾸만 나를 유혹한다。호의는 고맙지만、나는 머리통 발언 이후、갑자기 의기소침、빨리 N군 집으로 가서、한숨 자고 싶었다。S씨 집에 가서、이번에는 머리통뿐이랴、머리통에 든 내용물까지 발각되어、매도를 당하는 건 아닐까 생각하니 더더욱 마음이 무거웠다。나는、여느 때처럼 T군 눈치를 살폈다。T군이 가라고 하면、이거、가지 않을 수 없겠군、각오를 다졌다。T군은、심각한 얼굴로 잠깐 생각하다가、

"한번 가주시요? S씨가、오늘 보기 드물게 많이 취하신 것 같긴 한데、오래전부터、소설가가 온다고 학수고대하고 있었습니다。"

나는 가기로 했다。머리통에 연연하지、않으련다。그건 S

씨가, 유머랍시고 한 말이 틀림없다고 다시 생각했다. 참, 외모에 자신이 없으니, 이런 사소한 일에도 끙끙 앓게 되어 못 쓰겠다. 외모에 대해서만 그런 게 아니라, 나에게 지금 가장 결여되어 있는 것은 '자신감'일지도 모른다.

S씨 집에 갔는데, 쓰가루 사람의 본성을 폭로시켜버리는 열광적인 접대 방식에는, 같은 쓰가루 사람인 나조차도 조금 어리둥절했다. S씨는, 집에 들어서자마자, 와다다다 부인에게 일을 시킨다. "여보오, 도쿄 손님을 모시고 왔어. 드디어 오셨어. 이쪽이 전에 말한 그 다자이 오사무라는 분이셔. 인사 안 해? 빨리 나와서 인사해. 하는 김에, 술. 뭐야, 한 병뿐이 없어? 모자라! 두 병 더 사와. 잠깐. 거기 툇마루에 걸려 있는 대구포를 뜯어서, 잠깐, 그거느은, 쇠망치로 두드려서 부드럽게 한 다음에, 뜯어야 된다구. 잠깐, 손을 그렇게 하는 게 아니라, 내가 할게. 대구포 두드리는 건, 이렇게, 이런 식으로 탕 탕, 아야야! 아이고 내 손! 뭐, 이런 식으로. 여보오, 간장 내와. 대구포에는 간장을 찍어야지. 컵 하나, 아니 두 개 더 내와. 빨리 내와, 잠깐, 이 술잔 써도 되나? 자, 건배, 여보오, 두 병 더 사 와, 잠깐, 애 좀 데리고 와봐.

소설가가 될 수 있을지 없을지, 다자이 오사무한테 봐달라고 할 거야. 어떻습니까, 이 머리통, 이런 걸, 정수리가 납작하다고 하나요? 그쪽 머리통하고 닮은 것 같은데. 얼씨구나. 여보오, 얘 좀 저리 데리고 가. 시끄러워 죽겠네. 손님 앞에, 이렇게 더럽게 하고 오면, 실례잖아. 졸부 취향이야. 빨리 사과주, 두 병 더. 손님 도망가잖아. 잠깐, 당신은 여기서 서비스를 해야지. 자, 한 잔씩 따라봐. 사과주는 옆집 아줌마한테 부탁해서 사다줘. 아줌마가, 설탕 필요하다고 했었나? 조금 덜어 드려. 잠깐, 아줌마한테 주지 마. 도쿄 손님한테, 우리 설탕 전부 선물로 드려. 알았지? 까먹지 말고. 전부, 드려. 신문지로 싸고 기름종이로 또 싸서 끈으로 묶어 드려. 애 좀 울리지 말라니까. 실례잖아. 졸부 취향이라구. 귀족이라는 거는 말이야, 그런 게 아니라구. 잠깐. 설탕은 손님 가실 때 드리라니까. 음악, 그래 음악. 레코드 좀 틀어봐. 슈베르트, 쇼팽, 바흐, 아무거나 틀어봐. 잠깐. 뭐야, 그거, 바흐야? 관둬. 시끄러 죽겠네. 대화를 못 하겠잖아. 더 조용한 레코드를 틀라니까. 잠깐, 안주가 떨어졌네. 아귀 좀 튀겨봐. 우리 집 비법 소스. 과연 손님 입맛에 맞을 것인가! 잠깐, 아귀 튀김이랑 그리고, 계란 된장 가야키를 대접해야겠다。 이거는, 쓰가루 아니면 못 먹지。 그래, 계란 된장, 계란 된장이 최고지。 역시 계란 된장이야, 계란 된장, 계란 된장。"

나는 결코 과장법을 써서 묘사하는 게 아니다。 이 질풍노도와도 같은 접대는, 쓰가루 사람의 애정 표현이다。 대구포라는 건, 커다란 대구를 눈보라를 맞혀가며 언 상태에서 말린 것으로, 바쇼가 좋아할 만한 산뜻하고 우아한 맛인데, S씨 집 툇마루에, 그게 대여섯 마리 매달려 있었고, S씨가, 비칠비칠 일어나서, 그걸 두세 마리 잡아채더니, 쇠망치로 마구잡이 난타, 하다가 왼손 엄지손가락을 찧고는, 데굴데굴, 구르다가, 기다시피 하면서 모두에게 사과주를 따르며 돌아다니는데, 정수리 사건도, 결코 S씨는 나를 놀리려고 그런 말을 한 게 아니고, 또, 웃기려고 그런 말을 한 것도 아니라는 사실을 나는 확실히 깨달았다。 S씨는, 정수리가 푹 꺼진 머리통을, 진심으로 존경하는 것 같다。 좋은 것이라 생각하는 것 같다。 보라, 쓰가루 사람의 우직함! 가련함! 그리고, 급기야, 계란 된장! 계란 된장! 하고 연달아 외치기에 이르렀는데, 이 계란 된장 가야키라는 것에 대해서는, 일반 독자들에게 약간의 설명이 필요할 듯싶다。 쓰가루 지방에서는、소고기 전골、닭고기 전골을 각각、소고기 가야키、닭고기 가야키라고 부른다。 가이야키[1]의 사투리일지도 모른다。 지금은 아니겠지만、내가 어렸을 적에는、고기를 삶을 때、커다란 가리비 껍데기를 이용했다。 가리비 껍데기에서 조금이나마 국물이 우러나올 거라는 맹신도 없지는 않았을 텐데、아무튼、원주민인 아이누 족 풍습이 아닐까 생각된다。 우리는 모두、가야키를 먹고 자랐다。 계란 된장 가야키란、가리비 껍데기를 냄비 삼아、된장에 가쓰오부시[2]를 갈아 넣고 익힌 다음、거기에 계란을 깨 넣어 먹는 원시적인 요리인데、사실、이건 환자가 먹는 음식이다。 병이 들어 입맛이 당기지 않을 때、이 계란 된장 가야키를 죽에 얹어 먹는다。 그렇지만 이 또한 쓰가루에만 있는 특별한 요리 중 하나임에 틀림없다。 S씨는、그런 생각으로、나에게 먹여주려고 저렇게 계란 된장을 연호하고 있는 것이다。 나는 사모님한테、이미 배가 꽉 차서요、하며 빌다시피 사정하고는 S씨 집을 나왔다。 독자들도 이 부분에 주목해주길 바란다。 그날 S씨가 보여준 접대야말

1조개 구이. 혹은 냄비 대신 가리비 껍데기를 써서 익힌 요리.
2쪄서 익힌 가다랑어 살을 훈연하고 발효시킨 후 말린 것으로 대팻밥처럼 얇게 갈아서 먹는다.

로、쓰가루 사람의 애정 표현、그것도、쓰가루 토박이의 애정 표현이다。나도、S씨하고 똑같은 일을 종종 벌이기에、망설임 없이 말할 수 있는데、멀리 사는 친구가 찾아왔을 때、어찌해야 좋을지를 모르겠다。나는 그냥 가슴이 울렁울렁 의미 없이 우왕좌왕、그러다가 전등에 머리를 부딪쳐 전등갓을 깼던 경험도 있다。밥을 먹고 있는데 귀한 손님이 찾아오면、젓가락을 내던지고、입을 우물우물하면서 현관으로 나가는 바람에、오히려 손님이 얼굴을 찌푸리는 일도 있다。손님을 기다리게 해놓고、마음 편히 식사를 계속한다? 나에게는 불가능한 묘기이다。그리고 S씨와 같이、실제에서는、지의진의 불가이가의(至矣盡矣 不可以加矣)[1]한 배려를 하고、그리고 뭐가 됐든、집 안 물건 일체 남김없이 죄다 끄집어내 대접을 하지만、그저、손님을 질색하게 만드는 결과만 초래하여、오히려 나중에는 그 손님에게 자기가 범한 실례를 사과해야 하는 일까지 생기는 것이다。떼어 주고、뜯어 주고、집어 주고、끝내는 자기 목숨까지 주고、라는 애정 표현이、간토、간사이 사람들한테는 차라리 무례하고 폭력적으로 느

1 장자의 〈제물론〉에 나오는 말로, 지극하고 극진하여 아무것도 보탤 것이 없는 경지.

껴져서、결국 멀리하게 되는 건 아닐까、하고 나는 S씨를 통해 나 자신의 숙명을 깨닫게 된 듯한 기분이 들어、돌아오면서、S씨가 그립고 가엾어 견딜 수 없었다。쓰가루 사람의 애정 표현은、물을 조금 타서 복용하지 않으면、다른 지방 사람들은 배탈이 날 수도 있다。도쿄 사람들은、그저 묘하게 허세를 부리면서、찔끔찔끔 요리를 내와서 그런가? 무염 느타리버섯[1]은 아니지만、나도 기소처럼、이 과도한 애정 표현 때문에、지금껏 얼마나 도쿄의 고상한 풍류가들에게 멸시를 당해왔던가! “어서 드시오、쭈욱 드시오。” 하고 재촉했으니 말이다。

나중에 들었는데、S씨는 그 후로 일주일을、그날의 계란된장 사건을 생각하면 부끄러워서 술을 아니 마실 수 없었다고 한다。맨정신일 때는 다른 사람보다 몇 배나 부끄럼을 타는、섬세한 성격 같다。그 역시 쓰가루 사람의 특징이다。쓰가루 토박이는、맨정신일 때는、결코 촌스러운 야만인이 아

---

1 다이라 가문의 흥망을 묘사한 문학 작품 〈헤이케 이야기〉에 나오는 일화. 어느 날 네코마 미쓰타카(후지와라노 미쓰타카의 별명. 네코는 고양이라는 뜻)라는 귀족이 상의할 일이 있다며 기소 요시나카(미나모토노 요시나카의 별명)를 찾아왔다. 종자가 “네코마 미쓰타카 님께서 여쭐 말씀이 있어 오셨습니다.” 하고 아뢰자, 기소가 묻기를 “무어라? 고양이가 사람을 만나러 왔다고?” 하니 종자가 다시 답하기를 “네코마 츄나곤(벼슬 이름)이라 하십니다. 네코마라는 곳에서 오셨다 하옵니다.” 그때서야 기소가 하는 말 “그럼 뵙도록 하지.” 하며 함께 식사할 것을 권했다. 당시 소금에 절이지 않은 싱싱한 생선을 〈무염 생선〉이라 하는 것을 보고 싱싱한 것은 무엇이든 〈무염〉이라 생각한 기소는 “무염 느타리버섯이 있으니 어서 드시오.” 하고 재촉했으나 지저분한 그릇을 보고 입맛이 없어진 네코마는 먹는 시늉만 할 뿐 음식을 입에 대지 않았다. 이에 기분이 상한 기소가 타박하며 재촉하기를, “먹는 것도 고양이처럼 먹는구려. 어서 드시오! 쭈욱 드시오!” 그러자 네코마는 상의할 마음이 사라져 집으로 돌아갔다고 한다.

니다。어중간한 도시 사람보다、마음씀씀이가 훨씬 우아하고、곱다。자제력이、어떤 이유에서、와르르 둑이 무너지고 감정이 뿜어져 나오면、어쩔 줄을 모르고、"무염 느타리버섯 여기 있소、어쩌구저쩌구。" 하고 재촉하는 모양새가 되어、경박한 도시 사람들한테 빈축을 사는 억울한 일을 당하는 것이다。S씨가 그 이튿날、풀이 죽어、술을 마시고 있는데、한 친구가 찾아와、

"어떻게 됐어? 그래서 마누라한테 혼났어?" 하고 웃으며 물으니、S씨는、처녀처럼 수줍어하며、"아니、아직。" 하고 대답하더란다。

혼날 각오를 하고 있나 보다。

3。소토가하마

S씨 집을 나와 N군 집으로 돌아와서、N군과 나는、맥주를 더 마셨고、그날 밤에는 T군도 붙들려 N군 집에 묵게 되었다。셋이 함께 안쪽 방에서 잤는데、T군은 이튿날 아침 일찍、우리가 아직 자고 있는 사이에 버스를 타고 아오모리로 돌아갔다。일이 바쁜 모양이다。

"기침을 하던데。" T군이 일어나 옷을 입으면서 콜록콜록 가벼운 기침을 하는 소리를、나는 잠결에 듣고 이상하게 슬퍼져서、일어나자마자 N군에게 그렇게 말했다。N군도 일어나 바지를 입으며、

"응。기침을 하더군。" 하고 말하는 얼굴은 굳어 있었다。술꾼들이란、술에 취하지 않았을 때는 표정이 아주 딱딱하다。아니、표정만 그런 게 아닐지도 모른다。마음도、냉엄하다。"별로、기침 소리가 좋지 않던데。" N군도、역시、자는 것 같았어도、분명히 들은 모양이다。

"기세로 눌러야지。" 하고 N군은 내치는 듯한 말투로、바지끈을 동이며、"우리도、나았잖아。"

N군도、나도、오랫동안、호흡기 질환과 싸워왔던 것이다。N군은 심한 천식이었지만、지금은 완전히 극복한 것 같다。

이 여행을 떠나기 전、만주에 있는 군인들을 위해 발행되는 어느 잡지에 장편소설을 하나 써서 보내기로 약속을 해놓았는데、그 마감이 오늘내일로 닥쳐와、나는 그날 하루、그리고 그 이튿날 하루、이틀 동안、안쪽 방을 빌려 일을 했다。N군도、그 사이、별채에 있는 정미소에서 일을 하고 있었다。이틀째 되는 날 저녁 무렵、N군이 내가 일하고 있는 방으로 찾아와、

"다 썼나? 두세 장이라도 썼나? 난、이제 한 시간만 있으면、종료야。일주일 치 일을 이틀에 해치웠어。끝내고 또 놀

아야지 생각했더니 마음에 의욕이 솟구쳐서, 일하는 능률도 쑥쑥 오르는구만. 조금만 더 하면 돼. 마지막 힘을 내자구." 하고 말하고는, 바로 정미소 쪽으로 가서는, 10분도 안 지났는데, 다시 내가 있는 방으로 찾아오더니,

"다 썼나? 난, 거의 다 했어. 요즘은 기계 상태도 좋아. 자네는, 아직 우리 정미소 본 적 없을 거야. 정미소가 지저분해. 안 보는 게 좋을지도 몰라. 아무튼, 힘을 내자구. 나는 정미소 쪽에 있을 테니까." 하고는 돌아간다. 둔감한 나는, 가까스로, 그때, 깨달았다. N군은 나에게, 정미소에서 일하고 있는 바지런한 자기 모습을 보여주고 싶은 게 틀림없다. 이제 곧 일이 끝나니까, 그 전에 보러 오라, 그런 수수께끼였던 것이다. 그걸 깨닫고 나는 미소를 지었다. 서둘러 하던 일을 정리하고, 나는, 도로를 사이에 두고 별채로 되어 있는 정미소로 나갔다. N군은 누덕누덕 기운 코르덴 상의를 입고, 눈이 팽팽 돌아가도록 빠르게 회전하는 거대한 정미 기계 옆에, 뒷짐을 지고, 뭔가 생각에 잠긴 얼굴로 서 있었다.

"열심이구만." 하고 나는 큰 소리로 말했다.

N군은 뒤돌아보더니, 정말 기쁜 듯 웃으며,

“일은, 다 했나? 다행이군. 나도, 곧 끝나. 들어와. 게다 신고 들어와도 돼.” 말은 그렇게 하지만, 나는 게다를 신은 채 정미소에 어슬렁어슬렁 뻔뻔스레 들어갈 만큼 무신경한 놈은 아니다. N군도, 깨끗한 짚신을 신고 있는데. 근처를 둘러보지만, 실내화 비슷한 것도 없고, 나는, 공장 문간에 서서, 그저, 빙그레, 웃기만 했다. 맨발 벗고 들어갈까도 싶었지만, 괜히 N군 마음만 불편해질 뿐, 과장되고 위선적인 짓 같아서, 맨발로 들어갈 수는 없었다. 나에게는, 상식적인 선의를 행할 때, 몹시 부끄러워하는 나쁜 버릇이 있다.

“상당히 규모가 큰 기계잖아. 자네 혼자 잘도 다루는구만.” 입에 발린 말이 아니다. N군도, 나와 마찬가지로, 과학적 지식에 대해서는, 그다지 뛰어난 사람은 아니었다.

“아니, 간단해. 이 스위치를 이렇게 하면…….” 어쩌구저쩌구 하면서, 여기저기 스위치를 돌려서, 모터를 뚝 멈췄다가, 다시 쌀겨를 눈보라처럼 흩날렸다가, 쓿은쌀을 폭포수처럼 좌르르 쏟아냈다가, 자유자재로 그 거대한 기계를 다루는 모습을 보여준다.

문득 나는, 정미소 한가운데 기둥에 붙여놓은 작은 포스

터에 눈길이 멈췄다。 얼굴이 술병처럼 생긴 어떤 남자가、양반다리를 틀고 앉아 소매를 걷어붙인 채 큰 술잔을 기울이고 있는데、그 술잔 속에 집과 창고가 푹 잠겨 있고、그리고 그 묘한 그림에는、“술은 몸을 삼키고 집을 삼킨다。” 라는 문구가 인쇄되어 있었다。 내가、그 포스터를 한참、바라보고 있으니、N군도 알아차렸는지、내 얼굴을 보고 히쭉 웃었다。 나도 히쭉 웃었다。 같은 죄를 지은 동지。‘그래도 어쩔 수 없단 말이지。’ 그런 느낌이었다。 나는 그 포스터를 공장 기둥에 붙여놓은 N군이、애처로웠다。 누가 술고래를 원망하지 않으랴、이다。 나의 경우에는、저 큰 술잔에、내 변변찮은 저서 약 스무 권이 얹혀 있는 상황이다。 난、삼킬 집도 창고도 없다。“술은 몸을 삼키고 저서를 삼킨다。” 라고 해야겠지。

정미소 안쪽에、제법 커다란 기계가 두 대 놀고 있다。 저건 뭔가? 하고 N군에게 물었더니、N군은 가냘픈 한숨을 뱉으며、

“저거、말이야? 새끼 꼬는 기계랑、멍석 엮는 기계인데、조작하기가 상당히 힘들어서、도저히 내 손으로는 다루기가 어렵더라구。 사오 년 전에、이 일대에 지독한 흉년이 들어서、

정미소 일도 뚝 끊어지고, 아이구, 힘들었지. 매일매일, 이로리 옆에 앉아 담배를 피우면서, 이래저래 생각한 끝에, 이런 기계를 사서, 정미소 구석에서, 덜컹거려봤는데, 난 손재주가 없어서, 도저히, 잘 안 되더라. 슬프데. 결국엔 우리 집 여섯 식구, 손가락 빨아먹으면서 근근이 살았지. 그 시절에는, 이러다, 어떻게 되는 거 아닌가 고민도 했어."

N군한테는, 네 살짜리 아들이 하나 있는데, 죽은 누이동생 아이 셋까지 맡아 기르고 있다. 누이동생 남편도, 북지(1)에서 전사하여, N군 부부는, 고아가 된 아이 셋을 당연한 일이라며 거두어, 자기 아이와 똑같이 애지중지하고 있다. 제수씨 말에 따르면, N군은 애지중지가 좀 지나친 경향이 있다고 한다. 고아 셋 중에, 맏아들은 아오모리의 공업학교에 다닌다고 하는데, 그 아이가 어느 토요일 아오모리에서 70리(28km)나 되는 길을 버스도 타지 않고 터벅터벅 걸어 밤 열두 시 무렵에 가니타 집에 도착하여, 외삼촌, 외삼초온, 하면서 현관문을 두드리니, N군은 벌떡 일어나 현관문을 열더니, 무아지경으로 그 아이 어깨를 끌어안고, 걸어왔니? 아

●중국 북부 화베이 지방. 베이징과 허베이성, 산시성, 톈진, 네이멍구 자치구 등이 이에 해당된다.

휴、걸어왔어? 하고는 더 이상 말을 잇지 못하고、그러다가、제수씨한테 마구 호통을 치며、여보、설탕물 좀 타、떡 좀 구워、우동 좀 끓여、하고 잇따라 일을 시키자、제수씨가、애 피곤해서 졸릴 텐데、하고 말을 꺼내자마자、"뭐、뭐라고오!" 하며 부인에게 주먹까지 치켜들고 아주 호들갑을 떠는데、왠지 너무나 이상한 싸움이라、그 조카아이가、푭 하고 웃음을 뿜으니、N군도 주먹을 치켜든 채 웃기 시작하고、부인도 따라 웃고、뭐가 뭔지、유야무야 넘어갔던 적도 있다고 하는데、그 또한、N군 사람됨의 편린을 보여주는 적당한 에피소드라고 나는 느꼈다。

"칠전팔기네。많은 일이 있었구만。" 하고 말하는、내 처지와도 겹쳐 보여、문득 눈물겨웠다。이 착한 친구가、서툰 손놀림으로、정미소 구석에서、혼자、부스럭부스럭 멍석을 엮고 있는 처량한 모습이、눈앞에 선히 떠올랐다。나는、이 친구를 사랑한다。

그날 밤에는 또、서로 일 하나 끝냈으니까、어쩌고저쩌고 핑계를 대며 둘이 맥주를 마시면서、고향 땅의 흉년에 대한 이야기를 나눴다。N군은 아오모리 현 향토사연구회 회원이라、향토사에 관한 문헌을 꽤 가지고 있었다。

“아무튼、이렇다니까。” 하면서 N군은 어떤 책을 펼쳐 나에게 보여주었는데、그 페이지에는 다음과 같은、쓰가루 흉년 연표라 할 수 있는 불길한 일람표가 실려 있었다。

겐나 1년(1615년) 대흉

겐나 2년(1616년) 대흉

간에이 17년(1640년) 대흉

간에이 18년(1641년) 대흉

간에이 19년(1642년) 흉

메이레키 2년(1656년) 흉

간분 6년(1666년) 흉

간분 11년(1671년) 흉

엔포 2년(1674년) 흉

엔포 3년(1675년) 흉

엔포 7년(1679년) 흉

덴나 1년(1681년) 대흉

죠쿄 1년(1684년) 흉

겐로쿠 5년(1692년) 대흉

겐로쿠 7년(1694년) 대흉

겐로쿠 8년(1695년) 대흉

겐로쿠 9년(1696년) 흉

겐로쿠 15년(1702년) 반흉

호에이 2년(1705년) 흉

호에이 3년(1706년) 흉

호에이 4년(1707년) 대흉

교호 1년(1716년) 흉

교호 5년(1720년) 흉

겐부 2년(1737년) 흉

겐분 5년(1740년) 흉

엔쿄 2년(1745년) 대흉

엔쿄 4년(1747년) 흉

간엔 2년(1749년) 대흉

호레키 5년(1755년) 대흉

메이와 4년(1767년) 흉

안에이 5년(1776년) 반흉

덴메이 2년(1782년) 대흉

덴메이 3년(1783년) 대흉

덴메이 6년(1786년) 대흉

덴메이 7년(1787년) 반흉

간세이 1년(1789년) 흉

간세이 5년(1793년) 흉

간세이 11년(1799년) 흉

분카 10년(1813년) 흉

덴포 3년(1832년) 반흉

덴포 4년(1833년) 대흉

덴포 6년(1835년) 대흉

덴포 7년(1836년) 대흉

덴포 8년(1837년) 흉

덴포 9년(1838년) 대흉

덴포 10년(1839년) 흉

게이오 2년(1866년) 흉

메이지 2년(1869년) 흉

메이지 6년(1873년) 흉

메이지 22년(1889년) 흉

메이지 24년(1891년) 흉

메이지 33년(1900년) 흉

메이지 35년(1902년) 대흉

메이지 38년(1905년) 대흉

다이쇼 2년(1913년) 흉

쇼와 6년(1931년) 흉

쇼와 9년(1934년) 흉

쇼와 10년(1935년) 흉

쇼와 15년(1940년) 반흉

쓰가루 사람이 아니더라도, 이 연표를 본다면 탄식을 금치 못하리라. 오사카 여름 전투[1], 도요토미 가문이 멸망한 겐나 원년(1615년)부터 현재까지 약 330년 동안, 무려 60여 차례 흉년이 들었다. 대충 5년에 한 번씩 흉년이 휩쓸고 갔다는 계산이 나온다. 게다가 또, N군은 다른 책을 펼쳐 나에게 보여주었는데, 거기에는, "다음 해인 덴포 4년(1833년)에

1 도요토미 히데요시 사후 권력을 장악한 도쿠가와 이에야스가 도요토미 가문을 공격하여 멸망시킨 전투.

이르러서는、입춘 당일부터 거친 동풍이 거듭 불어、3월 삼짇날에 이르러서도 쌓인 눈이 녹지 않아 농가에서는 눈썰매를 이용했다。5월에 이르러서 모의 생장이 고작 한 속(8cm)에 불과하나 때를 놓칠 수 없기에 결국 그대로 모내기에 착수했다。그러나 연일 바람이 심해지고、6월 토왕지절[1]에 이르렀으나 구름이 짙고 기후가 몽몽하여 청천백일이 거의 없고…(중략)…매일 아침저녁으로 냉기가 강하여 6월 토왕지절 중에도 솜옷을 입고、밤에는 특히 추워 7월 네부타 마쓰리 (저자 주。음력 칠석 무렵、무사나 용、호랑이 모양으로 만든 화려한 채색 등롱을 짐수레에 싣고 끌고 다니면서、다채로운 분장을 한 마을 청년들이 춤을 추며 길거리를 천천히 행진하는 쓰가루의 연중행사。다른 마을 등롱과 마주쳐 싸우는 일이 늘 있다。사카노우에노 다무라마로[2]가、에조를 정벌을 할 때、커다란 등롱을 보여주며 산속 에조를 유인하여 섬멸한 이후 이런 전통이 생겼다는 설이 있으나、역시 믿을 것은 못 됨。쓰가루뿐 아니라 도호쿠 지방 각지에 이와 비슷한 풍속 있음。도호쿠 지방 여름 마쓰리 때 쓰는 장식 수레라 생각하면 크게 틀리지는 않을 것。) 무렵에 이르러서도 길가에서 모깃소

---

①음양오행에서, 땅의 기운이 왕성하다는 절기. 1년에 네 번으로 입춘, 입하, 입추, 입동 전 각 18일간.
②758~811. 헤이안 시대의 무장. 에조 정벌에 큰 공을 세웠으며 일본 역사상 가장 용맹한 무장 중 하나로 손꼽힌다.

리 들리지 않고、집 안에서는 간혹 들리기도 했으나、모기장을 쓸 필요는 없었으며 매미 소리도 몹시 드물어、7월 6일 무렵에야 더위가 시작되어 백중날[1] 전에 홑옷을 입고、같은 달 13일 무렵부터 올벼에 이삭이 조금 패었기에 사람들이 매우 기뻐하여 봉오도리[2]도 대단히 북적였지만、같은 달 15일、16일 햇빛이 백색을 띠어 마치 한밤중 거울 같았으며、같은 달 17일 야밤、춤추던 이들 흩어지고、왕래도 한산해져 점차로 새벽녘으로 접어들 때、전연 예측 못한 된서리가 내려 이삭 팬 벼 고개 기울어지니、길 가는 남녀노소 이를 보고 슬피 우는 소리 충만하더라。" 하는、구슬프다는 말 말고는 달리 표현할 길 없는 참상이 기록되어 있는데、우리 어린 시절에도、노인들에게 게가즈(쓰가루에서는、흉년을 게가즈라 부른다。기카쓰(기갈, 기근)의 사투리일지도 모른다。)의 몸서리나도록 비참한 상황을 듣고、어렸어도 암담한 마음에 울상을 짓곤 했지만、오래간만에 고향에 돌아와、이런 기록을 똑똑히 보게 되니、애수를 넘어 뭐랄까、까닭 모를 분노조차 느껴져、

"이건、아니지。" 하고 말했다。"과학의 시대니 뭐니 잘난

---

(1)음력 8월 15일. 조상의 영혼을 기리는 날로 일본에서는 설날 다음가는 큰 명절이다.
(2)백중(음력 8월 15일) 기간 밤에 조상의 영혼을 기리기 위해 마을 사람들이 한 자리에 모여 춤을 추는 행사.

듯 지껄이지만, 이런 흉년을 막을 방법을 백성들에게 가르쳐 주지도 못하다니, 한심하구만."

"아니, 공무원들도 여러모로 연구는 하고 있어. 냉해에 견디도록 품종도 개량되고, 모내는 시기에 관한 연구도 진행 중이라, 지금이야, 옛날처럼 무지막지한 흉년은 없어졌는데, 하지만, 그래도, 역시 사오 년에 한 번은, 안 될 때가 있지."

"한심하구만." 나는, 누구에게랄 것 없는 울분으로, 입을 삐죽이며 부르댔다.

N군은 웃으며,

"사막 한가운데 사는 사람들도 있잖아. 화낼 거 없어. 이런 환경에서는 또 독특한 인정도 생겨나는 법."

"그렇게 변변한 인정도 아니구만. 춘풍태탕(春風駘蕩)(1)한 구석이 없어서, 난, 늘 남쪽 예술가들한테 밀리는 느낌이야."

"그래도 자네는, 안 지잖아. 쓰가루는 옛날부터 다른 지방한테 공격당해서 진 적이 없어. 맞을지언정, 지진 않아. 제8사단을 국보라고 하잖나."

태어나자마자 흉년에 두드려 맞고, 비이슬을 마시며 자란

1 봄바람이 온화하게 분다는 뜻으로 인품이나 성격이 온화하고 여유가 있음을 비유한 말.

우리 선조의 피가, 지금 우리에게 흐르지 않을 리 없다. 춘풍태탕한 미덕도 분명 샘이 나지만, 내 생각에는 역시 조상의 서러운 피에, 되도록 훌륭한 꽃이 피게끔 노력하는 것 말고는 방법이 없을 것 같다. 쓸데없이 비참했던 과거에 한숨짓지 말고, N군처럼 그 즐풍목우(櫛風沐雨)[1]의 전통을 의젓하게 뽐내는 편이 좋을지도 모르겠다. 게다가 쓰가루도, 언제까지 옛날과 같은 비참한 지옥도를 되풀이하고 있는 건 아니다. 그 이튿날, 나는 N군이 안내해주어, 소토가하마 가도를 따라 버스를 타고 북쪽으로 올라가, 민마야에서 1박, 그리고 다시 파도가 밀어닥치는 아슬아슬한 길을 걸어 혼슈 북쪽 끄트머리, 닷피 곶까지 갔는데, 민마야와 닷피 사이의 황량삭막한 마을조차도, 세찬 바람에 맞서고, 성난 파도에도 굴함 없이, 필사적으로 한 집안을 지탱하며, 쓰가루 사람의 건재함을 가련하게 과시하고 있었고, 민마야 남쪽에 있는 각 마을들, 특히 민마야, 이마베쓰 같은 곳은 산뜻한 항구마을의 밝은 분위기 속에서 유유자적한 삶을 펼쳐 보여주고 있었다. 아아, 공연히 게가즈의 그림자에 겁먹지 말지어다.

---

1 바람으로 빗질하고 빗물로 목욕한다는 뜻으로 오랜 세월 객지에서 방랑하며 고생함을 이르는 말.

아래는 사토 히로시라는 이학자의 호쾌한 문장인데, 이 책을 읽을 독자들의 우울함을 해소하기 위해, 그리고 또한 우리 쓰가루 사람들의 밝은 출발을 위해 건배사로써 잠깐 차용해보겠다. 사토 히로시 이학자의 『오슈[1]산업총설』에 이르기를, "총을 쏘면 풀에 숨고, 쫓으면 산으로 들어간 에조의 영역 오슈, 산악이 첩첩하여 가는 곳마다 천연의 장벽이고, 그로 인해 교통이 불편한 오슈, 풍파가 높아 해운이 불편한 일본해와, 호쿠죠 산맥에 가로막혀 발달하지 못하고 톱니 모양 곶과 만이 많으며 태평양에 둘러싸인 오슈. 더욱이 동계에 강설이 많아, 혼슈에서 가장 춥고, 예로부터, 수십 번 흉작이 덮쳤다는 오슈. 규슈 경지면적 2할 5푼(25%), 그에 비해 겨우 1할 5푼(15%)인 가련한 오슈. 어디를 보더라도 불리한 자연적 조건에 지배받는 오슈는, 그러나, 630만 인구를 부양하기 위해, 오늘날 어떠한 산업에 의지하고 있을까?

어떤 지리서를 펴서 읽더라도, 오슈 땅덩어리는 혼슈 동북단 외딴곳에 있으며, 의, 식, 주, 모두 소박하다, 고 되어 있다. 억새풀, 사철나무 널판, 삼나무 죽데기로 지붕을 이은

[1]혼슈 동북쪽 지역의 옛 이름. 무쓰 혹은 미치노쿠라고도 하며 현재의 후쿠시마 현, 미야기 현, 이와테 현, 아오모리 현.

유서 깊은 전통 가옥은, 차치하고, 현재 많은 주민들은, 함석지붕 집에 살면서, 보자기를 뒤집어쓰고, 몸뻬 바지를 입는데, 중산층 이하 모든 이가 검소한 음식에 만족하고 있다, 고 한다. 진위야 어쨌든. 그 정도로 오슈 땅은, 산업의 혜택을 받지 못한 것일까? 고속을 자랑으로 삼는 제20세기 문명은, 오직 도호쿠 땅에만 도달하지 않은 것일까? 아니, 그것은 이미 과거의 오슈. 누군가 만약 현대의 오슈에 대해 말하고자 한다면, 우선 문예부흥(르네상스) 직전의 이탈리아에서 볼 수 있었던 저 터질 듯 왕성한 잠재력이, 이 오슈 땅에 있음을 인정해야 할 것이다. 문화에 있어서, 또한 산업에 있어서 그와 같은, 메이지 천황의 교육에 대한 배려가 실로 신속하게 오슈 방방곡곡까지 스며들어, 오슈 사람 특유의 알아듣기 힘든 콧소리의 감소와 표준어 정착을 촉진, 일찍이 원시적 상태에 침몰된 몽매한 야만족의 거주지에 교화의 빛을 비추니, 그리하여, 이제 보라, 개발 또 개척, 고전옥야(膏田沃野)[1]가 시시각각 증가하는 것을. 그리고 개량 또 개선, 목축, 임업, 어업이 날로 성대해지는 것을. 하물며, 주민의 분포 또한 성

1 기름진 논밭과 들판.

기니、장래 발전할 여유、역시 이 땅에 크지 않을 수 있으랴。

찌르레기、오리、박새、기러기 같은 철새 큰 무리들이、먹이를 찾아 이 지방을 헤매 다니듯、팽창 시대에 있던 야마토 민족[1]이 각 지방으로부터 북상、이곳 오슈에 이르러、에조를 정복하면서、또는 산에서 사냥을 하고、또는 강에서 고기를 잡으면서、다양한 자원의 매력에 이끌려、여기저기를、헤매 다녔다。그리하여 몇 대가 경과하자、이에 사람들은、각자 마음에 드는 땅에 정착하거나、또는 아키타、쇼나이、쓰가루 평야에 벼를 심고、또는 호쿠오[2] 산지에 숲을 조성하고、또는 들에서 말을 기르고、또는 바닷가에서 어업에 전념함으로써 오늘날 융성한 산업의 기초를 다졌다。오슈 6현[3]、630만 주민들은 그렇게 선인들이 개발한 특징 있는 산업을 소홀히 하지 말고、점점 그것을 발달시키는 길을 강구하여、철새는 영원히 떠돌지만、소박한 도호쿠 주민들은 이제 떠돌지 말고、벼 심고 사과 팔며、울창하고 아름다운 삼림에서 이어지는 초록빛 대평원에 털에 윤기 흐르는 훌륭한 망아지

1 일본에서 다수를 차지하는 종족. 3세기 경 규슈에서 시작하여 점차 일본 전체로 세력을 확장했다.
2 오우 지방 북부. 아오모리 현, 아키타 현, 이와테 현이 이에 해당한다.
3 아오모리 현, 아키타 현, 이와테 현, 야마가타 현, 미야기 현, 후쿠시마 현.

들을 달리게 하고, 출항하는 고깃배에 은빛 비늘 펄떡이는 고기를 가득 싣고 항구로 돌아와야 할 것이다."

참으로 감지덕지한 축사라, 와락 달려들어 감사의 악수라도 하고 싶은 지경이다. 그런데 나는 그 이튿날, N군의 안내로 오슈 소토가하마를 북쪽으로 거슬러 올라갔는데, 출발에 앞서, 우선 문제는 술이었다.

"술은, 어떡하죠? 배낭에, 맥주 두어 병 넣어 둘까요?" 하는 제수씨 말에, 나는, 정말이지, 식은땀이 서 말, 그런 기분이었다. 어째서, 술꾼이라는 불명예스러운 종족으로 태어난 것일까? 하고 생각했다.

"아니, 괜찮아요. 없으면 없는 대로, 또, 그게, 별로." 어쩌구저쩌구, 횡설수설 뭔 소린지 알아듣지도 못할 헛소리를 하면서 배낭을 등에 지고, 도망치듯 집에서 빠져나와, 뒤를 따라온 N군에게,

"아이구야, 거 참. 술, 이라는 소리만 들으면 움찔한다니까. 바늘방석이야." 하고 속마음을 그대로 털어놓았다. N군도 동감인 듯, 얼굴이 빨개지며, 으흐흐, 하고 웃으며,

"나도 말이야, 혼자라면 참기라도 하겠지만, 자네 얼굴을

보면、안 마시고는 못 배기겠어。이마베쓰에 사는 M씨가 배급 나오는 술을 이웃집에서 조금씩 받아서 모아둔다고 하니까、이마베쓰에 잠깐 들르지?"

나는 복잡한 심경으로 한숨을 내쉬며、

"모두에게 폐만 끼치는구만。" 하고 말했다。

애초에는 가니타에서 배를 타고 곧장 닷피까지 갔다가、돌아올 땐 도보와 버스、라는 계획이었지만、그날은 아침부터 동풍이 거세어、악천후라고 해야 할 그런 날씨라、타기로 했던 정기선이 끝내 결항되어、예정을 변경、버스로 출발하기로 했다。버스는 의외로 한산해서、둘 다 무난하게 자리에 앉을 수 있었다。소토가하마 가도를 따라 한 시간쯤 북쪽으로 올라가자、차츰 바람도 잦아들고、푸른 하늘도 보이기 시작하니、이 상태라면 정기선도 다니지 않을까 싶었다。아무튼、이마베쓰 M씨 집에 들렀다가、배가 다닐 것 같으면、술을 받자마자 이마베쓰 항에서 배를 타기로 했다。갈 때 올 때 똑같이 육로를 이용하는 건、운치가 없어서、별로일 것 같았다。N군은 버스 차창 너머로、각양각색 풍경을 가리키며 설명을 해주었지만、이제 슬슬 군사 지역에 가까워지고 있으니, N군이 해준 친절한 설명을 여기에 일일이 적는 것은 삼가야겠다. 아무튼, 이 부근에는, 옛 에조 거주지의 모습은 조금도 보이지 않고, 날씨가 좋아진 탓인지, 어느 마을이나 말쑥하니 밝아 보였다. 간세이 시대(1789년~1801년)에 간행된 교토의 명의 다치바나 난케이가 쓴 『동유기』에는, "하늘땅 열린 이래 이렇게 지금처럼 태평한 적이 없고, 서쪽으로는 기카이[1] 야쿠노시마 섬[2]부터 동쪽으로는 오슈의 소토가하마까지 호령이 미치지 않는 곳이 없다. 오래전 옛날에는 야쿠노시마 섬은 야쿠 국이라 하여 다른 나라처럼 여겨졌고, 오슈도 절반은 에조의 영토였으며, 또한 최근까지도 미개인의 거주지였던 것으로 생각되어 난부[3], 쓰가루 부근에는 이상한 지명이 많다. 소토가하마 가도에 인접한 마을 중에는 닷피, 호로즈키, 우치마쓰페, 소토마쓰페, 이마베쓰, 우테쓰라는 이름도 있다. 모두 에조 말이다. 지금도, 우테쓰 같은 마을 주변은 풍습이 에조와 유사하여 쓰가루 사람들도 그들을 에조 종자라 이르며, 멸시한다. 내 생각에 우테쓰

1 귀계(鬼界)의 일본식 발음. 귀신이 사는 먼 곳이라는 뜻으로, 가고시마 현 서남단 바다의 옛 이름.
2 야쿠시마 섬의 옛 이름. 미야자키 하야오 감독의 애니메이션 〈원령공주〉의 숲으로 유명하다.
3 난부 씨가 지배하던 지역으로 아오모리 현 동부, 이와테 현 북부, 아키타 현 북동부 일대가 이에 해당한다.

주변뿐 아니라、난부、쓰가루 일대 마을 사람들도 대체로 에조 종자일 것이다。다만 일찍이 천황의 덕을 입어 풍속과 언어까지 변해버린 곳은、조상이 일본인인 것처럼 둘러대는 것이라 생각된다。따라서 예의와 문화가 아직 개화되지 못한 것은 지극히 당연한 일이다。" 라고 쓰여 있지만、그로부터 약 150년、지하에 잠든 난케이를 깨워 오늘날 이 탄탄한 콘크리트 도로를 버스에 태워 지나가게 한다면、어리둥절한 표정으로 고개를 갸웃거리며、어쩌면、지난밤 내린 눈은 지금 어디 있느냐? 하고 탄성을 지를지도 모르겠다。난케이의 『동유기』『서유기』는 에도 시대의 명저 가운데 하나로 손꼽힌다 하는데、그 범례에도、"나의 여행은 본디 의학을 위함이니 의학에 관련한 사항은 잡담이라 해도 따로 기록하여 동지들에게 보여줄 것이다。다만 이 책은 여행 중 보고 들은 것을 쓰는 김에 적은 것으로、굳이 그 허와 실을 가리지 않아、잘못 적은 것도 많을 것이다。" 라고 스스로 고백한 바와 같이、독자의 호기심을 자극하면 그만이라는 식의 황당무계한 내용도 적지 않다고 할 수 있다。다른 지방 이야기를 할 것도 없이、예를 들어 여기 소토가하마 일대에 대한 내용만 보더라도、"오슈 미마야(민마야의 옛 이름)는、마쓰마에[1]로 건너가기 위한 나루터로、쓰가루 령 소토가하마에 있으며、일본 동북쪽 땅끝이다。옛날 미나모토노 요시쓰네、다카다치[2]에서 도망쳐 에조로 건너가기 위해 이곳에 왔을 때、배를 띄울 순풍이 불지 않아 며칠을 머물다가、너무나 버티기 힘들어、지니고 있던 관음상을 바닷속 바위 위에 놓고 순풍을 기원하자、금세 바람이 불어 무사히 마쓰마에로 건너갈 수 있었다。[3] 그 관음상은 지금 이 절에 있으니 '요시쓰네의 바람 기원 관음상'이라 부른다。또한 바닷가에 커다란 바위가 있는데 마구간처럼、구멍 세 개가 나란히 뚫려 있다。이는 요시쓰네의 말을 매어두었던 곳이다。그리하여 이 땅을 미마야(三馬屋)[4]라 칭하게 되었다。" 라고、아무런 의심도 품지 않고 기록하고 있고、또、"오슈 쓰가루의 소토가하마에 다이라다테라는 곳이 있다。그 북쪽에 암석이 바다로 돌출된 곳이 있는데、이를 이시자키의 코라 부른다。이곳을 지나 조금 더 가면 슈다니가 있다。산들이 높이 솟은 사이로 가느다란 개울물 흘

---

1 과거 홋카이도 남부에 존재했던 번으로 원래는 에조의 영역이었으나 중앙 정부에 복속하여 마쓰마에 번이 되었다.
2 이와테 현 남서부 히라이즈미의 지명. 요시쓰네가 친형 요리토모에게 쫓기다 자결한 곳. 3 요시쓰네가 홋카이도로 탈출하여 아이누의 왕이 되었다거나 중국으로 건너가 징기즈칸이 되었다는 설이 있지만 이는 훗날 요시쓰네의 죽음을 안타까워하여 만들어낸 전설에 불과하다. 4 〈미〉는 3을 뜻하고 〈마〉는 말, 〈야〉는 집, 〈마야〉는 마구간을 뜻한다.

러나와 바다로 떨어진다。이 계곡의 흙과 돌은 모두 붉은 색이다。물 색도 몹시 붉고、젖은 돌이 아침해에 빛나는 그 색이 참으로 화려하여 눈이 번쩍 뜨이는 기분이다。이 물이 떨어지는 곳의 바다는 조약돌까지도 대부분 붉은색이다。북쪽 바닷속 물고기도 모두 붉다고 한다。계곡이 있는 땅의 붉은 기운 때문에、바닷속 물고기、그리고 돌까지 무생물 생물 모두 붉은색이 느껴지니 신기하다。" 라고 하면서 잘난 척을 하는가 하면、또、'오키나'라고 하는 괴어가 북쪽 바다에 살고 있는데、"그 크기가 20리(8km) 30리(12km)에 이르며、이 괴어의 전신을 본 이가 없다。간혹 바다 위에 떠 있는 것을 보면 거대한 섬이 몇 개나 생긴 것 같지만、이는 오키나의 등지느러미 꼬리지느러미가 조금 보이는 것이다。스무 길(48m) 서른 길(72m)이나 되는 고래 삼키기를、고래 정어리 삼키듯 하니、이 괴어가 나타나면 고래가 동서로 도주한다。" 라면서 겁을 주기도 하고、또、"미마야에 머물 무렵、어느 날 밤、집 가까운 데 사는 노인들이 찾아왔는데、집안 할아버지 할머니 한데 모여、화롯가에 둘러앉아 잡다한 세상 이야기를 하면서 그들 모두 말하기를、참으로 요 이삼십 년 전 마쓰마에의 쓰나미만큼 무서웠던 적이 없다、당시 바람도 조용하고 비도 올 것 같지 않았는데、다만 어쩐 일인지 하늘의 기색이 흐려지더니、밤이면 밤마다 번쩍번쩍 동서로 허공을 비행하는 것이 있어、점점 퍼져나가는데、그 너댓새 전에 이르러서는 대낮에도 각양각색 신들이 허공을 비행하였다。의관을 입고 말 탄 모습이 보이는가 하면、어떤 것은 용을 타고 구름을 타고、또는 코뿔소 코끼리 같은 것을 타고、흰옷 차려입은 신도 있고、붉은 옷 푸른 옷 차려입은 신도 있고、그 모습 큰 것도 있고 작은 것도 있고、다른 부류 다른 모습 신들이 공중을 뒤덮고 동서로 비행하였다。우리 모두 밖으로 나와 매일매일 몹시 진기한 광경을 구경했다。신기한 일을 눈앞에서 보고 엎드려 기도하며 너댓새 지나는 사이에、어느 저녁、먼 바다 쪽을 보니、저 멀리 새하얗게 눈 덮인 산처럼、저것 봐라、또 이상한 것이 바닷속에서 나왔구나 하는 동안에、점점 더 가까이 다가와、보았더니、큰 파도가 산을 하나하나 넘어서 오는 것이었다。아이구 쓰나미다、빨리 도망가자、하고 남녀노소 앞다투어 도망쳤지만、잠깐 사이에 밀어닥쳐、사람 집 논 밭 산천초목 금수들까지도 남김없이 바다밑 오물이 되어、살아남은 이、바닷가 마을에 하나 없으니、그제서야 처음에 신들이 구름 속을 비행하던 것은 큰일이 날 것을 아시고 이 땅에서 멀리 도망쳤던 것이라 입을 모아 말하며 두려움에 떨었다고 한다。" 라는、어마어마하고、또 꿈 같은 이야기가、평이한 문장으로 술술 기록되어 있다。현재 이 주변의 풍경에 대해서는、요즘、너무 구체적으로 적지 않는 편이 좋을 것 같고、황당무계하지만、황당무계한 대로 옛사람의 여행기를 옮겨 적어、전설의 고향 분위기에 젖어보는 것도 하나의 재미라 생각되어、『동유기』에서 두세 편 이야기를 뽑아서 썼는데、내친김에 하나 더、소설을 좋아하는 사람에게는 특히나 재미있게 느껴지지 않을까 하는 이야기가 하나 있으니 소개하겠다。

"오슈 쓰가루 소토가하마에 머무를 무렵、그곳 관리가 여기 단고[1] 사람은 없느냐고 자꾸만 물은 일이 있었다。어떤 연유냐고 되물으니、쓰가루의 이와키 산신께서 몹시도 단고 사람을 미워하여、만약 숨어서라도 단고 사람이 이 땅에 들어올 때는 날씨가 매우 나빠지고 비바람이 계속되니 배도 왕

[1] 옛 일본의 율령국 중 하나로 현재의 교토 북부 지역이 이에 해당한다.

래가 없어져、쓰가루 지방은 큰 곤경에 처한다고 한다。내가 여행할 즈음에도 바람이 심히 불어、단고 사람이 들어와 있는지 조사한 것이다。날씨가 나쁘면、항상 관리가 엄중히 조사하여、만약 들어왔을 때에는 급히 쫓아낸다。단고 사람이、쓰가루 지방 경계를 나가면、날씨가 금세 개어 바람도 잦아든다。토속적인、오랜 풍습으로 꺼려하기는커녕、관리도 매번 조사한다니、진기한 일이다。아오모리、미마야、그 외 소토가하마 가도의 항구 마을 사람들은、그 무엇보다 단고 사람을 몹시 싫어한다。너무나 괴이하여、어떠한 연유가 있기에 그런 것이오? 하고 물으니、이곳 이와키 산은、안쥬히메[1]의 출생지로 안쥬히메를 산신으로 모신다고。안쥬히메는 단고 땅을 헤매다、산쇼 다유에게 핍박을 당했는데、지금에 와서도、단고 사람이라고 하면 질색을 하며 이와키 산신이 노여워해 비바람을 일으킨다。소토가하마 가도 900리(360km) 남짓、마을 사람 대부분이 고기잡이 또는 배를 몰아 밥벌이를 하니、항상 무엇보다도 순풍을 기원한다。그런데 날씨가

---

1 헤이안 시대 후기 오슈의 영주이며 이와기(현재의 후쿠시마 일대)의 행정관 마사우지의 딸. 어머니와 남동생 즈시오를 데리고 중상모략으로 좌천된 아버지를 찾아 가던 중 인신매매를 당해 단고의 호족 산쇼 다유에게 노예로 팔려 간다. 동생을 탈출시키고 그 죄로 혹독한 고초를 겪다가 비극적 최후를 맞는다.

나빠지면, 온 마을 사람들 빠짐없이 단고 사람을 원망하게 된다。이 이야기, 이웃 지역으로도 퍼져나가 마쓰마에 남쪽 항구 마을에서는 거의 단고 사람을 꺼리며 내쫓기도 한다。사람의 원한이란 이토록 깊은 것이로다。"

이상한 이야기다。단고 사람들이야말로, 정말이지 난처하다。단고는, 현재의 교토 북부 지방인데, 단고 사람들은, 저 시대 때 쓰가루에 오면, 곤욕을 치러야만 했던 것이다。안쥬히메와 즈시오 이야기는, 우리도 어린 시절부터 그림책을 통해 알고 있고, 또 모리 오가이의 걸작 『산쇼 다유』는, 소설을 좋아하는 사람이라면 모르는 이가 없다。그렇지만, 그 슬픈 이야기에 나오는 어여쁜 남매가 쓰가루 태생에다, 죽은 후 이와키 산에 모셔졌다는 사실은, 그다지 알려지지 않은 것 같은데, 실은, 나도 이게 왠지, 믿을 수 없는 이야기 같다는 생각이 든다。난케이 씨로 말하자면 요시쓰네가 쓰가루에 왔다든가, 30리(12km)나 되는 괴어가 헤엄을 친다든가, 돌 색이 강물에 녹아들어 물고기 비늘까지 빨갛다든가 하는 이야기를, 아무렇지도 않게 쓰는 사람이니, 이 이야기도 어쩌면 "굳이 그 허와 실을 바로잡지 아니한다。" 식의 무책임한 글일지도 모른다。하기야、안쥬히메와 즈시오가 쓰가루 사람이라는 설은、『화중삼재도회』[1]의 '이와키 산신' 부분에도 나와 있다。『화중삼재도회』는 한문이라 조금 읽기는 힘들지만、"전해 내려오길、옛날、이 나라(쓰가루)의 영주이자、이와키(岩城)의 행정관 마사우지라는 자가 있었다。에이호 원년(1081년)、교토에 머물던 중、중상모략을 당해 서해로 귀양을 가게 되었다。본국에 자식이 둘 있었으니 맏딸을 안쥬라 하고 작은 아들을 즈시오마루라 하였다。어미와 함께 헤매다 데와[2]를 지나、에치고[3]에 이르러 나오에 항에 도착하여 어쩌구저쩌구。" 하고 자신 있게 쓰기 시작했으나、마지막에 이르러、"이와키와 쓰가루의 이와키 산은 남북으로 천 리(400km) 남짓이나 떨어져 있는데 이들을 신으로 모신다니 의아하다。"라며 스스로 실토하는 꼴이란。모리 오가이의『산쇼 다유』에는、"이와시로(岩代)[4]의 시노부 군에 있는 집을 떠나" 라고 된 부분이 있다。이 말인 즉、岩城(이와키)라는 한자를 이와키라 읽기도 하고 또 이와시로라 읽기도 하다가[5]、뒤

---

1 1712년 경 간행된 백과사전. 일본과 중국의 만물을 천, 지, 인 세 항목으로 나누어 그림과 함께 설명하고 있다. 2 옛 일본의 율령국 중 하나로 현재의 아키타 현과 야마가타 현이 이에 해당한다. 3 옛 일본의 율령국 중 하나로 현재의 니가타 현이 이에 해당한다. 4 옛 일본의 율령국 중 하나로 현재의 후쿠시마 현 서부 지역이 이에 해당한다. 5 岩城라는 한자는 경우에 따라 이와키, 이와기, 이와시로 등 여러 가지 방법으로 읽을 수 있다.

죽박죽이 되어, 결국 쓰가루에 있는 이와키 산이 그 전설을 받아들이게 된 것이 아닐까 싶다. 하지만, 옛날 쓰가루 사람들은, 안쥬 즈시오 남매를 쓰가루 아이라고 굳게 믿으며, 산쇼 다유를 증오하고 저주한 나머지, 단고 사람이 숨어들면 쓰가루 날씨까지 나빠진다고 여겼다. 안쥬와 즈시오를 동정하는 우리들에게는, 통쾌하지 않을 수 없는 이야기다.

소토가하마의 옛날이야기는, 이쯤에서 접어두고, 자, 우리가 탄 버스는 정오 무렵, M씨가 사는 이마베쓰에 도착했다. 이마베쓰는 앞에서도 말했듯, 밝고, 근대적이라는 표현까지 쓰고 싶은 항구 마을이다. 인구도, 4천에 가깝다고 한다. N군을 앞세워, M씨 집을 방문했지만, 사모님이 나와서, 지금 집에 없습니다, 하고 말했다. 조금 기운이 없어 보인다. 다른 가정의 이런 모습을 보면, 나도 모르게, 아아, 이거, 나 때문에 싸운 거 아닌가? 하고 넘겨짚는 버릇이 있다. 맞을 때도 있고, 틀릴 때도 있다. 작가나 신문기자의 출현은, 선량한 가정에, 자칫 불안감을 불러일으키기 쉬운 법이다. 그건 분명, 작가한테도, 상당히 고통스러운 일이다. 그 고통을 체험한 적 없는 작가는, 바보.

"어디, 갔나요?" 하며 N군은 느긋하다. 배낭을 내려놓으며, "아무튼, 좀 쉬겠습니다." 하고는 현관 마루에 앉는다.

"불러올게요."

"아이고, 죄송해라." N군은 태연자약. "병원에 있나요?"

"예, 그럴 거예요." 내성적으로 보이는 아름다운 사모님은, 조그맣게 대답하고는 게다를 꿰신더니 밖으로 나갔다. M씨는, 이마베쓰에 있는 어느 병원에 근무한다.

나도 N군과 나란히 현관 마루에 앉아, M씨를 기다렸다.

"확실히, 미리 얘기해 둔 거 맞지?"

"응, 뭐." N군은, 진드근히 담배를 피우고 있다.

"때마침 점심시간이라, 난처하네." 나는 이래저래 조바심이 났다.

"괜찮아, 우리에겐 도시락이 있잖아." 하고 말한다. 사이고 다카모리[1]도 이럴까 싶을 정도였다.

M씨가 왔다. 수줍게 웃으며,

"자, 들어오세요." 하고 말한다.

"아니, 오래는 못 있어." 하고 N군은 몸을 일으키며, "배

1 1828~1877. 군인이자 정치인으로 메이지 유신의 주역 중 하나. 성격이 뻔뻔하여 속을 알 수 없는 인물로 전해진다

가 뜰 것 같으면、곧장 배편으로 닷피까지 가려고。”

“그렇군요。” M씨는 가볍게 고개를 끄덕이고는、“그럼、배가 뜨지 어떨지、잠깐 물어보고 오겠습니다。”

M씨가 수고스럽게 부두까지 가서 물어봐줬지만、배는 역시 결항이란다。

“할 수 없지。” 믿음직한 나의 안내자는 별로 낙담한 낌새도 없이、“그럼、여기서 잠깐 쉬면서 도시락이나 먹을까?”

“그래、여기 앉아서 먹으면 되겠어。” 나는 기분 나쁠 만큼 조심스러웠다。

“들어오시지요?” M씨가 소심하게 말한다。

“들어가지?” N군은 거리낌 없이 각반을 풀기 시작했다。“천천히、다음 코스나 생각하자구。”

M씨는 우리를 서재로 안내했다。작은 이로리가 있고、숯불이 타닥타닥 소리를 내면서 타고 있었다。책장에는 책이 빼곡히 들어차 있고、발레리 전집이나 교카[(1)] 전집도 꽂혀 있었다。“예의와 문화가 아직 개화되지 못한 것은 지극히 당연한 일이다。” 라고 자신 있게 판단을 내린 난케이 씨도、이쯤

---

1 이즈미 교카(1873~1939). 일본의 소설가.

되면 혹 기절할지도 모르겠다。

"술은、많습니다." 점잖은 M씨는、오히려 자기가 먼저 얼굴을 붉히며 그렇게 말했다。"드시지요。"

"아니、여기서 다 마셔버리면、" 하고 말하다가、N군은、우후후 웃으며 얼버무렸다。

"그런 걱정은 붙들어 매시고。" M씨는 눈치 빠르게 감지하고、"닷피에 가져가실 술은、따로 또 챙겨두었습죠。"

"호호호、" 하고 N군은、촐싹대며、"아니、그런데、지금부터 마시면、오늘 중에 닷피에 도착할 수 없게 될지도……。" 그런 이야기를 하는 사이에、사모님이 말없이 술병을 들고 왔다。사모님은、원래부터 말수가 적은 사람이라、딱히 우리한테 화가 난 게 아닐지도 몰라、하고 나는 나 좋은 쪽으로 생각을 고쳐먹고、

"그러면 취하지 않을 만큼만、조금 마셔볼까?" 하고 N군에게 제안했다。

"마시면 취하지。" N군은 선배 같은 얼굴로 말하며、"오늘은、이거、민마야에서 1박인가?"

"그게 좋겠네요。오늘은 이마베쓰에서 천천히 노시고、민

마야까지라면 걸어서, 뭐, 설렁설렁 걸어도 한 시간 걸리나? 아무리 취해도 금방 갈 수 있습니다." 하고 M씨도 권한다. 오늘은 민마야에서 1박을 하기로 정하고, 우리는 마셨다.

난, 이 방에 들어왔을 때부터, 신경 쓰이는 것이 하나 있었다. 내가 가니타에서 험담을 해버린 그 쉰 줄 작가의 수필집이, 아뿔싸 M씨 책상 위에 떡하니 놓여 있었다. 애독자란 대단한 것이다. 내가 그날, 가니타 간란 산에서 그토록 걸쭉하게 욕질을 했어도, 이 작가에 대한 M씨의 신뢰는 조금도 흔들리지 않았던 것 같다.

"잠깐, 그 책 좀 줘보게." 아무래도 신경이 쓰여서 마음이 진정되지를 않아, 결국 나는, M씨에게 그 책을 빌려, 적당히 아무데나 확 펼치고, 그 부분을 가마우지 송사리 쳐다보는 눈으로 읽기 시작했다. 뭔가 흠을 잡아 쾌재를 부르고 싶었으나, 내가 읽은 부분은, 그 작가도 각별히 긴장을 하고 썼는지, 과연 파고들 틈이 없다. 나는 말없이 읽었다. 한 페이지 읽고, 두 페이지 읽고, 세 페이지 네 페이지, 결국 다섯 페이지까지 읽고, 그러고 나서, 책을 내동댕이쳤다.

"지금 읽은 부분은, 뭐 좀 괜찮네. 하지만, 다른 작품에는

쓰가루식 요람
엥쓰코 그림
(이마베쓰 M씨댁 에서 봄)
짚으로 엮는다

안 좋은 부분도 있다구." 하고 나는 분한 마음에 괜한 고집을 부렸다.

M씨는, 기분이 좋은 것 같다.

"장정이 호화스럽잖아." 하고 나는 작은 목소리로, 더더욱 떼를 썼다. "이렇게 고급 종이에, 이렇게 큰 활자로 인쇄하면, 글은 다, 괜찮아 보인다구."

M씨는 대꾸하지 않고, 그저 잠자코 웃고 있다. 승리자의 미소. 그렇지만 내 본심은, 그렇게 분하지도 않았다. 좋은 글을 읽고, 마음이 놓였기 때문이다. 흠을 잡고 쾌재를 부르는 것보다는, 얼마나, 기분이 좋은지 모른다. 거짓말이 아니다. 나는, 좋은 글을 읽고 싶다.

이마베쓰에는 혼카쿠지라는 유명한 절이 있다. 데이텐 화상이라는 훌륭한 스님이, 이곳 주지였던 것으로 유명하다. 데이텐 스님에 대해서는, 다케우치 운페이가 쓴 『아오모리현 통사』에도 기록되어 있는 바, "데이텐 스님은, 이마베쓰의 니야마 진자에몬의 아들로, 일찍이 히로사키의 세이간지라는 절에 제자로 들어갔는데, 훗날 이와키다이라[1]의 센쇼지라는

---

[1] 에도 시대, 오슈 남부에 존재했던 번. 현재의 후쿠시마 현 남부 일대가 이에 해당한다.

절에서 수행하기를 15년, 스물아홉부터 쓰가루 이마베쓰, 혼카쿠지라는 절의 주지가 되어, 교호 16년(1731년) 마흔둘에 입적할 때까지, 교화가, 쓰가루 지방뿐 아니라 이웃한 여러 지방에도 미치어, 교호 12년(1727년), 금동사리탑 건립을 위한 공양 때는, 이 지역은 물론, 난부, 아키타, 마쓰마에 등 다른 지방에서 온 선남선녀가 운집하여 참배했다."고 한다. 그 절을, 이제부터 한번 보러 가지 않겠는가, 하고 소토가하마 안내를 맡은 가니타 마을 의원 N군이 말을 꺼냈다.

"문학 이야기도 좋지만, 아무래도, 자네 문학 이야기는 일반인용은 아니야. 별난 구석이 있어. 그러니까, 아무리 시간이 지나도 유명해지지가 않는 거라구. 데이덴 스님 같은 사람은……." 하고 말하는 N군은, 상당히 취해 있었다. "데이덴 스님은 말이야, 부처님 가르침을 설파하는 건 나중으로 미루고, 우선 민중들의 생활 복리 증진에 마음을 써주었어. 그렇게라도 하지 않으면, 민중들은, 부처의 가르침이고 나발이고 아무 말도 듣지를 않아. 데이덴 스님은, 어쩌면 산업을 흥하게 해서, 어쩌면……." 하고 말하다 말고, 혼자 웃음을 터뜨리며, "뭐, 아무튼 가보자. 이마베쓰에 와서 혼카쿠지를 안 본다? 그건 부끄러운 일이야. 데이덴 스님은, 소토가하마의 자랑이라구. 말은 이렇게 해도, 실은, 나도 아직 가본 적 없어. 기회가 좋잖아? 오늘 보러 가고 싶어. 모두 함께 보러 가지 않겠나?"

나는, 여기서 술이나 마시며 M씨와, 누구 말마따나 별난 구석이 있는 문학 이야기를 하고 싶었다. M씨도, 그런 것 같았다. 그렇지만, 데이덴 스님에 대한 N군의 열정이 상당하여, 결국 우리는 무거운 엉덩이를 떼고야 말았다.

"그러면, 혼카쿠지에 들렀다가, 그러고 나서 곧장 민마야까지 걸어갑시다." 나는 현관 마루에 앉아 각반을 동여매며, "어때? 같이 갈까?" 하고, M씨를 꼬드겼다.

"예에, 민마야까지 모셔다드리지요."

"그거어 고맙군. 이 기세라면, 오늘밤에, 민마야 숙소에서 이 마을 의원 나리께서 늘어놓는 가니타 행정에 대한 일장 연설을 들어야 하는 거 아닌가 하고, 사실, 우울했는데. 자네가 함께 가주면, 마음 든든하지. 사모님, 남편 좀 오늘 밤, 빌리겠습니다."

"아, 예." 하고, 미소만 짓는다. 조금은 익숙해진 모양이다。아니、포기했나?

우리는 술을 각자 물통에 채우고서、아주 쾌활하게 출발했다。가는 도중에도、N군은、데이덴 스님、데이덴 스님、하면서、아주 시끄러웠다。절의 지붕이 보일 무렵、우리는、생선장수 아주머니를 마주쳤다。리어카에는、온갖 생선이 가득 쌓여 있다。우리는 두 자(60cm)쯤 되는 도미를 보고、

"저 도미、얼맙니까?" 전혀 짐작이、가질 않는다。

"1엔 70전이요。" 싸다。

나는、그만、사버렸다。그렇지만、사고 난 다음이、문제였다。이제 절에 가는데。두 자짜리 도미를 들고 절에 가는 건 그림이 이상하잖아。나는 어찌할 바를 몰랐다。

"쓸데없는 걸 사고 그래。" 하고 N군은、입을 삐쭉이며 나를 경멸했다。"그런 걸 사서 어쩌자는 거냐구。"

"아니、민마야 숙소에 가서、이걸 통째로 소금구이를 해서、커다란 접시에 담아서、셋이서 쪼아 먹으려고 산 건데。"

"아이구야、자네、생각도 참 별나。그러면、꼭 무슨 결혼식 같잖아。"(1)

---

(1) 일본은 경사스러운 날, 특히 결혼식 때 커다란 도미를 상에 올리는 풍습이 있다.

“그래도、1엔 70전으로、조금 호화로운 기분을 느낄 수 있다니、고맙잖아。”

“고맙지 않아。1엔 70전이라니、이 동네 치고는 비싸。정말 자네는 물건 사는 게 어설퍼。”

“그런가?” 나는、풀이 죽었다。

결국 나는 두 자짜리 도미를 들고、절 안으로 들어가고야 말았다。

“어떡하지?” 하고 나는 작은 소리로 M씨에게 물었다。“난처하네。”

“그러게요。” M씨는 심각한 표정으로 생각하다가、“절에 가서 뭐 신문지라도 얻어 올게요。잠깐 여기서 기다리세요。”

M씨는 절 부엌 쪽으로 가더니、이윽고 신문지와 끈을 가지고 와서는、문제의 도미를 둘둘 말아 내 배낭에 넣어주었다。나는、한시름 덜고、절 정문을 올려다보았는데、특별히 뛰어난 건축물로는 보이지 않는다。

“대단한 절도 아니구만。” 하고 나는 N군에게 속삭였다。

“아니、아니。껍데기보다는 알맹이지。아무튼、절에 들어가서 스님한테 설명이라도 듣자구。”

나는 마음이 무거웠다。 떨떠름하게 N군 뒤를 따라 들어갔는데、 그러고 나서、 실로 한심한 꼴을 당했다。 절의 주지 스님은 출타하셨는지、 쉰 줄 여주인으로 보이는 사람이 나와서、 우리를 본당으로 안내해주었고、 그로부터、 기나긴 설명이 시작되었다。 우리는、 깍듯이 무릎을 꿇고、 정좌한 채 경청하지 아니할 수 없었다。 설명이 잠깐 일단락되어、 부처님 감사합니다、 하며 일어나려는 찰나、 N군은 무릎을 질질 끌며 앞으로 나가더니、

"그렇다면、 하나 더 묻겠습니다만、" 하고 말하는 것이다。 "대체、 이 절은 데이텐 스님께서、 언제쯤 세우신 걸까요?"

"무슨 말씀이신지요。 데이텐 대사님은 이 절을 세우신 분이 아닙니다。 데이텐 대사님은、 이 절을 부흥시키신 5대 주지이신데、" 하고 또다시 기나긴 설명이 이어진다。

"아하 그랬군요。" 하고 N군은、 어리둥절하면서、 "그렇다면、 하나 더 묻겠습니다만、 그 '데이잔' 스님께서는……。" 이제 '데이잔' 스님이란다。 완전히 엉망진창이다。

N군은、 혼자 열이 올라 무릎을 앞으로 내밀고 또 내밀고、 급기야 그 노부인과 무릎 사이에 종이 한 장 들어갈까 말까

한 거리까지 전진하여、일문일답을 이어가는 것이다。슬슬、주위가 어둑어둑해지고、이제는 민마야까지 갈 수 있을지 없을지도、의문이다。

“저기에 있는 커다랗고 멋진 족자는、오노 구로베 님께서 쓰신 글입니다。”

“그렇습니까?” 하고 N군은 탄복하며、“오노 구로베 님이라 하시면……。”

“아실 텐데요。충신 의사[(1)] 중 한 분입니다。” 충신 의사라고 한 것 같다。“그 분은、이 지역에서 돌아가셨는데、향년 42세로、아주 신앙심이 두터우신 분이라、이 절에도 여러 차례 막대한 헌납을 하시고……。”

그때 마침내 M씨가 일어나、여주인 앞으로 가더니、안주머니에서 흰 종이로 싼 것을 내놓으며、말없이 정중하게 절을 하고 N군을 향해、

“슬슬、물러갑시다。” 하고 작은 소리로 말했다。

“아니、예、갑시다。” 하고 N군은 점잖게 말한 뒤、“좋은 말

1에도 성에서 아코 번주 아사노가 쇼군의 직속 가신 기라의 조롱에 못 이겨 칼을 뽑아 그를 상해하였다. 성내에서 칼을 뽑는 일은 엄격한 금기였으므로, 아코 번주 아사노에게는 즉시 할복형이 내려졌지만 쌍방 처벌의 원칙에도 불구하고 기라는 아무런 처벌도 받지 않았다. 이에 격분한 아코 번의 사무라이 47명은 2년의 준비 끝에 기라의 저택에 잠입하여 그의 목을 베고 모두 할복하였다. 이 47명의 사무라이들을 충신 의사라 한다.

씀 잘 들었습니다." 하고 여주인에게 간살을 떨고서야, 간신히 일어섰는데, 나중에 물어보니, 여주인이 했던 말은 하나도 기억나지 않는단다. 우리는 기가 막혀서,

"그렇게 열정적으로 온갖 질문을 다 하더니만." 하고 말했더니,

"아니, 전부 다, 건성이었어. 아무튼, 많이 취했으니까. 내 깐에는 자네들이 이래저래 궁금하겠지 생각해서, 꾹 참고, 그 여주인한테 말을 붙여준 건데. 나는 희생자라구." 헛된 희생정신을 발휘했구만.

민마야의 숙소에 도착했을 때는, 이미 날이 저물었다. 우리는 현관 바로 위 2층에 있는 깔끔한 방으로 안내되었다. 소토가하마의 여관은, 모두, 마을과 어울리지 않을 정도로 고급이다. 방에서, 바로 바다가 보인다. 가랑비는 내리고, 희뿌연 바다는 잔잔하다.

"나쁘지 않은데. 도미도 있겠다, 비 내리는 바다를 바라보며, 천천히 마십시다." 나는 배낭에서 신문지에 싼 도미를 꺼내, 여자 종업원에게 건네며, "이거 도민데요, 이 상태 그대로 소금구이로 해서 갖다 주세요."

이 여자 종업원, 표정이 별로 빠릿빠릿해 보이지가 않는다。그저, 네에, 하고만 대답했을 뿐, 멀거니 그 꾸러미를 받아 들고 방에서 나갔다。

"알겠지요?" N군도, 나와 마찬가지로 여자 종업원에게 조금 불안함을 느꼈던 것일까? 불러 세워 거듭 주의를 주었다。"그대로 소금구이로 해야 돼요。세 명이라고, 세 토막으로 자르지 않아도 돼요。굳이, 삼등분할 필요는 없어요。알겠지요?" N군도, 그다지 설명을 잘했다고는 할 수 없다。여자 종업원은, 역시나, 네에, 하고 미덥지 않은 대답을 할 뿐이다。

이윽고 밥상이 나왔다。도미는 지금 소금구이를 하고 있습니다, 오늘은 술이 없다고 합니다, 하고 웃음기 하나 없이, 그, 빠릿빠릿해 보이지 않는 여자 종업원이 말한다。

"어쩔 수 없지。가지고 온 술을 마십시다。"

"그래야겠군。" 하고 N군은 조급하게, 물통을 끌어당기며, "죄송한데 술병 두 개랑 술잔 세 개만 갖다 주세요。"

굳이 세 개라고 한정지을 필요는 없었나? 하면서 농담을 주고받는 사이에, 도미가 나왔다。굳이 세 토막으로 자르지 않아도 된다던 N군의 말은, 실로 어처구니없는 결과가 되어 돌아오고 말았다。 대가리도 꼬리도 등가시도 없고、그저 도미 몸통 소금구이 다섯 토막만、아무런 운치도 없이 허여멀겋게 접시에 얹혀 있을 뿐이다。 나는 결코、먹을 것에 연연하는 게 아니다。 설마 먹고 싶어서、두 자짜리 도미를 샀겠는가? 독자들은、내 마음 알아주리라。 나는 도미 한 마리를 원형 그대로 구워서、그리고 그걸 접시에 올려놓고 감상하고 싶었던 것이다。 먹고 안 먹고는 중요한 문제가 아니다。 나는、그걸 바라보며 술을 마시며、넉넉한 기분을 만끽하고 싶었던 것이다。 굳이 세 토막으로 자르지 않아도 된다、는 N군의 말도 이상하긴 했지만、그럼 다섯 토막으로 자르지요、하고 넘겨짚는 이 여관 놈들의 무성의함、부아가 치밀고、원망스러워、나는 발을 동동 구르고 싶었다。

“시키지도 않은 짓을 하고 그러냐。” 접시에 한심스레 쌓여 있는 다섯 토막의 생선 (그것은 이제 도미가 아닌、한낱、생선이다。) 구이를 바라보며、나는 울고 싶었다。 하다못해、회라도 떴으면、그나마 포기라도 했을 텐데。 대가리랑 꼬리는 어디 간 거야、커다랗고 멋진 대가리였는데、버렸나? 생선이 많이 나는 지방 여관은、오히려、생선에 둔감해져서、요리도 할

줄 모른다。

"화내지 마、맛있으니까。" 인격 원만 N군、아무렇지 않게 그 생선구이에 젓가락을 대며、그리 말했다。

"그런가? 그럼、자네 혼자 다 먹으면 되겠네。먹어。나는、안 먹어。이따위 거、한심해서 어디 먹겠냐구。도대체가、자네 잘못이야。굳이 똑같이 삼등분할 필요는 없어요、그런 가니타 마을 의회 예산 총회에서나 써먹을 같잖은 말로 토를 다니까、그 얼간이 여자 종업원이、갈피를 못 잡은 거잖아。자네 잘못이야。자네를、원망할 거야!"

N군은 태평스럽게、우후후후 웃으며、

"그래도、그게 또、유쾌하지 않은가。세 토막으로 자르지 말랬더니、다섯 토막으로 잘랐다。재치 있네。재치 있어、여기 사람들。자、건배。건배、건배애。"

나는、밑도 끝도 없는 건배를 강요당하고、도미 사건의 울분 때문인지、곤드레만드레 취해、자칫하면 난동을 부릴 것 같아서、혼자 일찍 자버렸다。지금 생각해도、그 도미、분하다。도대체가、성의가 없잖아!

이튿날 아침、일어나니、아직도 비가 내리고 있었다。아래

층으로 내려가、여관 사람에게 물었더니、오늘도 배는 결항이라는 것이다。닷피까지 해안을 따라 걸어가는 수 말고는 없다。비가 그치는 대로、눈 딱 감고、곧장 출발하기로 하고、우리는、다시 이불 속으로 기어들어가 잡담을 하면서 비가 멎기를 기다렸다。

"옛날에 한 자매가 있었는데、" 나는、문득 그런 옛날이야기를 시작했다。엄마는 언니하고 동생한테、똑같은 양의 솔방울을 주면서、그걸로 밥을 짓고 된장국도 끓이라고 시켰다。손이 작고 소심한 동생은、솔방울을 아껴가며 하나씩 아궁이에 넣어 태웠는데、된장국은커녕、밥조차 제대로 앉히지 못했다。언니는 대범하고 시원시원한 성격이라、엄마한테 받은 솔방울을 한꺼번에 와르르 아까워하지 않고 아궁이에 쏟아 넣어 불을 지폈고、그 불로 너끈히 밥을 짓고、그리고、남은 숯불로、된장국도 끓일 수 있었다。"그런 이야기、알아? 그러니까、마시자。닷피에 가지고 간다고、어젯밤에、물통에 든 술、하나、남겨뒀잖아? 그거、마시자。쩨쩨하게 굴어도 어쩔 수 없어。시원하게、한 번에、확、해치우는 거야。그러면、나중에 숯불이 남을지도 몰라。아니、남지 않아도 상관없어。

닷피에 가면, 또, 어떻게든 된다구. 아니 뭐 닷피에서 술 안 마셔도, 되잖아? 죽는 것도 아니고. 술 안 마시고 누워서, 가만히, 과거와 미래를 생각하는 것도, 나쁘지 않을 거야."

"알었다, 알었어." N군은, 벌떡 일어나, "세상만사, 언니식으로 가자. 한 번에, 확, 해치워버리자."

우리는 일어나 이로리에 둘러앉아, 무쇠 주전자에 술을 데워, 비가 멎기를 기다리면서, 남은 술을 몽땅, 마셔버렸다.

점심때쯤, 비가 그쳤다. 우리는, 늦은 아침을 먹고, 출발 준비를 했다. 으스스 쌀랑한 흐린 날씨다. 여관 앞에서, M씨와 작별하고, N군과 나는 북쪽을 향해 발을 내딛었다.

"올라가보실까." N군은, 기케이지라는 절의 돌로 만든 도리이[1] 앞에 멈춰 섰다. 마쓰마에의 아무개라는 기부자의 이름이, 그 도리이 기둥에 새겨져 있었다.

"음." 우리는 그 돌 도리이 아래를 지나, 돌계단을 올랐다. 정상까지, 거리가 꽤 된다. 돌계단 양쪽으로 늘어선 나무의 가지 끝에서 빗방울이 떨어진다.

"이건가?"

---

1 일본 신사 입구에서 흔히 볼 수 있는 문으로, 속세와 신성한 곳의 경계를 의미한다.

돌계단을 전부 오르자 작은 산 정상에는, 낡아빠진 사당이 서 있다. 사당 문에는, 미나모토 가문의 상징인 용담꽃 문양이 있다. 나는 왠지, 굉장히 씁쓸한 기분으로,

"이건가?" 하고, 다시 말했다.

"이거야." N군은 얼빠진 목소리로 대답했다.

옛날 미나모토노 요시쓰네, 다카다치에서 도망쳐 에조로 건너가기 위해 이곳에 왔을 때, 배를 띄울 순풍이 불지 않아 며칠을 머물다가, 너무나 기다리기 힘들어, 지니고 있던 관음상을 바닷속 바위 위에 놓고 순풍을 기원하자, 금세 바람이 불어 무사히 마쓰마에로 건너갈 수 있었다. 그 관음상은 지금 이 절에 있으니 '요시쓰네의 바람 기원 관음상'이라 부른다.

앞서 언급했던 『동유기』에 나오는 절이, 바로 이 절이다.

우리는 말없이 돌계단을 내려왔다.

"이거 봐, 돌계단 여기저기에, 움푹 팬 데 있지? 벤케이[(1)] 발자국이라나, 요시쓰네 말발굽 자국이라나, 그러던데." N군은 그렇게 말하고, 힘없이 웃었다. 나는 믿고 싶었지만, 허

(1)무사시보 벤케이(?~1189). 헤이안 시대 말기의 승려로 미나모토노 요시쓰네의 가신이다. 굉장한 거구로 알려져 있다.

사였다。 도리이에서 나오면 바위가 있다。 또 『동유기』에 이르기를、

“또한 바닷가에 커다란 바위가 있는데 마구간처럼、구멍 세 개 나란히 있다。 이는 요시쓰네의 말을 매어두었던 곳이다。 그리하여 이 땅을 미마야라 칭하게 되었다。”

우리는 그 거대한 바위 앞을、일부러 급히 지나쳤다。 이런 전설의 고향 같은 이야기는、이상하게 부끄러운 법이다。

“이건、분명、가마쿠라 시대(1192년~1333년)에 타지에서 흘러들어온 불량 청년 2인조가、무엇을 숨기랴 이 몸으로 말하자면 구로 판관[1]、그리고 이 수염 난 남자는 무사시보 벤케이、하룻밤 묵을 곳을 부탁하네、어쩌구저쩌구、하면서 시골 처녀들을 후리고 다녔던 게 틀림없어。 참 나、쓰가루에는、요시쓰네 전설이 너무 많아。 가마쿠라 시대만 그런 게 아니라、에도 시대에도、그런 요시쓰네와 벤케이가、배회했을지 모르지。”

“그래도、벤케이 역할은、재미없었겠네。” N군은 나보다 훨씬 수염이 짙어서、혹시 벤케이 역할을 시킬까봐 불안했던

---

1 구로는 요시쓰네의 별명이며 아홉 번째 아들이라는 뜻. 판관은 벼슬 이름이다.
2 벤케이가 항상 지고 다녔던 도구들. 갈퀴, 낫, 쇠몽둥이, 나무망치, 톱, 도끼, 올가미창(사스마타).

모양이다. "일곱 도구[2]라는 무거운 짐을 등에 지고 다녀야 했으니까, 거추장스럽게."

이야기를 하는 사이에, 불량 청년 2인조의 그러한 방랑 생활이, 아주 즐거웠으리라는 생각이 문득 들어, 부러워지기까지 했다.

"이 주변에는, 미인이 많네." 하고 나는 소곤댔다. 지나가는 마을, 집 뒤편으로 언뜻 모습을 드러냈다 휙 하고 사라지는 아가씨들은, 모두 살결이 희고, 옷차림도 말쑥한 게, 기품이 있다. 손발도 거칠지 않을 것 같다.

"그런가? 그렇게 말하니, 그렇군." N군만큼, 여자한테 담박한 사람도 없을 것이다. 그냥, 오로지, 술이다.

"설마, 지금, 내가 요시쓰네라고 해도, 믿지 않을 테고." 나는 망상을 해보았다.

처음에는, 그런 실없는 대화를 나누며, 어슬렁어슬렁 걸었지만, 점점 우리 둘의 발걸음은 빨라졌다. 마치 둘이서 누구 발이 빠른지 경쟁하는 모양새가 되었고, 그리고, 부쩍 말수가 줄었다. 민마야에서 마신 술이 깨기 시작한 것이다. 너무 춥다. 발걸음을 서두르지 않을 수가 없다. 우리는, 둘 다, 엄숙한 표정으로, 부지런히 걸었다. 갯바람이 점점 거세졌다. 내 모자는 몇 번이나 날아갈 뻔했고, 그때마다, 부직포 모자챙을 꾸욱 아래로 눌러 썼는데, 결국 모자챙 이음매가, 지익 하고 찢어지고 말았다. 빗방울이 간간히, 후두두둑 떨어진다. 시커멓게 낮은 구름이 하늘을 덮고 있다. 물결의 일렁임도 커져서, 바닷가 좁은 길을 걷는 우리 쪽으로 물거품이 덤벼든다.

"이래봬도, 길이 아주 좋아진 거야. 육칠 년 전에는, 안 이랬어. 파도가 밀려갈 때를 기다렸다가 재빨리 지나가야 하는 길목이 몇 군데 있었으니까."

"근데, 지금도, 밤에는 안 되겠는데? 절대 못 다니겠어."

"그래, 밤에는 못 다녀. 요시쓰네 벤케이 할아버지가 와도 어림없지."

우리는 진지한 얼굴로 그런 말을 하면서, 더더욱 부지런히 걸었다.

"안 힘드냐?" N군은 뒤돌아보며 말했다. "의외로 다리가 튼튼하네."

"그래, 아직은 안 늙었다."

두 시간쯤 걸었을 무렵부터、주위 풍경이 왠지 이상하게 삭막해졌다。처참하다고 해야 하나? 이제는、더 이상、풍경이 아니다。풍경이라는 건、오랜 세월、다양한 사람이 바라보고、형용하여、말하자면、사람의 눈길이 핥고 지나가 부드러워진、사람에게 길들여진 것으로、높이 서른다섯 자 게곤 폭포[1]도、역시 우리 속 맹수처럼、사람 냄새가 희미하게 느껴진다。예로부터 사람들이 그림으로 그리고 노래로 부르고 하이쿠로 읊어온 명소에서는、예외 없이 모두、사람의 표정을 발견하게 마련이지만、이 혼슈 북쪽 끄트머리 바닷가는、애초에、풍경이 될 수 없다。점경인물[2]의 존재조차 허용하지 않는다。억지로、점경인물을 놓아야겠다면、하얀 아쓰시[3]를 입은 아이누 노인이라도 빌려 와야지、보라색 점퍼를 입은 곱상한 놈은、두말할 것도 없이 튕겨져 나온다。그림이、노래가、되지를 않는다。그저 바윗돌과、물이다。곤차로프[4]였나? 대양을 항해하다 폭풍우를 만나자、노련한 선장이 말하기를、"자、잠깐 갑판으로 나와 보시오。이 커다란 파도를 뭐라 표현하겠소? 당신 같은 문학가는、분명 이 파도에、훌륭

1도치기 현 닛코 시 닛코 국립공원에 있는 높이 97m의 폭포로 일본 3대 폭포 중 하나. 2동양화 풍경화에서 배경으로 작게 그려 넣는 인물. 3아이누 족의 전통 의상. 4이반 알렉산드로비치 곤차로프(1812년~1891). 러시아의 소설가.

한 형용사를 부여하겠지.” 곤차로프가, 파도를 바라보다 이윽고, 한숨을 쉬며, 내뱉은 단 한 마디, “두렵다.”

대양의 격랑, 사막의 폭풍에 대해서는, 어떠한 문학적 형용사도 떠오르지 않는 것과 마찬가지로, 이곳 혼슈, 길이 끝나는 곳의 암석과 물도, 그저, 두려울 뿐, 나는 거기에서 눈길을 거두어, 다만 내 발밑만 쳐다보며 걸었다。 앞으로 30분 정도면 닷피에 도착할 무렵, 나는 희미하게 웃으며,

“이거야 원, 역시 술을 남겨둘걸 그랬어。 닷피 여관에, 술이 있을 것 같지도 않고, 아이고 참 나 이렇게 추워서야.” 하고 엉겁결에 푸념을 흘렸다。

“캬, 나도 지금 그 생각을 하고 있었는데。 조금만 더 가면, 옛날부터 아는 사람 집이 있는데, 어쩌면 거기에 배급받은 술이 있을지도 몰라。 그 집은, 술을 안 마시거든.”

“물어나 봐주시게.”

“응, 역시 술이 있어야 돼.”

닷피 바로 전 마을에, 그 안다는 사람 집이 있었다。 N군은 모자를 벗고 그 집으로 들어가더니, 얼마 있다가, 어금니를 꽉 물고 웃음을 참는 듯한 얼굴로 나와서는,

“운이 좋아。 물통에 하나 가득 받아 왔어。 다섯 홉(900ml)은 더 될걸?”

“숯불이 남아 있었던 거야。 가자구!”

거의 다 왔다。 우리는 허리를 수그리고 맹풍에 맞서、잔달음질 치다시피 닷피를 향해 돌진했다。 길이 점점 좁아진다고 생각하는 사이에、난데없이、닭장에 머리를 처박았다。 한순간、나는 뭐가 뭔지、영문을 알 수가 없었다。

“닷피다。” 하는 N군의 말투는、아까와 달랐다。

“여기가?” 정신을 차리고 둘러보니、닭장이라고 생각했던 것은、바로 닷피 마을이다。 흉포한 비바람을 마주하고、작은 집들이、한 덩어리로 뭉쳐 서로를 비호하며 늘어서 있는 것이다。 여기는、혼슈 땅끝。 이 마을을 지나면 길은 없다。 더 가면 바다로 굴러 떨어질 뿐。 길은 완전히 끊어진다。 여기는、혼슈의 막다른 길。 독자들은 명심하도록。 여러분이 북쪽을 향해 걸어갈 때、그 길을 끝없이 끝없이、거슬러 오르고、또 오르면、반드시 이 소토가하마 가도에 이르는데、길은 점점 좁아지고、더 거슬러 오르다보면、쑤욱 하고 이 닭장을 닮은 신기한 나라로 빠져들고、거기에서 여러분의 여정은 모두 끝이 나게 된다。

“누구라도 놀랄 거야。 나도 말이야、처음 여기 왔을 때、야、이거 남의 집 부엌에 들어왔구나 싶어서 오싹했으니까。” 하고 N군도 말했다。

그렇지만、이곳은 국방상、상당히 중요한 지역이다。 나는 이 마을에 대해서、더 이상의 이야기는 피해야 한다。골목을 지나 우리는 여관에 도착했다。할머니가 나와서、우리를 방으로 안내했다。이 여관의 방 또한、어라? 하고 눈이 번쩍 뜨일 만큼 깔끔하고、그리고 만듦새도 결코 얄팍하지 않다。우선、도테라[1]로 갈아입고、우리는 작은 이로리를 사이에 두고 책상다리를 틀고 앉아、간신히、그럭저럭、살아 있다는 느낌을 되찾았다。

“에、저기、술 있습니까?” N군은、신중하고 차분한 말투로 할머니에게 물었다。대답은、예상 밖이었다。

“에? 있지유우。” 얼굴이 갸름한、기품 있는 할머니였다。그렇게 대답하고는、태연하다。N군은 마지못해 웃으며、

“그게 아니라、할머니。우리가 좀 많이 마시고 싶어서요。”

1 솜을 넣어 누빈 실내용 전통 방한복.

“드시유우, 을마든지.” 하고 말하며 미소 짓는다.

우리는 얼굴을 마주봤다. 이 할머니는, 요즘 술이 귀중품이라는 사실을, 모르는 게 아닐까 하는 의심마저 들었다.

“오늘 배급이 있었는데 말이지유우, 근처에, 안 마시는 집도 꽤 있어서유우, 그걸 모아서유우…….” 하면서, 긁어모으는 시늉을 하더니, 그리고 됫병을 한 아름 껴안듯 팔을 벌려, “아까 직원이, 이렇게 많이 가지고 왔습지유우.”

“그 정도면, 충분해.” 하고 나는, 겨우 마음이 놓여, “이 무쇠 주전자에 술을 데울 거니까, 술병에 술을 담아서, 네댓 병, 아니, 귀찮다, 여섯 병, 바로 갖다 주세요.” 할머니 마음 바뀌기 전에, 많이 주문해두는 게 좋을 것 같았다. “밥은, 나중에 먹어도 되니까.”

할머니는, 시킨 대로, 쟁반에, 술을 여섯 병 얹어서 가지고 왔다. 한 병 두 병, 마시는 사이에, 밥상이 나왔다.

“그럼, 천천히, 드세유우.”

“고맙습다.”

술 여섯 병이, 눈 깜짝할 새 사라졌다.

“벌써 다 없어졌다.” 나는 놀랐다. “빠르네. 너무 빨라.”

"벌써 그렇게 마셨나?" 하고 N군도, 의아하다는 얼굴로, 빈 병을 하나씩 흔들어보며, "없네。아무래도 추웠으니까, 무아지경으로 마셨나봐。"

"술병마다, 넘칠 만큼 가득 술이 들어 있었는데。이렇게 빨리 마셔버리고, 여섯 병 더 달라고 하면, 할머니가 저것들 도깨비 아니야? 하면서 경계할지도 몰라。괜한 공포심을 불러일으켜서, 이제 술은 참아주세요, 어쩌구저쩌구 말이 나오면 안 되니까, 이 시점에는, 가져온 술을 데워 마시면서, 좀 시간을 끌다가, 나중에 다시 여섯 병 더 달라고 하는 게 좋겠다。오늘 밤은, 이 혼슈 북쪽 땅끝 여관에서, 한번 날이 새도록 마셔보자구。" 하고, 이상한 책략을 꾸민 게 실패의 원인이었다。

우리는, 물통에 든 술을 술병에 옮겨 담고, 이번에는 되도록 천천히 마셨다。그러는 사이에 N군은, 갑자기 취기가 올랐다。

"이거 안 되겠다。오늘 밤에 난 취할지도 몰라。" 취할지도 몰라가 아니라, 이미 심하게 취했는데。"이거, 안 되겠다。오늘 밤은, 나 취할 거야。괜찮지? 취해도 괜찮지?"

"괜찮다마다。 나도 오늘 밤은 취할 거야。 뭐、천천히 가는 거야。"

"노래나 한 곡 뽑아보실까? 내 노래、자넨、들은 적 없을 걸。 웬만해선 안 하니까。 그치만、오늘 밤은 한 곡 부르고 싶구만。 그래、자네、불러도 괜찮지?"

"별 수 없군、들어나 보세。" 나는 각오를 다졌다。

강사안、몇 개애르을、하고、보쿠스이[1]의 여행 노래를、N군은 눈을 감고 나지막이 읊조리기 시작했다。 생각만큼、끔찍하지는 않다。 말없이 듣고 있자니、가슴에 사무치는 데가 있었다。

"어때? 이상한가?"

"아니、잠깐、눈물 찔끔했네。"

"그러면、한 곡 더!"

이번엔、끔찍했다。 N군도 혼슈 북쪽 땅끝 여관에 오니、기개가 드높아졌는지、기겁할 만큼 무시무시한 소리를 사납게 질러댔다。

"동해애 바아다아、작은 서엄、바닷가、" 하고、다쿠보쿠[2]

1와카야마 보쿠스이(1885~1928). 자연주의 시인. 전국을 여행하며 시를 짓고 노래를 불렀다. 〈강산 몇 개를 넘어가야 외로움 끝날 땅이런가 오늘도 길 떠나네〉 2이시카와 다쿠보쿠(1886~1912). 메이지 시대의 시인. 고향을 향한 그리움과 도시인의 삶을 소재로 한 시를 썼다. 〈동해 바다 작은 섬 바닷가 백사장에 나 눈물에 젖어 게와 함께 노니네〉

의 노래를 부르기 시작했는데、그 목소리 매우 크고 거칠어、바깥 바람소리도、그 목소리에 지워질 정도였다。

“지독하구만。” 하고 말했더니、

“지독해? 그럼、다시。” 크게 심호흡을 한 번 하더니、더더욱 사납게 소리를 지르는 것이다。“동해 바다아、바닷까아、짝은 서엄、” 하고 틀리게 부르기도 했다가、또、어찌된 영문인지 갑자기、“지금 다아시 예엣일을 쓴다며언 마스으카아가미……。” 하고 마스카가미[1]에 나오는 노래를 부르기도 했다가、신음하듯、울부짖듯、소리를 질러대는데、정말 난감했다。나는、안쪽 방에 있는 할머니에게 들리지 않아야 할 텐데、하며 가슴을 졸였지만、아니나 다를까、장지문이 스르륵 열리더니、할머니가 나타나서、

“자아、노래자랑도 다 하신 것 같으니、슬슬、주무시지유우。” 하면서、상을 물리고、후다닥 이불을 깔아버렸다。과연、N군의 기개 넘치는 괴성에、간이 떨어지도록 놀란 것 같다。나는 아직 멀었는데、이제부터、야무지게 마시려고 했는데、정말이지、어처구니가 없는 일이 벌어지고 말았다。

---

1 일본 남북조 시대(1336년~1392년)에 작성된 것으로 보이는 역사책. 가마쿠라 시대의 역사를 이야기 형식으로 서술하고 있다.

"못하더라。노래、못하더라。한두 곡 부르고 말았어야지。그렇게 부르면、누가 안 놀라겠냐구。" 하고 나는、중얼중얼 불평을 하면서、눈물을 머금고 마음을 접을 수밖에 없었다。

이튿날 아침、나는 이불 속에서、계집아이가 부르는 고운 노랫소리를 들었다。그날은 바람도 잦아들고、방에는 아침 해가 비쳐들었다。그리고 계집아이가 큰길에서 공놀이 노래를 부르고 있다。나는、고개를 들어、귀를 기울였다。

셋셋세

여름이 다가오는

팔십팔야[1]

들에도 산에도

등나무 새잎이

바람에 물결치며

수런거릴 때

나는、더할 나위 없이 기뻤다。지금도 중앙 사람들이 에

[1] 입춘으로 부터 88일째 되는 날. 봄에서 여름으로 계절이 바뀌는 시기.

조 땅이라 믿으며 경멸하는 이 혼슈 북쪽 끄트머리에서, 이렇게 아름답고 산뜻한 발음으로 부르는 노래를 들으리라고는 생각지도 못했다. 사토 히로시 이학자 말처럼, "누군가 만약 현대의 오슈에 대해 말하고자 한다면, 우선 문예부흥 직전의 이탈리아에서 볼 수 있었던 저 터질 듯 왕성한 잠재력이, 이 오슈 땅에 있음을 인정해야 할 것이다. 문화에 있어서, 또한 산업에 있어서 그와 같은, 메이지 천황의 교육에 대한 배려가 실로 신속하게 오슈 방방곡곡까지 스며들어, 오슈 사람 특유의 알아듣기 힘든 콧소리의 감소와 표준어 정착을 촉진, 일찍이 원시적 상태에 침몰된 몽매한 야만족의 거주지에 교화의 빛을 비추니, 그리하여, 이제 보라……." 어쩌고 저쩌고 했던 것처럼, 희망찬 서광 그 빛을, 저 계집아이의 애처로운 노랫소리에서 느끼고, 나는 더할 나위 없이 기뻤다.

4。쓰가루 평야

| 쓰가루 | 혼슈 동북단 일본해 방면의 옛 이름。사이메이 천황 때、고시 국[1] 지방관、아베노 히라후가 데와 방면의 에조 땅을 점령하여 그 통치 범위가 아키타(現 아키타)、누시로(現 누시로)、쓰가루에 이르고、마침내 홋카이도까지 미친다。이것이 쓰가루라는 명칭의 첫 등장이다。당시、그 지역 추장을 쓰가루 영주로 삼는다。이때、견당사[2] 사카이베노무라지 이와시키、당나라 천자에게 에조에 대한 이야기를 한다。수행관、유키노무라지 하카토코、질문에 답하여 에조의 종류

---

1 7세기 이전 옛 일본에 존재했던 율령국으로 현재의 니가타 현, 도야마 현, 이시카와 현, 후쿠이 현이 이에 해당한다.
2 나라 시대, 헤이안 시대 초기에 당나라에 파견하던 사신.

를 설명하기를、그 종류는 셋이요 중앙에서 가까운 것을 니기에조[1]、다음을 아라에조[2]、먼 것을 쓰가루라 명한다。그 외 지역의 에조는、다른 민족이라 여겼던 것 같다。쓰가루라는 명칭은、간교 2년(878년) 데와의 오랑캐 반란 때에도、여기저기서 자주 발견된다。당시 쇼군 후지와라노 야스노리、난을 평정하고 쓰가루에서 와타리지마 섬으로 건너가、잡종 오랑캐 중 아직 귀화하지 않은 자들을、모조리 복속시켰다고 한다。와타리지마 섬은 지금의 홋카이도를 말한다。쓰가루가 무쓰에 속한 것은、미나모토노 요리토모[3]가 오우를 평정하고、무쓰의 수호 아래 둔 이후의 일이다。

| 아오모리 현 연혁 | 본 현은、메이지 초기에 이르기까지 이와테 현、미야기 현、후쿠시마 현과 함께 무쓰 국이라 하였다。메이지 초기 이 지역에 히로사키、구로이시、하치노헤、시치노헤 및 도나미、다섯 번이 있었으나、메이지 4년(1871년) 7월 이를 폐하고 현으로 삼았으며、동년 9월 부와 현을 통폐

1조정에 굴복한 유순한 에조라는 의미. 2난폭한 에조라는 의미. 31147~1199. 가마쿠라 막부 시대를 연 장본인. 미나모토 가문을 규합하여 라이벌인 다이라 가문과 전쟁을 벌여 승리한 후 동생 요시쓰네를 제거하고 쇼군이 된다. 오슈의 후지와라 가문이 요시쓰네를 숨겨주었다는 이유로 이를 멸하고 오슈를 평정했다.

합시켜 한때 모두 히로사키 현으로 병합되었다가, 동년 11월 히로사키 현을 폐하고, 아오모리 현을 두어, 앞에 기술한 다섯 번을 그 관하에 두었고, 후에 니노헤 군을 이와테 현에 부속시켜, 오늘날에 이르렀다.

| 쓰가루 씨 | 후지와라 씨에서 나온 성씨. 친쥬부[1] 쇼군 히데사토부터 8대 히데시게가, 고와 시대(1099년~1103년) 무렵 무쓰 쓰가루 군의 땅을 차지하고, 후에 쓰가루의 도사 항구에 성을 지어 살면서, 쓰가루를 성씨로 삼는다. 메이오 시대(1493년~1501년)에, 고노에 히사미치의 아들 마사노부가, 가문을 잇는다. 마사노부의 손자 다메노부 대에 이르러 크게 번영한다. 그 자손들이 갈라져 나와 히로사키, 구로이시의 번주 및 귀족이 된다.

| 쓰가루 다메노부 | 전국 시대(1467년~1573년)의 무장. 부친은 오우라 진자부로모리노부, 모친은 호리코시[2] 성주 다케다 시게노부의 딸이다. 덴분 19년(1550년) 정월에 태어났

[1]고대 일본에서 에조를 통제하기 위해 무쓰 국에 설치한 군사 기관. [2]히로사키 남동부의 지명.

다。아명은 오우기。에이로쿠 10년(1567년) 3월、18세 때、큰 아버지 쓰가루 다메노리의 양자가 되어、고노에 사키히사의 조카가 되었다。처는 다메노리의 딸이다。겐키 2년(1571년) 5월、난부 다카노부와 싸워 그를 베고、덴쇼 6년(1578년) 7월 27일、나미오카 성주 기타바타케 아키무라를 토벌하여 그 영지를 병합、이윽고 근방의 마을을 공략하여、13년(1585년)에는 쓰가루 대부분을 통일하고、15년(1587년) 도요토미 히데요시를 만나러 길을 나서지만、아키타 성의 수비 사령관 아베 사네스에가、끝까지 길을 막아 되돌아온다。17년(1589년)、매와 말 따위를 히데요시에게 보내어 우호를 다진다。그리하여 18년(1590년)、오다와라 정벌[1] 때도 일찍이 히데요시 측에 가담함으로써、쓰가루 갓포、소토가하마 일대의 지배권을 인정받았다。19년(1591년) 구노헤의 난[2]에도 군사를 보내고、분로쿠 2년(1593년) 4월 상경하여 히데요시를 알현하였으며、또한 고노에 가문과도 만나、모란꽃 휘장 사용을 허락받는다。그리고 사자를 히젠나고야[3]에 보내어、히데요시의

---

①1590년 도요토미 히데요시가 오다와라(가나가와 현 이즈 반도 부근)의 호죠 가문과 치른 전쟁. 이 전쟁에서 승리함으로써 히데요시는 일본을 통일한다. ②후계 문제로 인해 난부 씨와 구노헤 씨 사이에 일어난 대립. 도요토미 히데요시가 진압군을 보내 구노헤 가문은 멸망한다. ③도요토미 히데요시가 조선을 침략하기 위해 세운 군사 거점으로 현재의 규슈 북부 사가 현에 있다.

병력을 위문하고、3년(1594년) 정월에는 종4위하(벼슬의 지위) 우쿄노다이부[1]가 되었으며、게이쵸 5년(1600년) 세키가하라 전투[2]에 출병하여 도쿠가와 이에야스를 따라、서쪽으로 올라가며 오가키[3]에서 전투를 벌여、고즈케 국[4] 오다테 2천 석 영토를 획득한다。게이쵸 12년(1607년) 12월 5일、교토에서 사망。향년 58세。

| 쓰가루 평야 | 무쓰 국、남·중·북 쓰가루 세 개 군에 걸친 평야。이와키 강이 흐른다。동쪽은 도와다 호수 서쪽에서 북쪽으로 뻗어나가는 쓰가루 반도의 척추를 이루는 산맥을 경계로 하고、남쪽은 우고[5]와의 경계인 야다테 고개–다테이시 고개 등이 분수령이며、서쪽은 이와키 산괴와 해안 일대의 사구(병풍산이라 한다)에 둘러싸여 있다。이와키 강의 본류는 서쪽에서 시작되는데、남쪽에서 흘러드는 히라카와 강과 동쪽에서 흘러드는 아세이시 강이 히로사키 북쪽에서 합류、정북향으로 흐르다가、쥬산 호수로 흘러들어、바다로

1우쿄는 교토의 사법, 치안, 민정을 살피던 관청을 말하며, 다이부는 장관을 뜻한다. 21600년 일본 미노 국 세키가하라(현재의 기후 현)에서 벌어진 전투. 일본의 패권을 두고 전국의 다이묘가 동군(도쿠카와 이에야스)과 서군(모리 데루모토)으로 나뉘어 싸웠다. 3현재의 기후 현, 세키가하라 남부 산악지대. 4옛 일본에 존재했던 율령국 중 하나로 현재의 군마 현 오타 시가 이에 해당한다. 5현재의 아키타 현.

들어간다。 평야 면적、남북 약 150리(60km)、동서 폭 약 50리(20km)、북쪽으로 갈수록 점점 폭은 좁아지고、기즈쿠리、고쇼가와라 부근에서 30리(12km)、쥬산 호수에 이르면 겨우 10리(4km)가 된다。 땅은 낮고 평평하며、지류와 개천이 그물처럼 이어져、아오모리에서 나오는 쌀은、대부분 이 평야에서 생산된다。

(이상、『일본백과대사전』에서 발췌)

쓰가루의 역사는、그다지 사람들에게 알려져 있지 않다。 무쓰와 아오모리 현을 쓰가루라고 생각하는 사람도 있다。 무리도 아닌 것이、우리가 학교에서 배운 일본사 교과서에는、'쓰가루'라는 명사가、딱 한 군데、잠깐 나올 뿐이다。 그러니까、아베노 히라후가 에조를 토벌한 부분에、"고토쿠 천황께서 붕어하시고、사이베이 천황께서 즉위하시자、나카노오에노 왕자께서、뒤를 이어 황태자로 정사를 돌보시고、아베노 히라후로 하여금、지금의 아키타、쓰가루 지방을 평정케 하셨다。" 라는 문장이 나오면서、쓰가루라는 이름도 나오지만、정말、그걸로 끝、소학교 교과서에도、중학교、고등학교 교과서에도、그 히라후에 대한 부분 말고는 쓰가루라는 이름은 나오지 않는다。황기 573년(기원전 88년) 지방 네 곳에 쇼군[1]을 파견한 것도、북쪽으로는 지금의 후쿠시마 현 부근까지였던 것 같고、그리고 약 200년 후 야마토 타케루노미코토[2]의 에조 평정도 북으로는 히타카미까지였던 것 같은데、히타카미는、지금의 미야기 현 북부 근처로 보이며、그 후 약 550년 정도가 지나 다이카 개신[3]이 실시되고、아베노 히라후가 에조를 정벌하면서、처음으로 쓰가루라는 이름이 떠오르지만、역시、그것을 마지막으로 다시 가라앉아、나라 시대(710년~794년)에는 다가 성(現 센다이 시)、아키타 성(現 아키타 시)을 지어 에조 진압에 성공했다고 전해질 뿐、쓰가루라는 이름이 더 이상 나오지 않는다。헤이안 시대(794년~1185년)가 되어、사카노우에노 다무라마로가 멀리 북쪽으로 나아가 에조의 근거지를 쳐부수고、이자와 성(現 이와테 현 미즈사와쵸 부근)을 지어 주둔했다고 되어 있지만、쓰가루까지는 오지 않았던 것 같다。그 후、고닌 시대(810년~824년)에는 훈야

---

①나라 시대 및 헤이안 시대에 혼슈 동부 에조 정벌을 위해 파견된 장군. 가마쿠라 시대 이후에는 전국의 군사를 통제하여 실질적인 일본의 통치자로 변질된다. ②일본 신화에서 가장 극적이며 전설적인 영웅으로 묘사되는 인물. 야마토 왕조의 왕자로 규슈 지역과 도호쿠 지역의 이민족을 정벌하여 왕조의 세력을 크게 확장시켰다. ③다이카 2년(646년)에 실시된 대대적이 사회 개혁. 지금까지 호족들의 사유물이던 토지와 백성을 천황의 소유로 하며, 행정구역을 통일하고, 호적을 만들어 백성에게 땅을 나누어주며, 경작지의 면적을 기준으로 세금을 걷는다는 내용.

노 와타마로의 원정이 있었고, 또한 간교 2년(878년)에는 데와에서 에조의 반란이 일어나 후지와라노 야스노리가 평정을 하는데, 그 반란에 쓰가루에조도 가담했다고 하나, 전문가도 아닌 우리는, 에조 정벌이라 하면 사카노우에노 다무라마로, 그 다음으로는 약 250년 정도를 뛰어넘어 겐페이 전쟁(1180년~1185년) 초기, 전9년[1]후3년[2]의 역(1051년~1062년)을 배우는 게 전부이다. 이 전9년후3년의 역도, 무대는 지금의 이와테 현과 아키타 현이며, 아베 씨와 기요하라 씨 등 이른바 니기에조가 활약할 뿐, 쓰가루라는 오지에 사는 순수한 에조의 동정에 대해서, 우리 교과서에는 전혀 기록된 바 없다. 그리고 후지와라 씨 3대 약 백여 년 동안 히라이즈미의 번영이 이어지다가, 분지 5년(1189년), 미나모토노 요리토모가 오슈를 평정한 후, 이제 그 무렵부터, 우리 교과서는 점점 도호쿠 지방에서 멀어져, 메이지 유신 때도 오슈의 여러 번들은, 그저 잠깐 일어나 옷자락을 털고 다시 앉았다는 식으로 서술될 뿐, 삿쵸[3] 지역에 있는 여러 번들과 같은 적극

---

1 일본 헤이안 시대 후기 오슈의 지방관으로 파견된 미나모토노 요리요시와 유력 호족 아베 가문사이에 일어난 9년 동안의 충돌. 이 충돌로 아베 가문은 멸망하고 요리요시에게 협력한 기요하라 가문이 오슈의 실력자로 부상한다. 2 전9년의 역 이후 오슈 지역의 실력자가 된 호족 기요하라 가문과 오슈 지방관 미나모토노 요시이에 사이에서 벌어진 3년 동안의 충돌. 결국 기요하라 가문은 멸망하고 후지와라 가문이 오슈의 강자로 군림하게 된다. 3 사쓰마 번(지금의 가고시마 현)과 쵸슈 번(지금의 야마구치 현)을 함께 이르는 말. 막부를 폐지하고 메이지 유신을 이끄는 데 큰 역할을 하였다.

성은 인정되지 않는다。뭐、큰 허물 없이 시국에 편승했다、그런 말을 들어도、어쩔 수 없는 부분이다。그래서 결국、더 이상은、아무것도 없다。우리 교과서에서、신화시대[1]는 말할 것도 없고、진무 천황(기원전 660년~기원전 585년) 이래 현대에 이르기까지、아베노 히라후 딱 한 군데에서만 '쓰가루'라는 이름을 발견할 수 있다는 건、참으로 서운하다。대체、그 사이에、쓰가루에서는、어떤 일이 벌어지고 있었을까? 그저、옷자락을 털고 다시 앉고、또 옷자락을 털고 다시 앉고、2천 6백 년 동안、한 발짝도 밖으로 나가지 않고、눈만 끔뻑이고 있었을까? 아니、그렇지는 않을 것이다。당사자들에게 물었다면、"그렇게 보여도、꽤 바빠서 말입지요。" 하고 대답할 만한 상황 같다。

"오우란 오슈、데와를 아울러 칭하는 말로、오슈라 함은 무쓰 주의 약칭이다。무쓰란、원래 시라카와、나코소 두 관문[2] 이북 지역을 총칭하는 말이었다。이름이 뜻하는 바는 '미치노(길의) 오쿠(안쪽)'인데、줄여서 '미치노쿠'가 되었다。그 '미치'라는 지역 명칭을、옛 사투리로 '무쓰'라고 발음하여、

---

1 기록이 아닌 신화를 통해 역사가 전해져 내려오는 시대.
2 현재의 후쿠시마 남부 지역으로 도치기 현, 이바라키 현과 경계를 이루는 지역.

'무쓰'로 굳어졌다。이 지방은 도카이도[1]와 도산도[2] 두 지역의 북쪽 끝자락에 위치하며、제일 안쪽에 있는 이민족 거주지역이었기 때문에、막연히 '길의 안쪽'이라 불렀던 것에 다름 아니다。한자 뭍 륙(陸)은 길 도(道)를 뜻한다。

다음으로 데와는 '이데와'로도 읽을 수 있는데、'나가는 순간'이라는 의미로 해석할 수 있다。옛날 혼슈 중부에서는 도호쿠 지방 일본해 방면을、막연하게 '고시(너머)'라고 불렀다。고시 역시 그 안쪽은、미치노쿠와 마찬가지로、오랫동안 국가의 통치가 미치지 않는 이민족 거주지였으므로、이를 '나가는 순간'이라 불렀던 것이리라。즉、태평양 방면인 무쓰와 함께、데와는 원래 오랫동안 왕권 밖에 놓인 오지였다는 사실이、그 이름에 나타나 있다。" 라는、요시다 박사의 설명인데、간단명료하다。설명은 간단하고 명료한 게 최고다。오슈、데와가 이미 왕권이 미치지 않는 오지로 간주되고 있었던 만큼、그 최북단 쓰가루 반도는 곰이나 원숭이가 사는 땅 정도로 생각했을지도 모른다。요시다 박사는、거듭 오우의 연

1옛 일본의 지역 구분의 하나로, 혼슈 중남부 태평양 연안 지역. 도쿄를 중심으로 미에 현, 아이치 현, 아이치 현, 시즈오카 현, 야마나시현, 가나가와 현, 지바 현, 이바라키 현이 이에 속한다.

2옛 일본의 지역 구분의 하나로, 혼슈 내륙과 도호쿠 지방. 시가 현, 기후 현, 나가노 현, 군마 현, 도치기 현, 야마가타 현, 아키타 현, 후쿠시마 현, 미야기 현, 이와테 현, 아오모리 현이 이에 속한다.

혁을 설명하면서, "요리토모가 오우를 평정한 이후라 할지라도, 그 통치 방법에 있어서는 자연히 다른 지역과 동일할 수 없었고, '데와, 무쓰는 오랑캐의 땅'이라는 이유로, 우선 실시하려던 토지 제도 개혁을 중지하고, 모든 것을 히데히라[(1)], 야스히라[(2)]의 옛 칙령에 따라야 함을 명할 수밖에 없을 정도였다. 따라서 최북단 쓰가루 지방 같은 곳은, 주민 중에 아직 에조의 구태를 간직한 자가 많아, 가마쿠라 막부 무사에 의한 직접 통치는, 실행하기 어려웠으리라 생각되므로, 토호 세력인 안도 씨를 다이칸[(3)]으로 임명하여 다스리게 함으로써, 에조를 안정시켰다." 라고 기록하고 있다. 이 안도 씨가 통치할 무렵부터, 어쨌든, 쓰가루 상황도 조금씩 알려지게 된다. 그전에는, 뭐가 뭔지, 아이누[(4)]가 어슬렁어슬렁 돌아다닌 게 전부였을지도 모른다. 그러나, 그 아이누, 무시할 수 없다. 이른바 일본의 선주민족 중 하나지만, 지금 홋카이도에 남아 있는 힘없는 아이누와는, 근본적으로 성격이 달랐다고 한다. 그 유물과 유적으로 미루어, 세계의 다른 석기시대 토기와 비교해도 우위를 점할 정도라 하는데, 현재 홋

---

[1][2]오슈를 호령하던 후지와라 가문의 3대, 4대 당주. [3]막부가 직접 관리하던 지역에 파견한 지방관으로 조세 징수와 지역 행정 전반을 담당했던 직책. [4]도호쿠 지방과 홋카이도, 쿠릴 열도, 사할린 섬, 캄차카 반도에 살던 선주민.

카이도 아이누의 조상은、옛날부터 홋카이도에 살면서、혼슈의 문화와 접촉한 일이 거의 없고、땅도 동떨어진데다、자원도 적고、따라서 석기 시대에도、오우 지방의 동족들에게서 볼 수 있는 발달을 이루지 못하였고、특히 근세에는、마쓰마에 번이 들어선 이후로、내지인의 압박을 받는 일이 많아、세력을 거의 잃고、몰락의 기로에 서 있던 것에 반해、오우의 아이누는、독자적인 문화를 활발히 자랑하며、내지 여러 지방으로 이주하였고、내지인 또한 오우로 왕성하게 유입되어、점차로 다른 지역과 구별이 없는 야마토 민족이 되었다。그에 대해서 이학자 오가와 다쿠지 박사도、다음과 같이 논단하고 있다。"『속일본기』에는 나라 시대 전후로 숙신인[1] 및 발해인이、일본해를 건너왔다는 기록이 있다。그중 특히 눈에 띄는 것은 쇼무 천황 때인 덴표 18년(746년) 및 고닌 천황 때인 호키 2년(771년)에 각각 발해인 천여 명、그리고 300여 명이라는 수많은 사람들이、지금의 아키타 지방에 도착했다는 기록인데、만주 지방과 상당히 자유롭게 교류가 이루어졌음을 상상하기란 어렵지 않다。아키타에서 오수전[2]이

---

①고대 중국의 북방 민족. 지금의 만주와 연해주 지방에 살던 퉁구스족. ②중국 한나라 무제 때부터 유통된 동전.

출토된 적이 있고, 도호쿠 지방에는 한나라 문제와 무제를 신으로 모신 신사가 있었다는 사실은, 공통적으로 대륙과 이 지역 간에 직접적인 교류가 이루어졌다는 추측을 가능케 한다. 『곤자쿠모노가타리』[1]에는, 아베노 요리토키가 만주에 가서 보고 들은 이야기가 기록되어 있는데, 이를 고고학 및 토속학적 자료와 견주어 생각해보면, 한낱 설화로만 치부할 일은 결코 아니다. 우리는 그와 동시에, 한 발 더 나아가, 왕권이 동쪽으로 퍼져나가기 이전부터, 당시 도호쿠 지방 야만족이 대륙과 직접적인 교류를 통해 이루어낸 문화 수준은, 중앙 지역에 남아 있는 불충분한 역사적 자료를 통해 추정하는 것처럼, 저급하지 않았음을 확신할 수 있다. 다무라마로, 요리요시, 요시이에 같은 무장들이, 이를 복속시키는데 대단히 애를 먹었던 것도, 적수가 단지 용맹만 했지 무지했던 대만 생번[2] 같은 원시인이 아니었기 때문이라고 생각하면, 비로소 얼음 녹듯 의혹이 풀린다."

그리고, 오가와 다쿠지 박사는, 야마토 조정의 다이칸들이, 종종 에미시, 아즈마비토, 게비토 출신[3]임을 밝힌 이유

---

①헤이안 시대 말기에 작성된 것으로 보이는 이야기 모음집으로 인도, 중국, 일본의 전설과 불교 설화가 기록되어 있다.
②한족이 이주하기 전부터 타이완 섬에 살고 있던 원주민을 낮춰 부르는 말.

가운데 하나는, 오우 사람들의 용맹함, 그리고 그 이국적이고 예스러운 정서를 닮고 싶다는 의미는 아닐까 상상해보는 것도 재미있지 않은가, 라는 말을 덧붙이고 있다. 그렇게 보면, 쓰가루 사람들의 조상도, 혼슈 북쪽 끄트머리에서, 어슬렁거리기만 했던 건 아닌 듯하지만, 그렇지만, 중앙의 역사에는, 어찌된 일인지, 전혀 나오지를 않는다. 겨우, 앞서 말한 안도 씨 무렵에 가서야, 쓰가루의 상황이, 어렴풋이 드러난다. 요시다 박사가 말하기를, "안도 씨는 스스로 아베노사다토의 아들 다카보시의 후예라 칭하면서, 먼 조상은 나가스네히코[1]의 형인 아비라 주장했다. 나가스네히코가 진무천황[2]에게 저항하여 처형당하자, 형 아비는 오슈 소토가하마에 유배되었고, 그 자손이 아베 씨가 되었다는 것이다. 어쨌든 가마쿠라 시대 이전부터, 오우 북쪽 지역의 유력한 호족이었음에 틀림이 없다. 쓰가루에서, 아래쪽 세 지역은 가마쿠라 막부 관할이지만, 위쪽 세 지역은 천황의 영지로, 천하의 장부에 기록되지 않는 세금 없는 땅이었다고 전해지는

← ③에미시(용맹한 자), 아즈마비토(동쪽에서 온 자), 게비토(털이 많은 자)는 에조 다른 이름이다. ①일본 신화 속 인물. 야마토 국(지금의 나라 현)을 다스리던 신. ②일본 신화 속 인물. 규슈 휴가 국(지금의 미야자키 현)을 다스리던 신. 나가스네히코와 싸워 야마토 국을 정복하고 일본의 초대 천황이 된다.

바、 이는 가마쿠라 막부의 위력이 닿지 않는 오지 중의 오지、 안도 씨에게 통치를 위임한、 말하자면 수호불입[1] 지역이라는 의미일 것이다。

가마쿠라 시대 말、 쓰가루에서 안도 씨 일족 사이에 내홍이 생겨、 마침내 에조가 소란을 일으키기에 이르자、 막부의 싯켄[2] 호죠 다카토키가、 장수를 보내어 이를 진압하려 했으나、 가마쿠라 막부 무사의 위력으로 당해내지 못하고、 결국 화해의 뜻을 전하고 철수했다고 한다。"

그 대단한 요시다 박사도 쓰가루의 역사를 서술함에 있어서는、 약간 자신이 없는 말투이다。 정말이지、 쓰가루의 역사는、 불확실하다。 단지、 이 북쪽 끄트머리 사람들은、 타지 사람들과 싸워、 진 적이 없다는 것만은 사실인 듯하다。 복종이라는 관념이 아예 없었을지도 모른다。 다른 지방의 무장들도 기가 막혀서、 보고도 못 본 척、 멋대로 하도록 내버려두었던 것 같다。 쇼와 문학계의 누군가와 닮았다。 아무튼、 타지에서 상대를 해주지 않으니、 동지들끼리 서로 욕을 하고 싸우기 시작한다。 안도 씨 일족의 내홍에서 발단한 쓰가루에

1 막부에서 파견한 관리인 수호사가 출입하여 세금 징수, 판결, 죄인 체포 등 강제 집행권을 행사할 수 없는 것. 사찰이나 신사, 또는 세력가의 영지에 부여된 특권이었다. 2 쇼군을 곁에서 보좌하는 최고위 직책.

조의 소요 사태가 그 일례이다。쓰가루 출신 학자、다케우치 운페이의 『아오모리현통사』에 따르면、"안도 씨 일족의 소란은、간토 8주[1]의 소동이 되고、이른바 『호죠9대기』[2]에 나오는 '그야말로 천지의 운명을 뒤바꿀 위기의 시작'이 되어 머지않아 '겐코의 변'[3]이 일어났고、겐무의 중흥[4]을 낳았다。" 라고 되어 있는데、어쩌면 그 대업의 간접적 원인 중 하나로 쓰가루에조의 소요를 꼽아야 마땅할지도 모른다。그렇다면、쓰가루가、아주 조금일망정 중앙의 정세에 영향을 끼친 것은、오로지 그 사건 하나뿐이라는 말이므로、안도 씨 일족의 내홍은、쓰가루 역사에 대서특필되어야 할 영광스런 기록이라 아니할 수 없다。현재 아오모리 현 태평양 연안 지역은 예로부터 누카노부[5]라 하는 에조의 땅이었으나、가마쿠라 시대 이후、이곳에 고슈 다케다 씨 일족인 난부 씨가 이주하였으며、그 세력이 대단히 강대하여、요시노、무로마치 시대[6] (1336년~1573년)를 지나、히데요시가 전국을 통일할 때까지、

[1]옛 일본의 혼슈 중동부 에도(도쿄)를 중심으로 한 지역의 총칭. 사가미(가나가와 현), 무사시(사이타마 현), 고즈케(군마 현), 시모쓰케(도치기 현), 가즈사(치바 현), 시모사(치바 현), 아와(치바 현), 히타치(이바라키 현). [2]가마쿠라 시대 후기에 성립된 역사서. 호죠 가문이 9대에 걸쳐 가마쿠라 막부의 싯켄을 역임하는 동안 일어난 중요 사건을 기록하였다. [3]1331년 고다이고 천황이 가마쿠라 막부를 무너뜨리기 위해 일으킨 정변. 밀고로 발각되어 실패하였으며, 고다이고 천황은 섬으로 유배되었으나, 각지의 막부 반대 세력이 봉기하여 막부를 무너뜨렸다. [4]1333년 가마쿠라 막부가 무너진 뒤 복귀한 고다이고 천황이 주도하여 천황 친정 체제를 수립하고 이듬해 1334년 연호를 겐무라 칭한 것. [5]아오모리 현 남동부에서 이와테 현 북부에 걸친 지역의 옛 이름. [6]남북조시대(1336–1392)를 말함.

쓰가루는 난부 씨와 싸웠는데, 쓰가루에서는 안도 씨 대신 쓰가루 씨가 세력을 키워, 간신히 쓰가루 일대를 안정시켰고, 쓰가루 씨는 12대를 이어오다가, 메이지 유신 때, 번주 쓰구아키라가 번의 통치권을 중앙에 반환했다는 것이, 뭐, 쓰가루 역사의 줄거리이다. 그 쓰가루 씨의 먼 조상에 대해서는 여러 가지 설이 있다. 요시다 박사도 이를 언급하며, "쓰가루에서, 안도 씨가 몰락하자, 쓰가루 씨가 독립하였고 난부 씨와 경계를 접하며 적대시하는 관계가 오래도록 지속되었다. 쓰가루 씨는 스스로를 고노에 히사미치 간파쿠[1]의 후예라 칭했다. 그러나 한편으로는, 난부 씨에서 갈라져 나왔다는 설도 있고, 또는 후지와라노 모토히라의 차남 히데시게의 후손이라는 설, 어쩌면 안도 씨 일족일 수도 있다는 설 등등, 여러 가지 설이 분분하여 어떤 말을 믿어야 할지 모르겠다." 고 기록하고 있다. 또한, 다케우치 운페이도 그에 대해 다음과 같이 서술하고 있다. "난부 씨와 쓰가루 씨는 에도 시대 동안, 줄곧 감정의 골이 깊었다. 그 원인은, 난부 씨 측에서는 쓰가루 씨를 옛 영지를 빼앗아간 조상의 적으로

1 천황을 직접 보좌하는 역할을 하는 조정 최고위 직책.

간주하는 것、그리고 쓰가루 씨는 원래 난부 씨 일족이며、하급 무사 지위였으나 주인을 배신한 것、쓰가루 씨 측에서는、자신들의 먼 조상은 후지와라 씨이며、중세[1]에 고노에 씨의 혈통이 더해졌다、고 주장하기 때문인 것 같다。물론、사실상 난부 다카노부는 쓰가루 다메노부에게 멸망당해、쓰가루 남쪽 지역 성들을 빼앗겼을 뿐 아니라、다메노부의 몇 대 조상인 오우라 미쓰노부의 어머니가、난부 구지의 히젠[2] 지역 수령의 딸이며、이후 몇 대에 걸쳐 난부 시나노[3]의 수령이라 칭하는 집안이었기에、난부 씨가 쓰가루 씨를 일족의 배신자로 여기며 깊은 원한을 품고 있는 것도 무리는 아니라고 생각한다。또한 쓰가루 씨는 먼 조상을 후지와라、고노에 씨에서 찾고 있으나、현재로선、납득할만한 근본적인 증거를 수반하고 있지도 않다。난부 씨가 아니다、라는 변호의 입장을 취하고 있는『가좃키』[4] 같은 기록도、논지가 몹시 힘이 약해 보인다。더 오래된 것으로 쓰가루에서 간행된『다카야 가문기』[5] 같은 책을 보면、오우라 씨는 난부 씨에서 갈라진 일족이라는 기록이 있으며、『기타치 일기』[6]에도 "난부 씨

1가마쿠라, 무로마치 시대. 2현재의 오카야마 현 동남부. 3현재의 나가노 현. 41600년대 말에 간행된 역사서. 5쓰가루 다메노부 이후 쓰가루 씨의 역사를 서술한 가장 오래된 책.

쓰가루 씨는 같은 집안이다." 라는 부분이 있고, 근래에 출간된 『독사비요』[1]에서도 다메노부를 구지 씨(난부 씨 일족)로 간주하는데, 이를 부정할 만한 확실한 자료는, 현재로서는 없는 것으로 생각된다. 하지만 그 옛날 쓰가루 씨는 난부 씨의 혈통을 가진 하급 무사이기는 하나, 혈통을 제외한 다른 면에서 전혀 유서 없는 가문이라고 할 수는 없다." 라고 요시다 박사와 마찬가지로, 단호한 결론은 피하고 있다. 그런 주장을 간단명료 망설임 없이 의심 없이 사실로 규정하고 있는 것은, 『일본백과대사전』이 유일하므로, 참고 삼아 이 장의 첫머리에 실었다.

지금까지 장황하게 설명했는데, 생각해보면, 쓰가루는, 일본 전체로 보자면 참으로 하찮은 존재이다. 바쇼의 『오쿠노호소미치』[2]에는, 그 출발에 즈음하여, "앞길 3만 리를 각오하니 마음이 무겁고"라는 말이 있지만, 그래봐야 북쪽으로는 히라이즈미, 지금의 이와테 현 남쪽 언저리에 지나지 않는다. 아오모리 현에 도달하려면, 그 갑절을 걸어야 한다. 게

← 6쓰가루 다메노부에서 쓰가루 노부아키라에 이르는 쓰가루 씨 8대의 사적을 기록한 역사서.

1 1933년 간행된 역사 자료집. 오래된 문서와 기록 해독을 위한 연표, 인명, 사건 등이 색인 형식으로 편집되어 있다.

2 바쇼가 1689년에 약 150일 동안 도호쿠, 호쿠리쿠 지방을 거쳐 기후 현 오가키에 도착할 때까지 지은 시들이 실려 있는 기행 시집. 〈오쿠로 가는 오솔길〉이라는 뜻으로, 〈오쿠〉란 오슈(도호쿠)를 뜻한다.

다가, 그 아오모리 현 일본해 연안에 있는 일개 반도가 쓰가루인 것이다. 옛날의 쓰가루는, 전체 길이가 220리 8정(90km)인 이와키 강을 따라 펼쳐진 쓰가루 평야를 중심으로, 동쪽으로는 아오모리, 아사무시 근처까지, 서쪽으로는 일본해 해안을 따라 북쪽에서 내려와 기껏해야 후카우라 근처까지, 그리고 남쪽으로는, 음, 히로사키까지, 라고 할 수 있을 것이다. 쓰가루에서 갈라져 나온 구로이시 번이 남쪽에 있지만, 그 주변에는 또 구로이시 번의 독자적인 전통도 있고, 쓰가루 번과는 다른 이른바 문화적 기풍도 육성되어 있으므로, 구로이시는 제외하고, 그리고 북쪽으로는 닷피까지이다. 정말 불안할 정도로 좁다. 그래서, 중앙의 역사가 상대해주지 않았던 것도 당연하다는 생각이 든다. 나는, 그 오지 중의 오지, 극점에 있는 여관에서 하룻밤을 지새운 뒤, 이튿날, 역시나 아직 배는 뜰 것 같지 않고, 전날 걸어왔던 길을 다시 되짚어 민마야까지 와서, 민마야에서 점심을 먹고, 그리고 버스로 곧장 가니타 N군 집으로 돌아왔다. 막상 걸어보니, 그러나, 쓰가루도 그렇게 작지는 않다. 그 다다음날 정오 무렵, 정기선을 타고 나 홀로 가니타를 떠나, 아오모리 항에 도착한 것은 오후 세 시, 그리고 오우 선 철도로 가와베까지 가서, 가와베에서 고노 선으로 갈아타고 고쇼가와라에 도착, 곧장 쓰가루 철도에 올라 쓰가루 평야를 북쪽으로 가로질러 올라가, 내가 태어난 마을 가나기에 도착했을 때, 날은 이미 어둑어둑했다. 가니타와 가나기 사이를 사각형의 한 변이라고 하면, 그 한 변을 본쥬 산맥이 가로막고 있는데 산속엔 길 같은 길도 없는 형편이라, 부득이 사각형의 다른 세 변을 크게 우회하여 갈 수밖에 없다. 가나기 고향집에 도착하자마자, 우선 불당으로 갔고, 형수가 따라와 불당 문을 활짝 열어주어, 나는 불단 가운데 부모님 영정 사진을 잠시 바라보다가, 깍듯이 절을 했다. 그러고 나서, '죠이'라고 하는 가족이 공용으로 쓰는 거실로 내려가, 다시 형수에게 인사했다.

"언제, 도쿄에서 출발한 거예요?" 하고 형수는 물었다.

나는 도쿄를 떠나기 며칠 전, 이번에 쓰가루 지방을 한 바퀴 돌아보려고 하는데, 가는 김에 가나기에도 들러, 부모님 성묘를 하려고 하니까, 그때 잘 부탁드립니다, 하고 엽서를 형수에게 보내두었던 것이다.

"한 일주일 전에요. 동해안에서, 뭉그적거렸네요. 가니타 N군한테, 꽤나 신세를 졌습니다." N군이라면, 형수도 알고 있을 터.

"그래요, 여기서는 또, 엽서는 왔는데, 하도 본인이 안 오니까, 어떻게 된 건가 걱정했지요. 요코랑 밋쨩은, 기다리다 지쳐서, 매일 번갈아 역에 나가 있었구요. 나중엔, 화가 나서, 오든가 말든가 난 몰라, 하고 토라진 애도 있어요."

요코는 큰형 딸내미로, 반년쯤 전에 히로사키 근처 지주 집으로 시집을 갔는데, 신랑하고 같이 가나기에 종종 놀러 오는지, 그때도, 둘이 와 있었다. 밋쨩은, 우리 집 제일 손위 누나 막내 딸내미인데, 아직 시집을 안 가서 가나기 집에 항상 손을 보태주는 순박한 녀석이다. 그 조카딸 둘이, 뒤얽혀서, 에헤헤, 하고 익살스럽게 웃으며 나와서는, 구질구질한 술고래 삼촌에게 인사를 했다. 요코는 아직 여학생 같다. 유부녀 티가 전혀 안 난다.

"옷이 이상한데." 하고 내 행색을 비웃는다.

"바보야. 이게 바로, 도쿄 유행이라는 거다."

형수 손에 이끌려, 할머니도 나왔다. 할머니는 여든여덟.

"잘 왔어。아이구、잘 왔어。" 하고 소리를 높인다。건강은 한데、하지만、역시나、조금 쇠약해진 것도 같다。

"어떻게、" 하고 형수는 나를 보고、"밥은、여기서 먹을래요? 2층에、다들 있긴 한데。"

요코 신랑을 중심으로、큰형과 작은형 모두 2층에서 술판을 벌인 모양이다。

형제간에、어느 정도로 예의를 지키고、또 어느 정도로 스스럼없이 대해야 하는지、나는 아직 잘 모른다。

"별일 없으면、2층으로 갈게요。" 여기서 혼자、맥주 같은 거 홀짝거려봐야、주눅 든 거 같아、기분 나쁘다。

"아무데나、상관없어요。" 형수는 웃으며、"그럼、상은 2층으로。" 하고 요코와 밋짱에게 말했다。

나는 보라색 점퍼 차림 그대로 2층으로 올라갔다。금박 입힌 맹장지 문이 있는 제일 좋은 일본식 방에서、형들은、조용히 술을 마시고 있었다。나는 쿵쿵 발소리를 내며 들어가서는、

"슈지、라고 하네。처음 보지?" 하면서、우선 조카사위에게 인사를 하고、그리고 큰형과 작은형에게、그간 연락이 뜸

했던 것을 사과했다。큰형 작은형 모두、어、하고、살짝 고개를 끄덕인 게 전부다。우리 집 방식이다。아니、쓰가루 방식이라고 해야 하나? 나한텐 익숙한 일이라 그냥 태연하게 밥상 앞에 붙어 앉아、밋쨩과 형수가 따라주는 술을、잠자코 마셨다。조카사위는、도코노마 기둥을 뒤로하고 앉아、벌써 꽤나 얼굴이 벌겋다。형들도、옛날에는 술이 셌던 것 같은데、요즘은、부쩍 약해졌는지、자、마셔、한 잔 더、아니、아네요、형님이야말로、한 잔 더、이러면서 점잖게 서로 양보하고 앉았다。소토가하마에서 게걸스레 마시고 온 나로서는、여기가 마치 용궁이나 무슨 별천지 같고、나와 형들의 생활 분위기가 사뭇 다름에 새삼스레 화들짝 놀라、긴장했다。

"게는、어떻게 할까요。나중에?" 하고 형수는 작은 목소리로 나에게 말했다。나는 선물로 가니타에서 게를 조금 가지고 왔다。

"글쎄요。" 게라는 게、아무래도 너무 야취가 나는 음식이라 고상한 밥상을 너저분하게 만드는 경향이 있어서 나는 조금 망설였다。형수도 같은 생각이었는지 모른다。

"게?" 하고 큰형은 귀가 번쩍하여、"괜찮아。갖다 줘。냅킨도 같이。”

오늘 밤은、큰형도 사위가 있어서 그런지、기분이 좋은 것 같다。

게가 나왔다。

“들지、드시게나。” 하고 큰형은 조카사위에게도 권하고、자기가 맨 먼저 게 등딱지를 깠다。

나는、한숨 놓았다。

“실례지만、누구신지?” 조카사위는、천진난만、웃는 얼굴로 나에게 말했다。덜컥 했다。그래、그럴 수도 있다고 곧 생각을 고치고、

“아、그게、에이지(작은형 이름) 형님 동생인데。” 웃으며 대답했지만、머쓱해서、이거、에이지 형 이름을 대지 말 걸 그랬나、하고는 소심해져서、작은형 안색을 살폈는데、작은형은 본체만체、말을 붙일 여지도 없었다。어쨌든、괜찮네、하면서 나는 편히 앉아서、밋짱한테、이번에는 맥주를 따라달라고 했다。

가나기 고향집에서는、정신적으로 피곤하다。또、나중에、이렇게 글로 써야하니까 더 그렇다。피붙이 이야기를 글로

써서, 이렇게 원고를 팔지 않으면 살아갈 수 없는 지독한 업보를 짊어지고 있는 놈에게서, 신은, 그의 고향을 거두어 간다. 결국, 나는, 도쿄 판잣집에서 한뎃잠을 자며, 그리운 고향집 꿈을 꾸고 그리워하면서, 이곳저곳 헤매다가, 죽을지도 모른다.

이튿날은, 비가 왔다. 일어나 큰형이 쓰는 2층 응접실에 가보니, 큰형은 사위에게 그림을 보여주고 있었다. 금병풍이 두 개 있는데, 하나는 산벚나무, 다른 하나는 전원을 그린 산수화라고나 할까, 단아한 풍경이 그려져 있다. 나는 낙관을 보았다. 그러나 읽을 수 없었다.

"누구 겁니까?" 하고 얼굴을 붉히며, 쭈뼛쭈뼛 물었다.

"스이안[1]." 하고 큰형은 대답했다.

"스이안?" 아직 모르겠다.

"몰라?" 큰형은 딱히 꾸짖지 않고, 평온하게 그리 말하고는, "햐쿠스이[2] 아버지."

"헤에?" 햐쿠스이의 아버지 역시 화가였다는 사실은 익히 들어 알고 있다, 하지만 그 아버지가 스이안, 게다가 이렇게

1 히라후쿠 스이안(1844~1890). 아키타 현 출신의 일본화가.
2 히라후쿠 햐쿠스이(1877~1933). 아키타 현 출신의 일본화가. 하이쿠 시인.

그림을 잘 그린다는 건 몰랐다。나도、그림은 싫어하지 않고、아니、싫어하기는커녕、일가견깨나 있다고 생각했는데、스이안을 모르다니、대망신이다。병풍을 척 보고、어라? 스이안? 하고 슬쩍 말했더라면、큰형도 조금은 나를 다시 봤을지 모르거늘、얼빠진 목소리로、누구 겁니까? 는 좀 한심했다。돌이킬 수 없는 일이라며 몸부림을 쳤지만、큰형은、그런 나한테는 신경도 쓰지 않고、

“아키타에、훌륭한 사람이 있었군。” 하고 사위에게 나지막이 말했다。

“쓰가루의 아야타리[1]는 어떨까요?” 명예 회복、그리고、비위도 맞출 겸、나는、덜덜 떨면서 주제넘게 나서보았다。쓰가루 출신 화가라고 한다면、글쎄、아야타리 정도 같은데、실은 이것도、요전에 가나기에 왔을 때、큰형이 가지고 있던 아야타리 그림을 보여주어서、처음으로、쓰가루에도 이런 훌륭한 화가가 있다는 걸 알게 되었다。

“그 사람은、또、좀 다른데。” 하고 큰형은 아주 심드렁한 말투로 중얼거리며、의자에 앉았다。우리는 모두、서서 병풍

---

[1]다케베 아야타리(1719~1774). 에도 시대 중기의 시인, 소설가, 국학자. 에도(도쿄) 태생이지만 히로사키에서 자랐다.

을 감상하고 있었는데, 큰형이 앉으니, 사위도 그 맞은편 의자에 앉고 난 조금 떨어진, 입구 옆에 있는 소파에 앉았다.

“스이안 같은 경우에는, 음, 이런 그림만 그리는, 정통파일 테니까.” 하고 역시 사위를 보고 말했다. 큰형은 예전부터, 나한테, 직접 말을 하는 경우는 거의 없었다.

그러고 보면, 아야타리의 묵직한 중량감에는, 조금만 삐끗하면 조잡한 그림으로 전락할 것만 같은 불안함도 있다.

“문화적 전통, 이라고나 할까,” 큰형은 등을 구부리고 사위 얼굴을 바라보며, “과연, 아키타에는 뿌리 깊은 무언가가 있는 것 같구먼.”

“쓰가루는, 틀린 건가?” 무슨 말을 해도, 내 꼴만 우스워지기에, 포기하고, 웃으면서 뱉은 혼잣말이었다.

“이번에, 뭔가 쓰가루에 대한 글을 쓴다고?” 하고 큰형이, 갑자기, 나에게 말을 걸었다.

“에, 그런데, 아무것도, 쓰가루에 대해 아는 게 없어서요.” 하고 나는 횡설수설, “뭐, 좋은 참고서라도 없을까요?”

“글쎄다,” 큰형은 웃으며, “나도, 도무지, 향토사에는 별로 관심이 없어서.”

"쓰가루 명소 안내서、그런 아주 대중적인 책이라도 없나요? 전혀、정말、아무것도 몰라서요。"

"없어、없어。" 하고 큰형은 나의 흐리멍덩함에 질렸다는 듯 마지못해 웃음을 짓더니 고개를 저으며、자리에서 일어나 사위에게、

"그럼、난 농회[1]에 좀 다녀올 테니까、거기 있는 책이라도 읽게나、나 원 참、오늘은 날씨가 나빠서……。" 하면서 밖으로 나갔다。

"농회도、지금、바쁘겠네。" 나는 조카사위에게 물었다。

"예、지금、마침 공출미[2] 할당량을 결정하는 시기라서、굉장히 바쁩니다。" 하고 말하는 사위는 젊지만、지주라서、그 쪽 일은 훤하다。이런저런 시시콜콜한 숫자를 들어가면서 설명을 해주었지만、나는、절반도 알아들을 수가 없었다。

"나 같은 경우에는、지금까지 쌀에 대해서 진지하게 생각해본 적이 없는 것 같은데、하지만、이런 시대가 되고 보니、역시 기차 차창 밖으로 논을 그야말로、내 논인 양 바라보면서 울다 웃다 하게 되네。올해는、계속、이렇게 으스스 추워

---

[1] 농법의 연구, 개발, 개량을 목적으로 지주와 농민을 주축으로 설립된 단체.
[2] 전쟁 등 국가의 필요에 의해 농가에서 의무적으로 정부에 내놓는 쌀.

서、모내기도 늦어지는 건 아닐지。" 나는、여느 때처럼、전문가 앞에서、어설픈 지식을 뽐냈다。

"괜찮겠지요。요즘에는 추우면 추운 대로、대책도 세워두니까요。모의 생육 상태도、뭐、보통 같습니다。"

"그런가?" 하고 나는、그럴싸한 표정을 지으며 고개를 끄덕이고、"내 지식은、어제 기차 차창 밖으로 이 쓰가루 평야를 바라보며 얻은 게 전부지만、마경이라고 하나? 말한테 쟁기를 끌게 해서 논을 가는 거、이젠 소한테 시키는 데가 꽤 많은 모양이던데。나 어렸을 적에는、말이 밭만 가는 게 아니라、짐수레를 끄는 것도 그렇고 뭐든、전부、말이었고、소한테 일을 시키는 경우는、별로 없었는데 말이야。내가、처음 도쿄에 갔을 때、소가 짐수레를 끄는 거를 보고、기괴하다고 느꼈을 정도라구。"

"그렇겠죠。말이 부쩍 줄었습니다。대부분、전쟁터로 보냈거든요。그리고、소는 사육하는데 손이 덜 간다는 것도 관계가 있을 겁니다。하지만、일의 능률 면에서는、소는 말의 절반? 아니、훨씬 더 낮을지도 모릅니다。"

"전쟁터라면、벌써?"

"저 말입니까? 이미、두 번이나 영장을 받았는데、두 번 다 도중에 귀가 조치를 당해서、면목 없습니다。" 건강한 청년이、서글서글하게 웃는 얼굴은 보기 좋다。"다음번에는、귀가 조치 안 당했으면 좋겠는데。" 자연스러운 말투로、가볍게 말했다。

"이 지방에、정말 훌륭하다、하고 진심으로 감탄할 만한、숨은 인물이 없을까?"

"글쎄요、저는、잘 모르겠는데、독농가[1]라고 불리는 사람 중에、어쩌면、있지 않을까요?"

"그렇겠군。" 나는 크게 동감했다。"나도、어려운 얘기는 잘 모르고、뭐 독문가라고나 할까? 그런 외골수로 살고 싶은데、아무래도、싸구려 허영심도 있다 보니까、상식적이고、그럴싸한 글만 쓰게 되는 느낌이랄까、생각대로 잘 안 되더라구。아무리、독농가라도、독농가라는 커다란 레테르를 붙이면、망가지는 거 아닐지。"

"예。그렇죠。신문사에서 멋대로 무책임하게 요란을 떨고、끄집어내서 강연을 시키니까、모처럼 나온 귀한 독농가도 사

---

1 원래는 농사를 열심히 짓는 착실한 사람이라는 의미. 일본은 태평양전쟁 중에 공출량 증대를 목적으로 각 지역의 농업생산량 경쟁을 유도했는데 그 일환으로 독농가를 선발, 영웅시하며 선전에 이용했다.

람이 변해버리는 거예요。유명해지면、망가져요。"

"정말 그래。" 나는 그 말에도 동감했다。"남자란、가엾은 존재니까。명예에、약한 존재。저널리즘 따위는、근원을 따지자면、미국 같은 나라에서 자본가가 만들어낸、엉터리야。독약이지。유명해지는 순간、죄다 얼간이가 되니까。" 나는 엉뚱한 데다 신세한탄을 했다。이런 불평꾼은、그러나、말은 이렇게 해도、내심으로는 유명해지고 싶은 성향이 있으므로、주의를 요한다。

점심 지나、나는 우산을 들고、비 내리는 정원을 바라보며 혼자 걸었다。나무 한 그루 풀 한 포기 변한 게 없는 느낌이었다。이렇게、오래된 집을 그대로 유지하고 있는 큰형의 노력도 보통은 아니라는 생각이 들었다。

연못가에 서 있는데、참방 하고 작은 소리가 났다。보니까、개구리가 뛰어든 것이다。보잘것없는、가벼운 소리다。순간 나는、그、바쇼의「오래된 연못」[(1)]이라는 하이쿠를 이해할 수 있었다。어디가 좋은 건지、짐작도 가지 않았다。명물 치고 맛있는 것 없다、라고 단정 짓고 있었는데、그건 내가 받

---

1 오래된 연못, 개구리 뛰어들어 물 튀는 소리.

은 교육 방식 탓이었다. 그 「오래된 연못」이라는 하이쿠에 대해, 학교에서는 우리에게, 어떻게 설명을 해주었던가? 고요한 오후 음침한 숲속 오래된 연못, 그리고 거기에, 텀벙 하고 (큰 강에 몸을 던지는 것도 아닐 텐데) 개구리 뛰어드니, 아아, 여운요요[1], 새 한 마리 울고 가니 산 더욱 고요해진다, 그게 바로 이 말이렷다, 하고 가르친 것이다. 이 무슨, 그럴싸한 흉내만 잔뜩 낸, 진부하고 시시한 하이쿠란 말인가! 얄미워서, 소름이 다 돋네, 웩, 하면서 오랫동안, 나는 이 하이쿠를 멀리했지만, 지금은, 아니, 그렇지 않다고 생각이 바뀌었다. 텀벙, 이라고 설명을 하니까, 무슨 소린지 이해를 못하게 되어버린 거잖아. 여운이고 뭐고 없잖아. 그냥, 참방이다. 말하자면 세상 한구석, 정말 보잘것없는 소리다. 초라한 소리다. 바쇼는 그 소리를 듣고 남의 일 같지 않은 딱한 감정이 들었던 것이다. 오래된 연못과 개구리 물에 뛰어드는 소리. 그렇게 생각하고 이 하이쿠를 다시 보면, 나쁘지 않다. 좋은 하이쿠다. 당시 담림파(檀林派)[2]의 간들거리는 매너리즘을

1 여운이 길게 남아 계속됨.

2 에도 시대 유행했던 하이쿠의 한 유파. 처음에는 우아함을 추구하는 전통적 방식에서 탈피, 서민적인 감상을 기발하고 자유롭게 표현했으나 나중에는 꽃, 나무, 달 등 틀에 박힌 내용으로 정형화되었고, 바쇼가 등장하자 곧바로 쇠퇴했다.

보기 좋게 걷어차고 있다。이를테면 파격적 착상。달도 없고 눈도 없고 꽃도 없다。풍류도 없다。오직、보잘것없는 존재의、가벼운 목숨만 있다。당시의 풍류 선생들이、이 하이쿠를 보고 깜짝 놀랐던 것도、이해가 간다。지금까지 알고 있던 풍류라는 개념의 파괴。혁신。훌륭한 예술가라면、이렇게 나와야지、하면서 혼자 들떠서는、그날 밤、여행 수첩에 이렇게 적었다。

"황매화나무、개구리 뛰어들어 물 튀는 소리。기카쿠[1]、따위는、아무것도 모른다。이리 와 나와 놀자 어미 잃은 참새야[2]。조금 비슷한가? 허나、노골적이라 싫다。오래된 연못、비할 데 없도다。"

이튿날은、맑게 갠 날씨였다。조카 요코와、그 신랑、나、그리고 아야가 일행의 도시락을 짊어지고、그렇게 넷이서、가나기에서 10리(4km)쯤 동쪽에 있는 다카나가레라는 높이 200미터 될까 말까 한、야트막한 산으로 놀러갔다。아야、라는 건、여자 이름이 아니다。아범、정도의 의미이다。아버지、라는 뜻으로도 쓰인다。아야에 대응하는 Femme(여성형)는、

1마쓰오 바쇼의 제자. 바쇼가 '○○○○○, 개구리 뛰어들어 물 튀는 소리.'라고 앞부분 5음절을 고민할 때, 기카쿠가 '황매화나무'가 어떻겠냐고 말했다는 일화가 전해진다. 2에도 시대 대표적 시인 고바야시 잇사(1763~1828)가 지은 하이쿠.

아파, 이다. 아바, 라고도 한다. 어떤 이유에서, 이런 말이 생겨났는지, 나는, 모른다. 오야(부모), 오바(할머니)의 사투리인가? 어림짐작을 해본들 쓸데가 없다. 사람마다 주장하는 바가 다를 테니. 高流다카나가레라는 산 이름도, 조카 말에 따르면, 高長根다카나가네가 원래 이름인데, 완만하게 펼쳐진 산자락高(다카) 모습이, 흡사 긴長(나가) 나무뿌리根(네) 같다나, 하지만 이것도 역시 사람마다 주장하는 바가 다르겠지. 전문가마다 의견이 분분하여 결론이 정해지지 않는 데에, 향토학의 묘미가 있는 것 같다. 조카와 아야는, 도시락이다 뭐다 해서 시간이 걸린다고, 조카사위와 나만, 한발 앞서 길을 나섰다. 날씨가 좋다. 쓰가루 여행은, 오뉴월이 제격이다. 전에 말한 『동유기』에도, "예부터 북쪽 땅으로 유람할 사람은 모두 여름에만 가는데, 초목은 줄곧 푸르고, 바람이 남풍으로 바뀌어, 바다도 잠잠하니, 무서운 소문이 들리지 않는다. 내가 북쪽 땅에 간 것은, 9월부터 3월 무렵인데, 도중에 나그네와 한 번 마주친 적이 없다. 내 여행은 의술 수행을 위한 것이니, 남들 여행과 다르다. 그저 명소를 찾아가려 마음먹고 가는 사람은 반드시 4월 이후에 가야 하는 땅이다." 라고 되어 있는데、 여행의 달인이 했던 말이니、 독자들도 그 말만큼은 믿고、 기억해두시라。 쓰가루에서는、 매화、 복숭아、 벚꽃、 사과、배、 자두、 한꺼번에 이맘때쯤、 꽃이 핀다。 자신 있게、 내가 앞장서서 마을 어귀까지는 걸어왔는데、 다카나가레 가는 길을 모르겠다。 소학교 시절에 두세 번 갔던 게 전부라서、 잊어버리는 게 무리는 아니라고도 생각했지만、 하지만、 그 주변 모습이、 어릴 적 기억과 전혀 딴판이다。 나는 당혹스러워서、

"정차장인지 뭔지 그게 생긴 다음부터、 이 근처가、 완전히 변해서、 다카나가레를、 어떻게 가는지、 알 수가 없네、 저 산인데。" 하고 나는、 앞쪽에 보이는、 시옷(ㅅ) 모양으로 솟아오른 연둣빛 언덕을 손가락으로 가리키며 말했다。 "요 근처에서、 좀 어슬렁거리면서、 아야랑 요코를 기다리자구。" 하고 조카사위에게 웃으며 제안했다。

"그러지요。" 하고 조카사위도 웃으며、 "이 근처에、 아오모리 현 수련 농장[1]이 있다고 들었는데요。" 나보다、 잘 안다。

"그런가? 찾아보지。"

수련 농장은、 그 길에서 반 정(50m)쯤 오른쪽으로 들어가

[1]농촌 전문가를 양성하기 위해 전국 각지에 설립된 농업 실습용 농장.

가나기에서 본
쓰가루 후지산과
쓰가루 평야

서 높직한 언덕 위에 있었다。 농촌 전문가 양성과 개척 인력 훈련을 위해 설립되었다는데、이 혼슈 북쪽 끄트머리 벌판에는、아까울 만큼 당당한 시설이다。 지치부노미야 친왕[1]께서 히로사키 8사단에 복무하실 때、황송하게도、이 농장에 적잖은 도움을 주셨는데、강당 건물도 그 덕분에、지방에서는 보기 드물게 장엄하고、그밖에、작업장도 있고、축사도 있고、비료 저장소에、기숙사에、나는、그저、놀라 눈이 휘둥그레질 따름이었다。 "헤에? 전혀、몰랐어。 가나기에는 과하지 않나?" 그렇게 말하면서、나는、이상하게 기분이 좋아 어쩔 줄을 몰랐다。 역시 자기 고향은、남모르게、응원하게 되어 있나 보다。

농장 입구에、커다란 비석이 서 있는데、거기에는、쇼와 10년(1935년) 8월、아사카노미야 왕 행차、동년 9월、다카마쓰노미야 친왕 행차、동년 10월、지치부노미야 친왕 및 친왕비 행차、쇼와 13년(1938년) 8월에 지치부노미야 친왕 재차 행차、라고 거듭된 영광을 새겨 놓았다。 가나기 사람들은、이 농장을、더더욱 자랑으로 여겨야 한다。 가나기뿐만이 아니

[1] 황제의 아들이나 형제.

다。이것은 쓰가루 평야의 영원한 자랑이리라。영농 실습지라고나 할까、쓰가루 각 마을에서 선발된 모범 농촌 청년들이 일군 밭과 과수원、논밭이、그 건축물 뒤편에、실로 아름답게 전개되어 있었다。조카사위는 여기저기 돌아다니며 경작지를 유심히 바라보다가、

"대단하네。" 하면서 한숨을 짓는다。조카사위는 지주니까、나 같은 놈 보다、여러 가지로、느끼는 게 많을 것이다。

"야! 후지산。좋구나。" 나는 외쳤다。후지산은 아니다。쓰가루 후지산이라 불리는 해발 1,625미터 이와키 산이、눈앞에 펼쳐지는 논이 끝나는 지평선에、두둥실 떠 있다。정말로、가볍게 떠 있는 느낌이다。넘쳐흐를 정도로 푸르러서、후지산보다 훨씬 여성적이고、쥬니히토에[1] 옷자락처럼、은행나무 잎을 거꾸로 세운 것처럼、활짝 펼쳐져、좌우 균형도 아름답게、조용히 파란 하늘에 떠 있다。결코 높은 산은 아니지만、그렇지만、꽤、투명하게 비쳐 보일 만큼 고운 미녀이긴 하다。

"가나기도、참、나쁘지는 않아。" 나는、어정쩡한 말투로

[1] 헤이안 시대 왕실 여인들의 격식 차린 복장. 열두 겹 옷이라는 의미로, 실제로는 여섯 겹 정도 껴입었다고 한다.

"나쁘지는 않아." 입을 삐쭉이며 말했다.

"좋네요." 조카사위의 차분한 말.

나는 이 여행 동안, 여러 방향에서 이 쓰가루 후지산을 바라보았는데, 히로사키에서 보면 과연 묵직한 게, 이와키 산은 역시 히로사키의 산이구나 하는 생각이 드는 한편, 또한 쓰가루 평야의 가나기, 고쇼가와라, 기즈쿠리에서 바라본 단정하고 가냘픈 이와키 산의 자태도 잊을 수가 없었다. 서해안에서 본 산 모양은, 통 별로이다. 흐트러져서, 어느새 미인의 모습은 없다. 이와키 산이 아름답게 보이는 고장은, 벼가 잘 여물고, 미인도 많다는 전설이 있다는데, 벼는 어떨지 모르겠지만, 북쓰가루 이 동네는, 산이 이렇게 아름다워 보이건만, 미인은, 허전, 한 것 같으니, 그건 어쩌면 관찰자가 천박하기 때문일지도 모른다.

"아야랑 요코는, 어떻게 된 거지?" 문득 나는, 걱정이 되기 시작했다. "먼저 가버린 거 아니야?" 깜빡 두 사람을, 망각하고 있을 만큼, 우리는, 수련 농장의 설비와 풍경에 감탄하고 있었던 것이다. 우리가, 왔던 길을 되짚어, 여기저기 둘러보고 있자니, 아야가, 생각지도 못한 들판 쪽 샛길에서 불쑥 튀어나와서는, 우린 흩어져서 여태 도련님들 찾아다니고 있었는데, 하고 웃으며 말한다. 아야는, 이 주변 들판을 찾아다니고, 조카는, 뒤를 쫓듯 다카나가레 가는 길로 곧장 갔다고 한다.

"곤석, 미안하게 됐네. 요쨩은, 그럼, 꽤 멀리 갔겠네. 어이!" 하고 앞쪽에 대고 크게 불러봤지만, 아무 대답이 없다.

"가시지요." 하고 아야는 등짐을 추어올리며, "어차피 외길이라."

하늘에는 종다리가 정신없이 지저귄다. 이렇게, 고향의 봄 들길을 걷는 것도, 20여 년 만인가? 온통 잔디밭, 군데군데 우거진 키 작은 관목, 작은 웅덩이도 있고, 땅의 기복도 완만해서, 한 10년 전이었다면 도시 사람들은, 절호의 골프장이라고 치켜세웠을 것이다. 게다가, 보라! 지금은 이 들판에도 거침없는 개간의 괭이질이 가해져, 집집마다 지붕도 아름답게 빛나고, 저것이 갱생 부락[1], 저것이 이주 부락[2], 하는 아야의 설명을 들으며, 가나기도 발전해서, 활기차구나, 절실히 느꼈다. 슬슬, 오르막 산길로 접어드는데, 아직 조카 모

1황폐해진 마을을 다시 복구하여 되살린 마을. 2농지를 개척하기 위해 주민을 이주시켜 새로 조성한 마을.

습이 보이지 않는다。

“어떻게 된 거지?” 내 잔걱정은 어머니로부터 물려받은 것이다。

“아니、뭐、어딘가에 있겠지요。” 신랑은、쑥스러워하면서도 여유를 보였다。

“어쨌든、물어나 보지。” 나는 길가 밭에서 일하고 있는 농부 아저씨에게、부직포 모자를 벗어 인사를 하고、“이 길로、양장 입은 젊은 여자가 지나가지 않았습니까?” 하고 물었다。지나갔다、하는 대답이다。무슨 일인지、뛰다시피、몹시 서둘러 지나갔다고 한다。봄의 들길을、뛰다시피、서둘러 신랑 뒤를 쫓아가는 조카의 모습을 상상하며、드는 생각。‘나쁘지 않네。’ 잠시 산길을 오르니、가로수 낙엽송 그늘에 조카가 웃으며 서 있었다。여기까지 쫓아왔는데도 없으면、뒤따라오겠지 싶어서、고사리를 캐고 있었단다。별로 힘든 기색도 보이지 않는다。이 근처는、고사리、땅두릅、엉겅퀴、죽순 같은 나물의 보고라고 한다。가을에는 나팔버섯、젖버섯、팽이버섯 같은 버섯류가、아야 말에 의하면 ‘발에 밟힐 만큼 널려’ 있어서、고쇼가와라、기즈쿠리 인근 먼 데서 캐러 오는 사람도 많다고 한다。

“요짱 아씨는、버섯 따기 명수래요。” 하고 아야가 한마디 보탠다。또、산을 오르며、

“가나기에、황족이 오셨다고?” 하고 내가 묻자、아야는、진지한 말투로、예、하고 대답했다。

“황송한 일이구만。”

“예。” 하면서 긴장하고 있다。

“황송하게도、가나기 같은 곳에、와주셨네。”

“예。”

“자동차로、오신 건가?”

“예。자동차로 오셨습니다。”

“아야도、뵈었나?”

“예。뵈었습니다。”

“아야는、운이 좋네。”

“예。” 하고 대답하고는、목덜미에 두른 수건으로 얼굴에 흐르는 땀을 닦는다。

꾀꼬리가 운다。제비꽃、민들레、들국화、철쭉、흰병꽃나무、으름덩굴、들장미、그리고、내 모르는 꽃이、산길 양편

잔디밭에 환하게 피어 있다。키 작은 버드나무、떡갈나무도 새순을 틔우고、그리고 산을 오를수록、조릿대가 아주 많아진다。200미터도 채 안 되는 작은 산이지만、전망은 꽤 좋다。쓰가루 평야 전부、구석에서 구석까지 내다보인다고 하고 싶을 정도다。우리는 멈춰 서서、평야를 굽어보며、아야의 설명을 듣고、또 조금 걷다가 멈춰 서서、쓰가루 후지산을 바라보며、감탄하고、그러다 어느덧、작은 산 정상에 도달했다。

"여기가 꼭대긴가?" 나는 잠시 맥이 풀려서、아야에게 물었다。

"예、그렇습니다。"

"에게。" 하고는 말했지만、눈앞에 드넓은 쓰가루 평야 봄 풍경에는、넋을 잃고 말았다。이와키 강이 가느다란 은실처럼、반짝반짝 빛이 나는 듯하다。그 은실이 끝나는 곳에、고대의 거울처럼 희미하게 빛나는 것은、닷피 호수인가? 저기 저 멀리에 모호히 연기처럼 희뿌연 것은、쥬산 호수 또는 쥬산 갯벌이라 하는데、"쓰가루 크고 작은 물줄기 대략 열세 갈래、이 땅으로 흘러들어 큰 호수가 된다。게다가 각 하천

고유의 색을 잃지 않는다." 라고 『도사왕래』[1]라는 책에 기록되어 있다。이 쓰가루 평야 북쪽 끝에 있는 호수、쥬산 호수는 이와키 강을 비롯하여 쓰가루 평야를 흐르는 크고 작은 열세 개의 하천이 모여들어、둘레는 약 80리(32km)、하지만 하천이 날라 오는 토사 때문에、호수 바닥은 얕고、가장 깊은 곳도 3미터쯤 된다고 한다。물은、바닷물이 유입되어 짠물이지만、이와키 강에서 들어오는 강물도 적지 않아、강 하구 언저리는 민물이라 물고기도 담수어와 해수어 두 종류 모두 서식하고 있다고 한다。호수가 일본해와 연결되는 남쪽 어귀에、도사라는 작은 마을이 있다。이 부근은、지금으로부터 무려 칠팔백 년 전부터 발달된、쓰가루의 호족 안도 씨의 본거지였다는 설도 있고、또 에도 시대에는、북쪽에 있는 고도마리와 함께、쓰가루에서 나는 목재와 곡식을 반출하는 항구로써、크게 번성했다고 하지만、지금은 그런 면모를 조금도 찾아볼 수 없다。그 쥬산 호수 북쪽으로 곤겐 곶이 보인다。하지만 거기부터、국방상 중요한 지역에 속한다。우리 이제 눈을 돌려、앞에 보이는 이와키 강 저 멀리로 푸르게

1 도사 지역 안도 씨 일족의 번영을 기록한 책.

펼쳐진 시원스런 수평선을 바라보자。일본해、시치리나가하마 해변이、한눈에 담긴다。북쪽은 곤겐 곶부터、남쪽은 오도세 곶까지、시야를 가로막는 그 무엇도 없다。

“아、좋다。나라면 여기에 성을 짓고……、” 하다가、

“겨울에는 어떻게 하시려구요?” 하고 요코가 끼어들어、꿀꺽、말문이 막혔다。

“이렇게、눈이 안 오면 좋으련만。” 하고 나는 어렴풋한 우울을 느끼며 한숨을 쉬었다。

산 뒤편 골짜기로 내려와、냇가에서 도시락 뚜껑을 열었다。시냇물에 차게 식힌 맥주는、나쁘지 않았다。조카와 아야는、사과즙을 마셨다。그러다가、문득 나는 보았다。

“뱀!”

조카사위는 벗어두었던 덧옷을 집어 들고 일어났다。

“괜찮아、괜찮아。” 하고 나는 건너편 냇가 암벽을 손가락으로 가리키며 말했다。“저 암벽을 기어오르려고 하는 거야。” 여울에서 대가리를 불쑥 내밀고、눈 깜짝할 사이에 한 자쯤 암벽을 스르르 기어오르다가、주르르 미끄러져 떨어진다。또 스르르 기어오르다가、주르르 떨어진다。집요하게 스무 번 정도를 그러더니, 과연 지쳐서 포기했는지, 물살에 떠내려 오듯 수면에 기다란 몸뚱이를 둥둥 띄운 채 이쪽으로 다가왔다. 아야는, 순간, 일어섰다. 한 간(1.8m)쯤 되는 나뭇가지를 들고, 말없이 달려가서, 첨벙 시냇물에 뛰어들어, 푹 찔러버렸다. 우리는 눈을 돌리며,

"죽었어? 죽었어?" 내 목소리는 구슬펐다.

"해치웠습니다." 아야는, 나뭇가지마저 같이 시냇물에 내던졌다.

"살무사 아니야?" 나는, 그러나, 여전히 공포를 느꼈다.

"살무사라면, 산 채로 잡았을 텐데, 지금 건, 구렁이였습니다. 살무사 생간은 약이거든요."

"살무사가, 이 산에도 있나?"

"예."

나는, 우울한 마음으로, 맥주를 마셨다.

아야는, 제일 먼저 밥을 먹고, 그리고 커다란 통나무를 끌고 오더니, 시냇물에 던져 넣고는, 그걸 발판 삼아, 훌쩍 건너편으로 뛰어넘어 갔다. 그리고, 건너편 낭떠러지를 기어올라, 땅두릅과 엉겅퀴 같은, 산나물을 따 모으는 것 같다.

"위험한데。 굳이、 저런 위험한 데 가지 않아도、 다른 데도 많이 있는데。" 나는 조마조마하면서 아야의 모험을 비난했다。"저거、 들떠서、 일부러 저렇게 위험한 데 가서、 우리한테 자기가 용감하다는 걸 보여주려는 속셈이 분명해。"

"네、 맞아요。" 하고 조카도 크게 웃으며、 찬성했다。

"아야!" 하고 나는 큰 소리로 불렀다。"이제、 됐어。 위험하니까、 이제 됐어。"

"예。" 하고 대답한 아야는、 주르르 낭떠러지에서 내려왔다。 나는、 한숨 놓았다。

돌아올 때、 아야가 딴 산나물을、 요코가 짊어졌다。 이 녀석은、 원래부터、 옷차림이나 행동에、 그다지 얽매임이 없는 아이였다。 돌아오는 길、 소토가하마에서는 '아직 늙지 않은 무쇠 다리의 소유자'였던 나도 지쳐서、 부쩍 말수가 줄었다。 산에서 내려오니、 뻐꾸기가 지저귄다。 동구 밖 제재소에는、 목재가 엄청나게 쌓여 있고、 트럭이 끊임없이 오가고 있다。 풍요로운 마을 풍경이다。

"가나기도、 아무튼、 활기가 도는군。" 하고、 나는 툭 내뱉었다。

"그런가요?" 조카사위도、조금 지친 것 같다。귀찮다는 듯、그렇게 대답한다。

나는 갑자기 뺄쭘해져서、

"아니、나는、아무것도 모르지만、그래도、10년 전 가나기는、이렇지 않았던 것 같아。갈수록、초라해지기만 하는 마을이었다구。지금 같지 않았다니까。지금은 뭔가를、되찾은 느낌이 들어。"

집으로 돌아와 큰형에게、가나기도 경치가 무척 좋더라、기분이 새로워졌다、하고 말했더니、큰형은、나이를 먹으면 자기가 태어나고 자란 땅의 풍경이、교토[1]보다도 나라[1]보다도、훨씬 아름답다고 생각하게 마련이지、하고 대답했다。

이튿날은 어제의 일행에、큰형 부부도 가세하여、가나기에서 동남쪽으로 10리 반(6km)、가노코 저수지라는 곳으로 외출을 했다。막 출발하려는 찰나、형은 집에 손님이 왔다고 해서、우리만 한발 먼저 길을 나섰다。여행 복장은 몸뻬[2] 바지에 흰 버선에 짚신이었다。왕복 20리(8km)가 넘는 먼 길은、형수한테는、가나기로 시집와서 처음인지도 모른다。그날도

1 혼슈 중서부 교토, 나라, 오사카는 과거 일본 역사의 시작점이자 중심이다.
2 도호쿠 지방에서 여성이 일할 때 즐겨 입던 헐렁한 바지로 전쟁 중 전국에 보급되었다.

화창했고, 전날보다 더 따뜻했다. 우리는, 아야를 앞세워 가나기 강을 따라 삼림철도 궤도를 터벅터벅 걸었다. 궤도의 침목 간격이, 한걸음에는 좁고, 반걸음에는 넓게, 아주 고약하게 되어 있어서, 걷기가 무척 힘들었다. 나는 지쳐서, 일찌감치 입을 닫고, 땀만 닦았다. 날씨가 너무 좋으면, 여행자는 축 늘어지고, 오히려 의욕이 떨어지는 것 같다.

"요 언저리가 홍수가 난 자리입니다." 아야는 멈춰 서서 설명했다. 강 부근 논밭 수천 평 일대에, 격전지의 흔적이 이러하랴 싶을 만큼, 거대한 나무가 뿌리를 드러내고, 통나무는 어지러이 흩어져 있다. 작년, 우리 집 여든여덟 할머니도, 통 겪어본 적이 없다, 고 했을 만큼 큰 홍수가 가나기를 덮친 것이다.

"이 나무들이, 전부 산에서 떠내려 왔어요." 하고 말하는, 아야의 슬픈 표정.

"엄청나네." 나는 땀을 닦으면서, "꼭, 바다 같았겠는걸."

"바다 같았어요."

가나기 강과 작별하고, 이번에는 가노코 강을 따라 거슬러 올라가자, 겨우 삼림철도 궤도에서 벗어나, 조금 오른쪽으로 들어간 곳에、둘레 5리(2km)는 될까 싶은 커다란 저수지가、그야말로 새 한 마리 울고 가니 산 더욱 고요해진다、그 표정으로、푸른 물을 그득그득 담고 있다。이 주변은、소우에몬자와라는 깊은 골짜기였다고 하는데、골짜기 아래쪽 가노코 강을 막아、이 커다란 저수지를 만든 게、쇼와 16년(1941년)、바로 요 근래의 일이다。저수지 옆 커다란 비석에는、큰형 이름도 새겨져 있었다。저수지 주위에 공사 흔적인 절벽의 붉은 흙이、아직도 그대로 노출되어 있어서、흔히 말하는 천연의 장엄함은 부족하지만、그러나、가나기라는 한 마을의 힘이 느껴지는、이와 같은 인위적 성과 또한、과연、쾌적한 풍경이라 하지 않을 수 없다、어쩌구저쩌구、날라리 여행 비평가는、멈춰 서서 담배를 물고、사방팔방을 둘러보면서、느낀 바를 적당히 정리하고 있었다。나는 자신 있다는 듯、일행을 인솔하여、저수지 언저리를 걸으며、

"여기 좋다。이 근처가 좋겠어。" 하고는 저수지 곶의 나무 그늘에 앉았다。"아야、한번 봐봐。이거、옻나무는 아니겠지?" 옻이 오르면、나는 앞으로 여행을 계속해야 하는데、우울해서 못 견딜 것이다。옻나무가 아니란다。

"그럼、저거는? 왠지、그 나무 수상한데。봐봐。" 모두 웃었지만、나는 심각했다。역시 옻나무는 아니라고 한다。나는 완전히 마음을 놓고、거기에서 도시락을 열기로 마음먹었다。맥주를 마시면서、홀가분한 마음에 조금 수다를 떨었다。나는 소학교 이삼 학년 때、가나기에서 35리(14km)쯤 떨어진 서해안의 다카야마라는 곳으로 소풍을 가서、처음 바다를 본 날 느꼈던 흥분을 이야기했다。그때 인솔하던 선생님이 제일 들떠서는、우리를 바다 쪽을 보고 2열 횡대로 세우더니、「나는야 바다 아이」라는 노래를 합창시켰다。난생처음 바다를 본 주제에、나는야 바다 아이 흰 파도 넘실대는 바닷가 솔밭에서、어쩌구저쩌구 하는 바닷가에서 태어난 아이가 주인공인 노래를 부르기가、너무나 어색했는데、어린 마음에도 무안해서 견딜 수가 없었다。그리고、나는 그 소풍 때、유달리 옷차림에 공을 들여、챙 넓은 맥고모자[1]에 큰형이 후지산 등산 갔을 때 썼던 예쁜 신사 마크가 몇 개나 찍힌 백목 지팡이、그리고 선생님이 될 수 있으면 단정한 옷에 짚신을 신고 오라고 했는데、나만 쓸데없이 하카마를 차려입고、긴 양

1 19세기 말부터 20세기 초 남자들 사이에 유행했던 서양식 보릿짚 모자.

말에 목달이구두까지、나긋나긋 교태를 부리며 길을 나섰지만、10리(4km)도 못 가서、벌써 녹초가 되는 바람에、먼저 하카마와 구두를 뺏기고、조리、그것도 한 짝은 빨간 끈、또 한 짝은 지푸라기 끈인 짝짝이 조리、다 떨어진 거지같은 조리를 받아 신고、이윽고 모자도 뺏기고、지팡이도 뺏기고、마침내 학교에서 끌고 온 환자용 짐수레에 실려、집으로 돌아왔을 때의 꼬락서니란、나설 때 빛이 나던 때깔은 그림자도 안 보이고、한 손에 구두 들고、지팡이에 기댄 채、어쩌구저쩌구 하면서 내가 흥에 겨워 모두를 웃기고 있자니、

"어이。" 하고 부르는 소리。큰형이다。

"어이。" 하고 우리도 입을 모아 불렀다。아야가 뛰어가 맞이했다。이윽고、큰형은、피켈을 들고 나타났다。난 있는 대로 맥주를 마셔버린 후라、매우 상태가 좋지 않았다。큰형은、곧바로 밥을 먹고、그리고 모두 함께、저수지 안쪽으로 걸어갔다。푸드득 하고 큰 소리와 함께、물새가 수면에서 날아올랐다。나와 조카사위는 얼굴을 마주보고、별 뜻 없이、고개를 끄덕였다。기러기인지 오리인지、입 밖으로 내어 말할 만큼、서로 자신이 없었던 것 같다。아무튼、야생 물새임에는 틀림없다。심산유곡의 정기가、문득 느껴졌다。큰형은、어깨를 움츠리고 말없이 걷는다。큰형과 함께、이렇게 밖에 나와 걸은 게 몇 년 만인지。10년쯤 전에、도쿄 변두리 어느 들길을、큰형은 역시 지금처럼 어깨를 움츠리고 말없이 걸었고、나는 거기서 몇 걸음 떨어져 큰형의 뒷모습을 바라보며、혼자 훌쩍훌쩍 울면서 뒤따라 걸었는데、그 후로 처음인지도 모른다。그 사건[(1)]에 대해、큰형은 나를 아직 용서하지 않은 것 같다。평생、안 할지도 모른다。금이 간 그릇은、어쩔 수 없다。어떻게 한들、원래대로 붙지 않는다。쓰가루 사람은 특히、마음에 간 금을 잊지 않는 종족이다。오늘 이후로、오늘을 마지막으로、두 번 다시、큰형과 걸을 기회는 없을지도 모른다는 생각이 들었다。물이 떨어지는 소리가、점점 크게 들려왔다。저수지 끄트머리에 가노코 폭포라는、이 지역 명소가 있다。얼마 안 가、높이 다섯 척(15m) 가량 되는 가느다란 폭포가、발밑에 보였다。다시 말해 우리는、소우에몬자와 골짜기 가장자리를 따라 폭이 한 자(30cm) 정도 되는 아슬아슬한 좁은 길을 걷고 있었고、오른쪽으로는 병풍을 세

---

1 다자이가 도쿄에서 저지른 사건들. 카페 여종업원 다나베 시메코와 일으킨 동반 자살 사건과 그 후 게이샤 오야마 하쓰요와 멋대로 결혼하여 쓰시마 가문 호적에서 제적당한 일.

워 놓은 듯한 산, 왼쪽으로는 발밑이 깎아지는 절벽인데, 그 절벽 아래 상당히 깊어 보이는 용소[1]가 시퍼렇게 똬리를 틀고 있었던 것이다.

"와, 정말, 어지러워요." 하고 농담처럼 말하는 형수는, 요코의 손에 매달려, 덜덜 떨며 걷고 있다.

오른편 산중턱에는, 철쭉이 아름답게 피어 있다. 큰형은 피켈을 어깨에 둘러메고, 철쭉이 보기 좋게 만발한 길목을 지날 때마다, 조금 발걸음을 늦춘다. 등나무 꽃도, 슬슬 피려고 한다. 길은 점점 내리막이 되고, 우리는 폭포가 시작되는 곳으로 내려갔다. 폭이 한 간(1.8m) 정도 되는 작은 개울인데, 그 물살 한가운데쯤, 그루터기가 놓여 있고, 그걸 발판 삼아, 폴짝폴짝, 두 걸음에 건널 수 있게 되어 있다. 한 사람 한 사람, 폴짝폴짝 건넜다. 형수, 혼자만 남았다.

"안 되겠어요."라며 웃기만 할 뿐, 건널 엄두를 내지 못한다. 오금이 저려서, 발이 안 떨어지나 보다.

"업어주게나." 하고 큰형은, 아야에게 말했다. 아야가 옆으로 다가갔지만, 형수는, 그저 웃으며, 안 돼 못 해, 하면서

---

1 폭포수가 떨어지는 곳 물 아래 깊은 웅덩이.

손을 내저을 뿐이다。그러자、아야가 괴력을 발휘하여、거대한 나무뿌리를 안아들고 오더니、풍덩 하고 개울에 내던졌다。뭐、그럭저럭、다리가 생겼다。형수는、잠깐 건널까 말까 하다가、역시나 발이 떨어지지 않는 모양이다。아야의 어깨에 손을 얹고、겨우 반 정도 건넜을 무렵、물도 얕고 하니、방금 전 뚝딱 만든 다리에서 개울로 뛰어들어、참방참방 물속을 걸어서 건너버렸다。몸빼 바지자락、흰 버선、조리、모두 흠뻑 젖은 것 같다。

"정말、다카야마에서 돌아왔을 때 그 모습이네요。" 형수는、아까 내가 해준 다카야마에 소풍 갔다가 비참한 모습으로 돌아온 이야기가 문득 떠올랐는지、웃으면서 그렇게 말했다。그러자 요코와 조카사위가、깔깔깔 크게 웃었는데、큰형은 뒤돌아보며、

"응? 뭔데?" 하고 묻는다。모두 웃음을 그쳤다。큰형이 궁금하다는 표정을 짓고 있기에、말해줄까? 하다가、너무 한심한 얘기라、'다카야마에 소풍 갔다가 비참한 모습으로 돌아온 사연'을 처음부터 다시 설명할 용기가 나질 않았다。큰형은 말없이 걷기 시작했다。큰형은、늘 고독하다。

5. 서해안

전부터 수도 없이 말했지만, 나는 쓰가루에서 나고, 쓰가루에서 자랐으면서, 오늘날까지, 쓰가루에 대해 거의 아는 게 없었다. 쓰가루의 일본해 방면인 서해안에는, 그야말로 소학교 이삼 학년 무렵 '다카야마 소풍' 말고는, 한번 가본 적도 없다. 다카야마 산은, 가나기에서 정확히 서쪽으로 35리(14km) 정도 가서 샤리키라는 인구 5천의 제법 큰 마을을 지나면, 바로 있는 바닷가 작은 산으로, 그 산 이나리 신[1]이 꽤 유명하다고 하는데, 아무튼 어린 시절 기억이고, 옷차림

[1] 벼로 상징되는 농경의 신으로 오곡을 관장한다.

때문에 망신당한 일만 가슴속에 짙게 남아 있는 정도라, 나머지는 전부, 두서도 없고 희미하다. 그래서 이번 기회에, 쓰가루 서해안을 돌아보자는 계획을 전부터 하고 있었다. 가노코 저수지에 놀러 갔던 그 이튿날, 가나기를 출발하여 고쇼가와라에 도착한 게, 오전 11시쯤, 고쇼가와라에서 고노선으로 갈아타고, 10분 지났을까? 기차는 기즈쿠리에 도착했다. 아직 쓰가루 평야 안쪽이다. 나는, 이 마을도 잠깐 눈에 담아두고 싶었다. 내려보니, 오래되고 한산한 마을이다. 인구는 4천 남짓으로, 가나기보다 적다고 하지만, 마을의 역사는 깊은 듯하다. 정미소 기계 소리가, 쿵, 쿵, 쿵, 께느른히 들려온다. 어느 집 처마 밑에서, 비둘기가 울고 있다. 이곳은, 내 아버지가 태어난 마을이다. 가나기 우리 집안은 대대로, 딸뿐이라, 대개 데릴사위를 들였다. 아버지는 기즈쿠리 마을의 M이라는 유서 깊은 가문 셋째 아들이었나? 하여튼 그랬는데, 우리 집에서 데릴사위로 맞아들여 몇 대째더라? 하여튼 당주가 된 것이다. 아버지는, 내가 열네 살 때 돌아가셨으니, 나는 아버지라는 '사람'에 대해서는, 거의 모른다고 할 수밖에 없겠다. 또한 내 작품 「추억」 속에 한 구절을 빌자면, “내 아버지는 아주 바쁜 사람이라, 집에 있는 일이 별로 없었다. 집에 있어도 아이들과 함께 있지는 않았다. 나는 아버지가 무서웠다. 아버지의 만년필이 갖고 싶었지만 그 말을 입 밖에 내지 못하고, 이리저리 고민한 끝에, 어느 날 밤 이불 속에서 눈을 감은 채 잠꼬대를 하는 척하며, 만년필, 만년필, 하고 옆방에서 손님과 이야기를 나누던 아버지에게 작은 소리로 호소한 적이 있지만, 물론 그 말은 아버지의 귀에도 마음에도 들어가지 않은 것 같다. 내가 동생과 쌀가마니가 꽉 들어찬 널찍한 광에 들어가 재미있게 놀고 있으면, 아버지가 문 앞에 버티고 서서, 욘석들, 나와라, 나와, 하고 불호령을 내렸다. 빛을 등지고 선 아버지의 커다란 모습이 새까맣게 보였다. 나는, 그때 느낀 공포를 떠올리면 지금도, 기분이 좋지 않다. (중략) 그 이듬해 봄, 눈이 아직 수북이 쌓여 있던 무렵, 아버지는 도쿄 병원에서 피를 토하고 돌아가셨다. 근처 신문사에서는 아버지의 부음을 호외로 보도했다. 나는 아버지의 죽음보다, 이런 센세이션에 흥분을 느꼈다. 유족 명단에 섞여 내 이름도 신문에 났다. 커다란 관에 누운 아버지의 유해는 썰매에 실려 고향으로 돌아왔다。 나는 수많은 마을 사람들과 함께 이웃마을 근처까지 마중을 갔다。 이윽고 어두운 숲속에서 연이어 몇 대인가의 썰매가 달빛을 받으며 미끄러져 나왔고 그 장면을 바라보던 나는 아름답다고 생각했다。 다음 날、우리 집 사람들은 아버지의 관이 놓인 불단이 있는 방에 모였다。관 뚜껑이 열리자 모두 소리 내어 울었다。 아버지는 자는 것 같았다。 높은 콧대에 핏기가 하나도 없었다。 나는 가족들 울음소리를 듣고、따라서 눈물을 흘렸다。” 뭐、아버지에 관한 기억이라고는 대충 이 정도가 전부라고 할 수 있는데、아버지가 돌아가신 뒤、나는 아버지에게 품었던 두려움을 지금의 큰형에게서 느꼈고、그래서인지 또 마음이 놓이기도 하고 의지가 되기도 하고、아버지가 없어서 쓸쓸하다는 생각은 한 번도 한 적이 없었다。하지만、점점 나이를 먹어감에 따라、대체 아버지는、어떤 사람이었을까、하는 발칙한 상상을 하기도 하고、도쿄 판잣집에서 선잠을 자다가 꿈속에、아버지가 나타나、실은 죽은 게 아니라 어떤 정치적인 이유로 자취를 감추고 있었다는 사실을 알려주었는데、추억 속 아버지보다는 조금 늙고 지쳐 있었지만、너무나 그리운 모습이었다。꿈 이야기가 중요한 게 아니라, 아무튼, 아버지에 대한 관심이 요즘 들어 커진 건 사실이다. 아버지 형제들이 모두, 폐가 안 좋아서, 아버지도 폐결핵은 아니지만, 역시 뭔가 호흡기 문제로 피를 토하고 죽었다. 쉰다섯에 죽었는데, 어린 마음에는, 그 나이가 굉장히 늙은 것처럼 느껴져서, 그만하면 호상이라고 생각했지만, 지금은 쉰다섯에 죽었다니, 노령의 대왕생[1]은 커녕, 엄청난 요절 같다. 조금만 더 아버지를 살게 해주었다면, 쓰가루를 위해서, 아주 훌륭한 일을 했을지도 몰라, 하는 건방진 생각도 했다. 그런 아버지가, 어떤 집에서 태어나, 어떤 마을에서 자랐는지, 나는 한번 보고 싶었다. 기즈쿠리는, 한줄기 길 양편에 집이 늘어서 있는 게 전부. 그리고 그 집들 뒤로는, 보기 좋게 갈아엎은 논이 있다. 논 곳곳에 포플러가 서 있다. 이번에 쓰가루에 와서, 나는, 포플러를 여기에서 처음 봤다. 다른 데서도 분명 많이 봤을 텐데, 기즈쿠리의 포플러만큼, 선명하게 기억에 남지는 않는다. 연둣빛 포플러 어린잎이 사랑스럽게 산들바람에 살랑거리고 있다. 여기에서 본 쓰가루 후지산도, 가나기에서 본 모습과 조

1 조금의 괴로움도 없이 평안하게 맞이하는 죽음.

금도 다르지 않은, 화사하고 대단한 미인이다. 이렇게 산 모양이 아름답게 보이는 땅에는, 쌀과 미인이 많이 난다는 전설이 있다고 했던가? 여기, 쌀은 확실히 많이 나는 것 같은데, 또 한편으로, 미인은, 어떨지. 가나기와 마찬가지로 약간 미심쩍기도 한데. 미인에 관해서만큼은, 그 전설, 차라리 반대가 아닐까? 하는 의문조차 나는 들었다. 이와키 산이 아름답게 보이는 땅에는, 아니, 더는 말을 말자. 이런 이야기는, 자칫하면 탈이 나는 법이니까, 그냥 마을을 한 바퀴 돌아본 게 전부인, 눈요기꾼 나그네가 이 자리에서 결정할 성질의 이야기는 아닌 것 같다. 그날도, 지독하게 날씨가 좋아서, 역에서 똑바로 뻗은 한줄기 콘크리트 포장도로 위로 옅은 봄 안개가, 보얗게 피어오르는데, 고무창 구두를 신고 고양이처럼 발소리도 없이 설렁설렁 걸으며 봄의 온기를 쐬는 사이에, 왠지 머리가 멍해져서, 기즈쿠리 경찰서 간판을, 모쿠조 경찰서라고 잘못 읽고[1], 과연 목조 건축물이군, 하고 고개를 끄덕이다가, 앗 하고 정신이 들어 피식 웃기도 했다.

기즈쿠리는, 또한, 고모히의 마을이기도 하다. 고모히란,

---

1 기즈쿠리(木造)를 한자 음으로 읽으면 모쿠조(목조)가 된다.

예로부터 긴자에서는 오후 햇살이 따가워지면, 상점가의 가게들이 입구 앞에 천막을 쳐 그늘을 만들었는데, 아마도, 독자 여러분은, 그 천막 아래를 아 시원해 하면서 지나갔을 것이다. 기다란 통로가 눈 깜짝할 새 생겼다고 생각했을 텐데, 그 기다란 통로를, 천막이 아니라, 집집마다 처마를 한 간(1.8m) 정도 앞으로 길게 빼서 견고하게 영구적으로 만들어 놓은 것이, 북쪽 지방의 고모히라고 생각하면, 크게 다르지는 않다. 게다가 고모히는, 햇살을 피하기 위해서 만든 게 아니다. 그런, 낭만적인 것이 아니라, 겨울에, 눈이 많이 쌓였을 때, 사람들이 오가기 편리하도록, 집들끼리 서로 처마를 이어, 긴 통로를 만들어둔 것이다. 눈보라 휘몰아칠 때도, 눈바람을 맞을 염려 없이, 마음 편히 장을 보러 갈 수 있어서, 참 편한데, 아이들이 놀 때도 도쿄 길거리처럼 위험하지 않고, 비 오는 날에도 이 기다란 통로는 행인들한테 큰 도움이 되고, 또, 나처럼, 봄의 온기에 지친 나그네도, 여기로 뛰어들면, 서늘함을 느끼니, 물론 가게에 앉아 있는 사람들이 말똥말똥 쳐다보는 것은 조금 난처하지만, 뭐, 아무튼 고마운 통로이다. 고모히라는 말은, 일반적으로 小店(소점)(고

미세)[1]의 사투리라고 알고들 있는데、나는、隱瀨(은뢰)(고노세)[2] 혹은 隱日(은일)(고모히)[3]라는 한자를 적용시키는 편이、이해가 빠르지 않을까、하는 생각을 하면서 혼자 흐뭇하다。그런 고모히를 걷다보니、M 약품 도매상 앞이었다。아버지가 태어난 집이다。멈추지 않고、그대로 지나쳐、고모히를 계속 걸으면서、어떻게 할까、생각했다。이 마을 고모히는、정말 길다。쓰가루의 오래된 마을에는、대개 고모히가 있다지만、기즈쿠리처럼、고모히가 마을 전체를 관통한다고 할 수 있는 곳은 별로 없을 것이다。결국 기즈쿠리는、고모히의 마을로 결정했다。조금 더 걸으니、간신히 고모히가 끝나는 지점이라、나는 '뒤로이 돌앗' 해서、한숨을 쉬며 왔던 길을 되짚어 돌아갔다。나는 여태껏、M씨 집안에 간 적이、한 번도 없다。기즈쿠리에 와본 적도 없다。어쩌면 내 어린 시절에、누군가의 손에 이끌려 놀러 왔을 수도 있지만、지금 내 기억에는 아무것도 남아 있지 않다。M씨 집안의 당주는、나보다 네 살 많은、활달한 사람인데、옛날부터 가끔 가나기에 놀러 오기도 해서 나한테는 낯이 익다。내가 지금、찾아가도、설마하니、거

---

1 작을 소, 가게 점. 날씨가 궂은 날 행인들이 눈이나 비를 피해 지나갈 수 있도록 한 처마 밑 공간.
2 숨을 은, 여울물 뇌. 물을 피한다는 뜻. 3 숨을 은, 날 일. 해를 피한다는 뜻.

북한 얼굴은 하지 않겠지만, 그렇지만, 아무래도, 찾아온 모양새가 좋지 않다. 이런 구중중한 몰골로, M씨 오랜만입니다 어쩌구저쩌구, 하면서 아무런 용건도 없는데 비굴하게 웃으며 말을 걸면, M씨는 흠칫 놀라, 이 자식 결국 도쿄에서 밥줄이 끊어져서, 돈이라도 빌리러 온 거 아니야, 하고 생각하지는 않을까? 죽기 전에 한번, 아버지가 태어난 집을 보고 싶어서 왔습니다, 그런 말도, 닭살 돋을 만큼 낯간지럽다. 남자가, 낫살깨나 먹고, 도저히 입 밖에 낼 수 있는 말이 아니다. 차라리 그냥 돌아갈까? 고민하며 걷고 있는 사이에, 다시 아까 그 M 약품 도매상 앞에 왔다. 이제 두 번 다시, 여기 올 기회는 없다. 망신을 당해도 괜찮아. 들어가자. 나는, 엉겁결에 각오를 굳히고, 계십니까, 하고 가게 안쪽에다 대고 말을 했다. M씨가 나와서, 어이구야, 우와, 이게 누구야, 자자, 들어와, 하고 맹렬한 기세로 나한테는 말할 틈도 주지 않고, 잡아끌다시피 사랑방으로 데리고 들어가더니, 도코노마 앞에 우격다짐으로 앉혀버렸다. 이야, 이게 누구야, 술! 하고 사람들에게 말한 지 이삼 분 채 지나기도 전에, 벌써 술이 나왔다. 아, 빠르다.

"오랜만。오랜만。" 하며 M씨는 혼자서 술을 벌컥벌컥 마신다。"기즈쿠리에는 몇 년 만인가?"

"어디보자、만약에 어렸을 때 온 적이 있다고 하면、30년쯤 됐겠지요。"

"그래、그렇겠지。자자、들지 들어。기즈쿠리까지 와서 사양할 거 없잖아。잘 왔네。정말、잘 왔어。"

이 집 구조는、가나기 집과 거의 똑같다。지금 가나기 집은、아버지가 가나기에 양자로 들어오고 얼마 안 있어 자기가 설계한 대로 거의 새로 지은 것이라는 이야기를 들었는데、생각과는 달리、아버지는 가나기에 와서 자기가 태어난 기즈쿠리 고향집과 똑같은 구조로 개축했을 뿐이다。양자였던 아버지의 심정이 왠지 내 가슴에 와 닿는 것 같아、저절로 미소가 지어졌다。그렇게 생각해보니、정원의 나무나 돌도 배치가、어딘가 비슷하다。나는 그런 사소한 발견만으로도、아버지라는 '사람'과 연결된 듯한 기분이 들어、M씨 집에 들른 보람이 있구나、생각했다。M씨는、나한테 이것저것 대접을 하려 한다。

"아、이제 됐어요。한 시 기차로、후카우라에 가야 해요。"

"후카우라? 뭐 하러?"

"딱히, 이유가 있는 건 아닌데, 한번 보고 싶어서요."

"책을 쓰는 건가?"

"에, 그것도 그렇긴 한데……," 언제 죽을지도 모르고, 어쩌구저쩌구 하는 말로 상대를 김빠지게 할 수는 없었다.

"그럼, 기즈쿠리에 관한 글도 쓰는 거로구만. 기즈쿠리에 대해서 쓴다면 말이지," 하고 M씨는, 조금도 거리낌 없이, "우선 첫 번째로, 쌀의 공출량을 써줬으면 좋겠군. 관할 경찰서에서 비교한 자료를 보자면, 여기 기즈쿠리 경찰서 관할 구역의 쌀 공출량이, 일본에서 제일이지. 어때? 일본 제일이라니까. 그건, 우리 마을 전체 노력의 결정체라 해도, 틀린 말은 아니야. 이 주변 일대 논에, 물이 말랐을 때, 내가 옆 마을 물을 끌어오려고 했던 활약이, 결국 대성공, 술고래가 물고래가 됐다는 거 아니겠나? 우리도, 지주라고 해서, 놀고 먹을 수는 없잖아. 난 척추가 안 좋은데, 그래도, 밭에서 김을 맸다구. 뭐, 이번에 도쿄 사람들한테, 맛있는 쌀이 듬뿍 배급되겠지." 든든하기 그지없다. M씨는, 어렸을 때부터, 천성이 활달한 사람이었다. 아이 같은 똥글똥글한 눈이 매력이고、지역 사람들한테 존경을 받고 있는 것 같다。나는、마음속으로 M씨가 행복하기를 기원하고는、끈질기게 붙잡는 M씨를 진땀을 흘려가며 뿌리치고 작별 인사를 한 끝에、후카우라 행 오후 한 시 기차에 가까스로 오를 수 있었다。

기즈쿠리에서、고노 선으로 약 30분 정도면 나루사와、아지가사와를 지나가고、그즈음이면 쓰가루 평야도 끝이 난다。거기부터 열차는 일본해 연안을 따라 달리는데、오른편으로 바다를、그리고 왼편으로 데와 구릉지 북쪽 끝에서 뻗어 나온 산들을 구경하면서 한 시간쯤 있다 보면、오른쪽 창문으로 오도세의 절경이 펼쳐진다。이 부근의 암석은、모두 각릉질응회암[1]이라고 하는데、해안 침식으로 평탄해진 얼룩덜룩한 회녹색 암반이 에도 시대 말기에 도깨비처럼 바다 위로 드러나、수백 명이 바닷가에서 잔치를 벌이고도 남을 만한 터가 생기자、이것을 '센죠지키'[2]라 부르고、또 그 암반 곳곳 움푹 팬 곳에 바닷물이 고인 것이、마치 찰랑찰랑하게 술을 따른 커다란 술잔 같다면서、이를 '사카즈키누마'[3]라 부른다는데、직경 한 자에서 두 자(30cm~60cm)쯤 되는 큰 구

1화산이 분출 때 나온 화산재 알갱이가 수중에서 혹은 진흙과 섞여 굳어진 암석. 각력질응회암이라고도 한다.
2다다미 천 장을 깔았다는 뜻. 3〈사카즈키〉는 술잔, 〈누마〉는 웅덩이라는 뜻.

덩이를 모조리 술잔이라고 하는 걸 보면, 어지간한 술고래가 이름을 지은 게 틀림없다. 이 주변 해안에 우뚝 솟은 기암은, 노도에 끝없이 발을 씻기우며 서 있다, 관광 안내서 스타일로 쓰자면, 뭐, 그런 식이 되겠지만, 소토가하마 북쪽 땅끝 바닷가처럼 유별나게 삭막하지는 않고, 뭐랄까, 전국 어디에나 있는 평범한 '풍경'이다. 쓰가루만의 독특한 느낌이라고 해야 하나? 다른 지방 사람들이 이해하기 힘든 분위기는, 없다. 다시 말해, 길들여져 있다. 사람들의 눈이, 훑고 지나가, 밝고 친숙해진 것이다. 앞에서 말한 다케우치 운페이의 『아오모리현통사』에 따르면 이 지역보다 남쪽은, 예로부터 쓰가루 령이 아니라, 아키타 령이었으나, 게이쵸 8년(1606년)에 이웃 번 사타케 가문과 합의를 거쳐, 이를 쓰가루 령으로 편입했다는 기록이 있다고 한다. 나 같은 떠돌이 나그네의 무책임한 직감으로 하는 말이지만, 과연, 이 근처부터는, 왠지, 쓰가루가 아닌 것 같다는 기분이 든다. 쓰가루의 불행한 숙명이, 여기에는 없다. 쓰가루 특유의 그 '요령부재'가, 어느새 이 주변에는 없다. 산수를 바라본 것만으로도, 알 수 있을 것 같다. 모두, 충분히 총명하다. 흔한 말로,

문화적이다。어리석은 오만함은 없다。오도세에서 40분이면、후카우라에 도착하는데、이 항구 마을도、치바 해안 근처 어촌에서 자주 볼 수 있을 듯한、결코 주제넘게 나서려 하지 않는 조심스러운、온화한 표정、나쁘게 말하면 영리한、약삭빠른 표정으로、말없이 여행객을 맞이하고 또 보낸다。즉、나그네한테는、전혀 무관심한 모습을 보여준다。나는、그런 분위기를 후카우라의 결점이라고 꼬집어 말하는 게 결코 아니다。그런 표정이라도 짓지 않으면、사람이 이 세상을 끝까지 살아낼 수 있을까? 하는 생각도 든다。그것은、성장해버린 어른의 표정인지도 모른다。어떤 자신감이、깊숙이 침잠되어 있다。쓰가루 북부에서 볼 수 있는、어린아이 같은 발버둥질은 없다。쓰가루 북부는、살짝 데친 야채 같지만、이곳은 이미 푹 익어 투명하다。아아、그래。그렇게 비교해보니 알겠다。쓰가루 오지 사람들은、실은、역사에 자신이 없는 것이다。전혀 없는 것이다。그래서、함부로 어깨를 으쓱거리며、"저놈은 천한 놈이다。" 라면서 남을 헐뜯기만 하고、오만한 태도를 취할 수밖에 없는 것이다。그것이、쓰가루 사람 특유의 반골이 되고、옹고집이 되고、난해함이 되고、그리하여 슬픔과 고독이란 숙명이 형성되었는지도 모른다。 쓰가루 사람이여、 고개 들어 웃으라。 르네상스 직전의 왕성한 잠재력이 이 땅에 있음을 인정한다 단언해 마지않은 사람도 있지 않았던가! 일본의 문화가 작은 완성을 이루고 정체되어 있을 때、 이곳 쓰가루 지방의 거대한 미완성이、 얼마만큼 일본에게 희망이 되었을지、 하룻밤 조용히 생각해보라、 고 하면 곧 바로、 저、 저、 저렇게 부자연스럽게 어깨를 으스댄다。 남이 치켜세워 생긴 자신감 따위는 아무런 쓸모도 없다。 모른 체하고、 믿고、 당분간 노력을 계속해야 하지 않겠는가?

후카우라는、 현재 인구 약 5천、 옛 쓰가루 령 서해안 남단에 위치한 항구이다。 에도 시대、 아오모리、 아지가사와、 도사와 함께、 행정관이 배치되었던 항구로、 쓰가루 번에서 가장 중요한 항구 중 하나였다。 언덕 사이에 작은 만이 형성되어、 물 깊고 물결 잔잔、 아즈마 해변의 기암괴석、 벤텐 섬、 유키아이 곶 등등、 해안 명소다운 구색을 두루 갖추고 있다。 조용한 마을이다。 어부들은 집 마당에、 크고 멋진 잠수복을、 거꾸로 매달아 말린다。 무언가를 체념하고、 착 가라앉을 대로 가라앉은 느낌이 든다。 역에서 똑바로 뻗은 외길을 걸어가면、마을 변두리에、엔가쿠지라는 절의 인왕문[1]이 있다。이 절의 약사당[2]은、국보로 지정되어 있다고 한다。나는、참배를 하고、이쯤에서 슬슬、후카우라를 떠날까 생각했다。완성된 마을은、또한 나그네에게、쓸쓸한 감상을 주는 법이다。나는 바닷가로 내려가、바위에 걸터앉아、어떻게 할까 한참을 망설였다。아직 해는 중천이다。도쿄 판잣집에 살고 있을 아이가、문득 떠올랐다。되도록 생각하지 않으려 했지만、마음이 공허한 틈을 노리고、불쑥 아이의 모습이 가슴으로 날아든다。나는 일어나 마을 우편국으로 가서、엽서를 한 장 사고、가장이 떠나고 없는 집으로 짧은 소식을 적어 보냈다。아이는 백일해[3]를 앓고 있다。그리고、아이 엄마는、조만간 둘째를 낳는다。답답해 죽을 것 같아서 나는 무작정 아무 여관으로 들어가、추레한 방으로 안내되어、각반을 풀면서、술이요、하고 말했다。곧바로 밥상과 술이 나왔다。웬일이니 싶을 정도로 빨랐다。빨라서 마음이 조금 누그러졌다。방은 괴죄죄해도、밥상 위에는 도미와 전복 두 가지 재료로 만든 다양한 요리가 풍성하게 차려져 있다。도미와 전복이

1 불법의 수호신 인왕신(금강신)을 좌우에 안치한 절 입구의 문. 2 약사여래(질병을 구제하여 수명을 연장하며, 중생을 바른길로 인도하는 부처)를 모신 법당. 3 어린이의 호흡기 전염병으로 기침이 백 일 가까이 지속되어 백일해라 불린다.

이 항구의 특산물인 것 같다。술을 두 병 마셨는데、아직 자기에는 이르다。쓰가루에 온 뒤로、남한테 얻어먹기만 했는데、오늘은 한번、내 돈으로、거하게 마셔볼까、하는 쓸데없는 생각이 들기에、아까 밥상을 가져온 열두세 살 꼬마 아가씨를 복도에서 붙들고、술 더 없니? 하고 물으니、없어요、한다。어디 다른 데 마실 데 없니? 하고 물으니、있어요、하고 내 말이 떨어지기가 무섭게 대답한다。가슴을 쓸어내리며、거기가 어디니? 하고 물으니、그 집을 가르쳐주기에、가봤는데、의외로 깔끔한 요릿집이다。2층 다다미 열 장쯤 되는、바다가 보이는 방으로 안내되어、쓰가루 전통 칠기상 앞에 양반다리를 틀고 앉아、술、술、하고 말했다。술만、얼른 가져왔다。어이구 고마워라。대부분은 요리하는 데 시간이 걸려서、손님만 덜렁 기다리게 하기 마련인데、마흔 줄 앞니 빠진 아주머니가、술병만 들고서 먼저 들어왔다。나는、그 아주머니에게 후카우라의 전설이나 한번 들어볼까 했다。

"후카우라에 볼만한 게 뭐가 있을까요?"

"관음님 뵙고 오셨나요?"

"관음님요? 아아、엔가쿠지를、관음님이라고 하나요? 네。"

이 아주머니한테, 뭔가 고색창연한 옛날이야기를 들을 수 있을 것 같다。그런데, 그 방에, 피둥피둥 살이 찐 젊은 여자가 나타나더니, 이상하게 기분 나쁜 우스갯소리를 날려대는 바람에, 나는, 짜증을 주체할 수가 없어서, 사내라면 모름지기 솔직해야 하는 법, 하는 생각에,

"자네, 부탁이니 아래로 내려가 주지 않겠나?" 하고 말했다。나는 독자들에게 충고한다。사내는 요릿집에 가서 솔직하게 말을 해서는 아니 되느니。나는, 혼쭐이 났다。그 젊은 여종업원이, 토라져서 일어서자, 아주머니도 같이 일어나, 둘다 나가버렸다。하나가 방에서 쫓겨났는데, 다른 하나는 잠자코 앉아 있다? 그건 직원끼리 의리상 도저히 못할 짓인가 보다。나는 그 넓은 방에서 홀로 술을 마시며, 후카우라 항구의 등대 불빛을 바라보다, 여수만 더욱 깊어진 채 여관으로 돌아왔다。이튿날 아침, 울적한 마음으로 아침밥을 먹고 있는데, 주인이 술병과, 작은 접시를 들고 오더니,

"혹시, 쓰시마 집안 분 되시지요?" 하고 말한다。

"예。" 나는 숙박부에, '다자이'라고 필명을 적어두었다。

"맞지요? 어쩐지 닮으신 것 같더라니。저는 형님이신 에이

지 씨하고 중학교 동기생입니다만, 다자이라고 숙박부에 쓰셔서 몰랐는데, 어쩐지 너무 닮으셔서."

"하지만, 그건, 가짜 이름도 아닙니다."

"예, 예, 그것도 알고 있습니다. 다른 이름으로 소설을 쓰는 동생분이 계시다고, 들어서 알고 있습니다. 정말, 어제는 실례했습니다. 자, 한잔, 드시지요. 여기 쪽접시는, 전복 창자젓인데, 술안주로는 그만입니다."

나는 식사를 마치고, 그리고, 젓갈을 안주 삼아 술 한 병을 대접받았다. 젓갈은, 맛있었다. 정말, 맛이 좋았다. 이렇게, 쓰가루 변두리까지 왔는데도, 여전히 형들 영향력 덕을 보고 있다. 결국, 내 자력으로는 무엇 하나 할 수 없다는 사실을 자각하니, 창자로 스미는 전복 창자젓이 더더욱 짜게 느껴졌다. 요컨대, 내가 이곳 쓰가루 남쪽 끝에 있는 항구에서 건진 거라고는, 내 형들의 세력 범위를 확인했다는 것뿐, 나는, 멀거니 다시 기차에 올랐다.

아지가사와. 나는, 후카우라에서 돌아오는 길에, 이 오래된 항구 마을에 들렀다. 이 마을은, 쓰가루 서해안의 중심으로, 에도 시대에는, 꽤나 번성했던 항구이며, 쓰가루에서 나는 쌀 대부분은 이곳을 통해 실려 나갔고、또한 오사카 방면으로 가는 배의 발착지이기도 했다。수산물도 풍부하여、이곳 바다에서 건져 올린 생선은、죠카마치를 비롯、널리 쓰가루 평야 각 지역 가정의 밥상을 풍성하게 해주었다고 한다。그렇지만、지금은、인구 약 4천5백、기즈쿠리、후카우라보다도 적은 형편이라、과거의 왕성한 세력을 잃어가고 있는 듯하다。아지가사와[1]라고 하니 당연히、분명 옛날엔 한때、탐스러운 전갱이가 많이 잡혔던 곳인가 싶기도 하지만、우리 어린 시절에는、이곳 전갱이에 대해서는 전혀 들은 바 없고、단、도루묵은 유명했다。도루묵은、요즘 도쿄에도 가끔 배급이 된다고 하니、독자들도 알리라 생각하지만、한자로는 도루묵 신(鰰) 또는 도루묵 뢰(鱩)라고 쓰고、비늘이 없으며 크기는 대여섯 치(15cm~18cm)쯤 되는 생선인데、뭐、바다의 은어라고 생각한다면 크게 틀리지 않을 것이다。서해안 특산물로、아키타 지방이 오히려 본고장인 듯하다。도쿄 사람들은、도루묵이 기름져서 싫다고 하지만、쓰가루 사람들한테는 맛이 아주 담백하게 느껴진다。쓰가루에서는、싱싱

1 〈아지〉는 전갱이라는 뜻이며 〈~가사와〉는 '~가 풍부하다'는 의미이다.

한 도루묵을、잡자마자 연한 간장에 조려서 통째로 먹는데、스무 마리 서른 마리를 뚝딱 먹어 치우는 사람도 결코 드물지 않다。도루묵 모임 같은 게 있어서、제일 많이 먹은 사람한테는 상품을 준다는 이야기도 여러 번 들었다。도쿄로 올라오는 도루묵은 싱싱하지도 않거니와、요리법도 잘 모를 테니、훨씬 맛없게 느껴질 것이다。『세시기』[1] 같은 하이쿠 책에도、도루묵이 등장하는 것 같고、또한 도루묵 맛이 담백하다는 내용의 에도 시대 하이쿠 시인의 시 한 수를 읽은 기억도 있으니、어쩌면 에도 풍류가들은、도루묵을 진미라 여겼을지 모른다。뭐가 됐든 간에、도루묵을 먹는다는 건、겨울철 쓰가루의 화롯가에서 만끽할 수 있는 즐거움 중 하나임에는 틀림없다。나는、도루묵 덕분에 어린 시절부터 아지가사와라는 지명을 듣게 되었지만、눈으로 보기는、이번이 처음이었다。산을 등지면、앞쪽은 바로 바다。아주아주 길쭉한 마을이다。길거리에는 만물의 내음새、라는 본쵸[2]의 시를 떠오르게 하는、묘하게 탁하고 새큼달큼한 냄새가 나는 마을이다。강물도、걸쭉하고 탁하다。어딘가、지쳐 있다。기

1 하이쿠를 내용에 따라 계절별로 분류하여 활용할 수 있도록 엮은 책.
2 노자와 본쵸. 에도 시대 중기의 시인. 인용된 시는 "길거리에는 만물의 내음새가, 한여름 달밤."

즈쿠리처럼、여기도 기다란 고모히가 있지만、조금 부서졌고、기즈쿠리의 고모히 같은 서늘함이 없다。그날도、날씨가 상당히 좋았는데、햇살을 피해、고모히를 걸어도、이상하게 답답한 느낌이 든다。음식점이 많은 것 같다。옛날、여기는 흔히 말하는 명주집[1] 같은 게、꽤 성행했던 곳은 아닐까 하는 생각이 든다。지금도、그 흔적인지、소바집이 너덧 채、처마를 나란히 하고、지금 시대에는 보기 드물게 "쉬었다 가세요。" 라는 말로 길 가는 사람을 부른다。마침 점심때라、나는、그 소바집 가운데 한 집으로 들어가、쉬었다 가주었다。소바에、생선구이 두 접시를 곁들여、40전。소바 국물도、나쁘지 않았다。그건 그렇고、이 마을은 길다。해안을 따라 난 외길、가도 가도、똑같은 집들이 늘어서 있는데 아무런 변화도 없고、그저 지리하게 주욱 이어진다。나는、10리(4km)는 걸은 느낌이었다。겨우 마을 변두리로 나왔다가、다시 되돌아갔다。마을의 중심이라 할 만한 게 없다。마을이라면 십중팔구、그 마을의 중심 세력이、어느 한 곳에 모여서、마을의 무게 추가 되어、그 마을에 머물지 않고 그저 지나가는 나그

1 명주집(이름난 술을 파는 집)이라는 간판을 걸고 매춘을 하던 업소.

네라 해도、아아、이 부근이 클라이맥스구나、하고 느끼게끔 생겨먹기 마련인데、아지가사와에는 그게 없다。질부채의 고정못이 망가져、너덜너덜 풀어진 느낌이다。이거 이 마을에 세력 다툼 같은、어수선한 일이 있는 건 아닐까 하는、앞서 말했던 드가의 어설픈 정치담이 가슴속에 떠올랐을 정도로、어딘가、고정못이 헐거운 마을이었다。이렇게 쓰면서、나는 희미하게 쓴웃음을 짓고 있는데、후카우라든 아지가사와든、하다못해 내가 좋아하는 친구라도 있어서、아아 어서 오게、라는 말로 기쁘게 맞아주고、여기저기 데리고 다니면서 설명을 해주었다면、나는 또、생각 없이、내 직감을 버리고、후카우라、아지가사와、과연 쓰가루의 정수로다、하면서 감격스러운 필치로 글을 썼을지도 모를 일이니、참으로、여행기 따위는 믿을 것이 못 된다。그러니 후카우라、아지가사와 사람들은、만약 이 책을 읽더라도、가볍게 웃고 넘어가주길 바란다。내 여행기는、결코 본질적으로、그대들의 고향 땅을 모독할 만한 권위랄 것도 없으니까。

아지가사와를 떠나、다시 고노 선을 타고 고쇼가와라로 돌아온 것은、그날 오후 두 시。나는 역에서、곧장、나카하타 씨[1] 집을 찾아갔다。나카하타 씨에 대해서는、나도 최근、「귀거래」「고향」 같은 일련의 작품에 자세히 써 두었을 터이니、여기에서 장황하게 반복하지는 않겠지만、나의 20대 시절 갖가지 난잡한 일의 뒤처리를、조금도 싫은 내색을 하지 않고 맡아주었던 은인이다。오랜만에 만난 나카하타 씨는、애처로울 정도로、많이 늙어 있었다。작년에、병을 앓았는데、그 후로、이렇게 야위었다고 한다。

"시절이 시절이구먼。자네가、이런 모습으로 도쿄에서 찾아온 걸 보면。" 하고、그래도 기쁘다는 듯、내 거지 같은 몰골을 지그시 바라보다、"어? 양말이 떨어졌네。" 하더니、스윽 일어나 장롱에서 좋은 양말을 한 켤레 꺼내 나에게 건넸다。

"이제、하이카라쵸에 가보려고요。"

"아、그거 좋지。갔다 오게。그래、케이코、같이 가드려라。" 하고 나카하타 씨는、부쩍 야위었지만、성격 급한 건、역시 옛날 그대로다。고쇼가와라에 사는 우리 이모 가족이、하이카라쵸에 살고 있다。내 어린 시절에는、그 동네 이름이 하이카라쵸였는데、지금은 오마치라나 뭐라나、이름이 바뀐

1 다자이 오사무가 도쿄에서 저지른 사고를 수습해준 사람으로 〈인간실격〉에서 〈넙치〉라는 인물로 등장한다.

것 같다。 고쇼가와라에 대해서는、 서편에도 썼지만、 여기에는 내 어린 시절 추억이 많다。 사오 년 전、 나는 고쇼가와라 어느 신문에 다음과 같은 수필을 발표했다。

"이모가 고쇼가와라에 계셔서、 어릴 적 종종 고쇼가와라에 놀러 갔습니다。 아사히자[1] 개장 공연도 보러 갔습니다。 소학교 삼사 학년 즈음이었던 것 같습니다。 분명히 도모에몬[2]이었을 겁니다。 우메노 요시베[3] 때문에 울었습니다。 회전무대[4]를、 그때、 난생처음 보고、 나도 모르게 자리에서 벌떡 일어났을 정도로 놀랐습니다。 이 아사히자는、 그 후 얼마 안 가 화재가 나서、 전소되었습니다。 그때의 불길이、 가나기에서、 똑똑히 보였습니다。 영사실에서 불이 났다는 소문이었습니다。 그리고、 영화 구경을 하던 소학교 학생이 열 명 정도 불에 타 죽었습니다。 영사기 기사가 죄를 추궁당했습니다。 과실상해치사라나 뭐라나 하는 죄명이었습니다。 어린 나이에도、 어찌된 영문인지、 그 기사의 죄명과 운명은 잊을 수가 없었습니다。 아사히자라는 이름이 '불 화(火)' 자와 연관이 있

1 고쇼가와라 역 근처에 있던 극장으로 1922년 9월 30일, 다자이 오사무 13세 때 화재로 소실되었다. 2 가부키 명문 오타니 가문의 배우들에게 대대로 전해지는 명칭. 3 가부키에 등장하는 인물로 오사카의 도적 우메시부 기치베를 의로운 검객으로 각색한 것. 4 회전하면서 배경을 전환하는 장치로 가부키 특유의 무대 장치.

어서 불이 난 것[1]이라는 이야기도 들었습니다。 20년도 더 된 일입니다。

일곱 살인가 여덟 살 때쯤、 고쇼가와라 번화가를 걷다가、 시궁창에 빠졌습니다。 꽤 깊어서、 물이 턱밑까지 찼습니다。 모르긴 해도 석 자(90cm) 가까이 되었을 겁니다。 밤이었습니다。 위에서 아저씨가 손을 내밀어 주어서 거기에 매달렸습니다。 끌려 올라와 여러 사람이 둘러싸고 지켜보는 가운데 발가벗겨져서、 정말 난감했습니다。 마침 헌옷 가게 앞이라、 그 가게의 헌옷을 재빨리 입었습니다。 여자아이용 유카타[2]였습니다。 허리띠도、 어린이용 녹색 허리띠였습니다。 너무나 창피했습니다。 이모가 아연실색해서 뛰어왔습니다。

나는 이모에게 귀여움을 받으며 자랐습니다。 나는、 남자다운 성격이 아니라서、 이래저래 다른 사람들에게 놀림을 받아、 혼자 비뚤어져 있었지만、 이모만은、 나를、 멋진 남자라고 말해 주었습니다。 다른 사람이、 나의 외모에 대해 험담을 하면、 이모는、 진심으로 화를 냈습니다。 전부 흐릿한 추억이 되었습니다。”

---

1 아사히자(旭座)의 아사히(旭)는 '해 돋을 욱', 또는 '빛날 욱'으로 불과 연관이 있다.
2 여름에 입는 홑옷. 목욕 후 또는 잠옷으로 주로 입는다.

나카하타 씨의 외동딸 케이짱과 함께 나카하타 씨 집을 나와서、

“내가 이와키 강을、좀 보고 싶어서 그러는데……、여기서 멀어?”

바로 요 앞이란다。

“그럼 좀 데려다줘。”

케이짱이 안내해주어 마을 길을 5분쯤 걸었나 싶었는데、벌써 큰 강이다。어렸을 적에、이모랑 손잡고、이 강가에 여러 번 왔던 기억이 나긴 하지만、마을에서 훨씬 멀었던 것 같았다。어린애 걸음으로는、이 정도 길도、상당히 멀다고 느꼈겠지。게다가 나는、집 안에만 있었고、밖에 나가기가 무서워서、나갈 때는 어지럼증이 날 만큼 긴장하곤 했으니、더더욱 멀게 느껴졌을 것이다。다리가 있군。이건、기억과 그리 다르지 않다。지금 봐도 예전과 똑같이、긴 다리다。

“이누이 다리、였던가?”

“네、맞아요。”

“이누이、며는、무슨 한자였더라? 방향을 나타내는 하늘 건(乾) 자였나?”

"글쎄요、그렇겠지요?" 하고 웃는다。

"자신 없다、그거냐? 아무렴 어떠냐、건너나 보자。"

나는 한 손으로 난간을 쓰다듬으며 천천히 다리를 건넜다。경치 좋다。도쿄 인근 강 중에서는、아라카와 방수로[1]와 가장 비슷하다。강변을 뒤덮은 초록 풀밭에서 아지랑이가 피어올라、왠지 눈이 빙빙 도는 것 같다。그렇게 이와키 강은、강기슭의 풀을 핥으며、은빛으로 흐르고 있다。

"여름에는、사람들이 전부 여기로 시원한 저녁 바람을 쐬러 와요。달리 갈 데도 없고。"

고쇼가와라 사람들은 노는 걸 좋아하니까、꽤나 북적거릴 것 같다。

"저게、이번에 생긴 초혼당[2]이에요。" 케이쨩은、강 상류 쪽을 가리키더니、"아버지의 자랑 초혼당。" 하고 웃으면서 목소리를 낮춰 설명을 덧붙인다。

상당히 훌륭한 건축물 같다。나카하타 씨는 재향군인 간부다。이 초혼당 개축에 관해서도、의협심을 발휘하여 이리저리 바쁘게 뛰어다녔음이 틀림없다。다리를 다 건너고 나

---

1 도쿄를 가로질러 흐르는 아라카와 강의 범람을 막기 위해 만든 넓은 배수로. 보통 아라카와 강이라고 한다.
2 태평양전쟁 사망자의 혼을 위로하기 위한 사당.

서、우리는 다리 옆에 잠깐 서서 이야기를 했다。

“사과나무는 이제、간벌이라고 하나? 조금씩 솎아내고、그 자리에 마령서(감자)인지 뭔지 그걸 심는다고 하던데。”

“지역에 따라 다르지 않을까요? 이 동네에서는、아직、그런 이야기는 없는데。”

높다란 강둑 뒤쪽으로、사과밭이 있는데、하얀 가루 같은 꽃이 만개했다。나는 사과꽃을 보면、분 냄새를 느낀다。

“케이쨩이、사과를 많이 보내줬잖아。이번에、데릴사위 들인다고?”

“네。” 조금도 부끄러운 기색 없이、진지하게 고개를 끄덕였다。

“언제? 아직 멀었어?”

“낼모레요。”

“헤에?” 나는 깜작 놀랐다。그렇지만、케이쨩은、마치 남 말하듯、천연덕스럽다。“이제 가자。바쁘지?”

“아뇨、전혀。” 지독하게 차분하다。외동딸에、그리고 데릴사위를 양자로 들여、집안을 이으려는 사람은、열아홉 스물 어린 나이에도、역시 어딘가 다르긴 다르구나、나는 마음속으로 감탄했다。

“내일 고도마리에 가서、” 발길을 돌려、다시 긴 다리를 건너면서、나는 화제를 바꿨다。“다케를 만나려고。”

“다케? 소설에 나오는 그 다케요?”

“응、맞아。”

“좋아하시겠네요。”

“글쎄。만날 수 있으면 좋으련만。”

이번에 쓰가루에 와서、꼭、만나고 싶은 사람이 있었다。나는 그 사람을、내 엄마로 생각한다。30년 가까이 못 봤지만、나는、그 사람 얼굴을 잊지 못한다。내 일생은、그 사람에 의해 결정되었다고 할 수 있을지도 모른다。아래는、내 작품 「추억」 속 문장이다。

“예닐곱 살이 되면 추억도 또렷해진다。나는 다케라는 하녀에게 책 읽기를 배웠고 둘이서 이런저런 책을 함께 읽었다。다케는 내 교육에 열심이었다。나는 몸이 약해、누워서 많은 책을 읽었다。읽을 만한 책이 없으면、다케는 마을 일요학교 같은 델 가서 어린이 책을 쉴 새 없이 빌려 와서는 나더러 읽으라고 했다。나는 묵독하는 법을 알고 있어서、아무리 책을 읽어도 피곤하지 않았다。다케는 또、나에게 도덕을 가르쳤다。절에 자주 데려가서、지옥과 극락이 그려진 족자를 보여주며 설명을 해주었다。불을 지른 사람은 시뻘건 불이 이글이글 타오르는 바구니를 등에 짊어지고、첩을 둔 사람은 머리가 두 개 달린 시퍼런 뱀에게 몸이 휘감겨、괴로워한다。피연못、바늘산、뿌연 연기가 자욱한 바닥 모를 무간나락、눈길 가는 곳마다、창백하고 야윈 사람들이 입을 조그맣게 벌리고 울부짖고 있었다。거짓말 하면 지옥에 가서 이렇게 도깨비한테 혀를 뽑혀요、하는 말을 들었을 때 나는 무서워서 울음을 터뜨렸다。

그 절 뒤편 높직한 곳에 묘지가 있었고、황매화나무인지 뭔지로 된 산울타리를 따라 수많은 솔탑파[1]가 숲처럼 서 있었다。솔탑파 중에는、보름달만한 크기로 수레바퀴 같은 검은 쇠바퀴가 달려 있는 것이 있는데、그 쇠바퀴를 덜그럭덜그럭 돌려서、잠시 돌아가다가、그대로 멈춘 채 가만히 있으면 바퀴를 돌린 사람은 극락에 가고、멈추려고 하다가、다시 덜그럭거리며 반대 방향으로 돌아가면 지옥에 떨어진다、

1죽은 사람을 위해 경문 구절 따위를 적어 묘지에 세운 갸름한 나무판자.

고 다케는 말했다。다케가 돌리면、매번 예쁜 소리를 내면서 한바탕 돌다가、가만히 멈추지만、내가 돌리면 이따금씩 반대로 돌기도 했다。가을쯤으로 기억한다。나 혼자 절에 가서 그 쇠바퀴를 죄다 돌려봤는데 모두 짠 것처럼 덜그럭덜그럭 반대로 돌아간 날이 있었다。나는 터지는 울화통을 억누르면서 열 번이고 스무 번이고 할 것 없이 집요하게 계속 돌려댔다。해가 지려고 해서、나는 절망하며 묘지에서 나왔다。(중략) 이윽고 나는 고향의 소학교에 들어갔지만、추억도 그와 함께 크게 바뀐다。다케가、어느 사이엔가 사라졌다。어디 어촌으로 시집을 갔다는데、내가 다케를 쫓아갈 거라고 걱정했는지、나한텐 한마디도 없이 갑자기 사라졌다。그 이듬해였나? 백중날、다케가 우리 집에 놀러 왔는데、어쩐지 서먹서먹했다。나에게 학교 성적을 물었다。나는 대답하지 않았다。누가 대신 말해줬다고 한다。다케는、방심은 금물、이라고 말했을 뿐、딱히 칭찬도 해주지 않았다。”

내 어머니는 몸이 병약해서、난 어머니 젖을 한 방울도 못 먹고、태어나자마자 유모 품에 안겼는데、세 살이 되어 비실비실 일어나 걸을 수 있게 되었을 즈음、유모와 떨어졌고、유모 대신 아이를 돌볼 사람으로 고용된 것이, 다케였다. 나는 밤에는 이모 품에서 잤지만, 그때 말고는 언제나, 다케와 함께 있었다. 세 살부터 여덟 살까지, 다케가 나를 교육했다. 그리고, 어느 날 아침, 문득 잠에서 깨어, 다케를 불렀는데, 다케가 오지를 않는다. 덜컥했다. 뭔가를 직감했다. 나는 엉엉 울었다. 다케가 없어, 다케가 없어, 하고 애끊는 심정으로 울고불고, 그 후로, 이틀, 사흘, 나는 흐느껴 울기만 했다. 지금도, 그날의 고통을, 잊지 않았다. 그리고, 1년쯤 지나, 뜻하지 않게 다케와 만났지만, 다케가 이상하게 데면데면하게 대하는 바람에, 나는 너무너무 원망스러웠다. 그것을 마지막으로, 다케를 보지 못했다. 너덧 해 전, 나는 「고향에 부치는 말」이라는 라디오 방송 의뢰를 받고, 그때, 『추억』이라는 작품 속 다케가 나오는 부분을 낭독했다. 고향, 하면, 다케가 떠오른다. 다케는, 그때 그 낭독 방송을 듣지 못했을 것이다. 아무런 소식도 없었다. 그렇게 오늘까지 왔고, 이번 쓰가루 여행을 떠날 당시부터, 나는, 다케를 한번 보고 싶다는 간절한 염원을 품고 있었다. 좋은 일은 뒤로 미룬다, 나에겐 그런, 자제심을 남몰래 즐기는 취미가 있다. 나는 다케가 살고 있는 고도마리로 가는 것을, 이번 여행의 끝자락에 남겨두었다. 아니, 고도마리에 가기 전, 고쇼가와라에서 곧장 히로사키로 가서, 히로사키 거리를 돌아다니다가 오와니 온천에라도 가서 하룻밤 묵고, 그리고, 그런 다음에 마지막으로 고도마리에 가려고 했지만, 도쿄에서 조금밖에 챙겨오지 않은 나의 여비도, 슬슬 불안하고, 게다가, 아마도 여행의 피로가 쌓여서 그렇겠지만, 이제부터 또 여기저기 돌아다니기도 싫어서, 오와니 온천은 포기하고, 히로사키는, 도쿄로 돌아가는 길에 잠깐 들르는 식으로 계획을 변경하여, 오늘은 고쇼가와라 이모 집에 하룻밤 묵고, 내일, 고쇼가와라에서 곧장, 고도마리로 가자고 마음을 먹은 것이다. 케이쨩과 함께 하이카라쵸 이모 집에 가보니, 이모는 집에 없었다. 이모 손자가 아파서 히로사키에 있는 병원에 입원했는데, 그 병수발을 들러 가 있다고 한다.

"슈지가, 쓰가루에 왔다는 걸, 엄마는 벌써 알고 있던데, 꼭 보고 싶으니까 히로사키로 와달라고 전화가 왔었어." 하고 사촌누이가 웃으며 말했다. 이모는 의사 선생님을 사촌누이 데릴사위로 들여 집안을 잇게 했다.

“아、 히로사키에는、 도쿄로 돌아갈 때、 잠깐 들를 생각이니까、 병원에도 꼭 가볼게요。”

“내일 고도마리에 사는、 다케한테 간대요。” 케이쨩은、 이래저래 자기 결혼 준비로 바쁠 텐데、 집에도 안 가고、 천하태평、 나를 따라다니고 있다。

“다케한테?” 사촌누이는、 진심어린 얼굴로、 “그거、 좋겠네。 다케도、 얼마나、 좋아할까、 몰라。” 사촌누이는、 내가 다케를、 얼마나 지금까지 그리워하고 있었는지 아는 것 같다。

“하지만、 만날 수 있을지 어떨지。” 나는、 그게 걱정이었다。 물론 아무런 약속도 하지 않았다。 고도마리에 사는 고시노 다케。 그 단서 하나만 믿고、 나는 간다。

“고도마리 가는 버스는、 하루에 한 번 있다고 하던데、” 하고 케이쨩은 일어서서、 부엌에 붙여놓은 시간표를 찾아보더니、 “내일 첫 기차로 여기서 출발하지 않으면、 나카사토에서 떠나는 버스 시간에 못 맞춰요。 중요한 날에、 늦잠 주무시지 마시고。” 정작 자기 중요한 날은 통째로 잊어먹고 있는 것 같다。 여덟 시 첫 기차로 고쇼가와라를 출발해、 쓰가루 철도를 북쪽으로 거슬러 올라、 가나기를 지나、 쓰가루 철도의 종점인 나카사토에 아홉 시 도착, 그리고 고도마리행 버스를 타고 약 두 시간. 내일 점심 무렵에는 고도마리에 도착할 수 있다는 계산이 섰다. 날이 저물고, 케이짱이 드디어 집으로 돌아가는 것과 엇갈려, 선생님(데릴사위로 들인 의사 선생님을, 우리는 옛날부터 고유명사처럼, 그렇게 부른다.)이 병원을 마치고 오셨고, 그 후로 술을 마시면서, 나는 뭔가 실없는 이야기를 하면서 밤을 지새웠다.

이튿날 아침, 사촌누이가 깨워서, 부리나케 밥을 먹고 역으로 뛰어가, 겨우 첫 기차 시간에 댔다. 오늘도 역시, 날씨가 좋다. 내 머리는 몽롱하다. 숙취인가? 하이카라쵸 이모 집에는, 무서운 사람도 없어서, 지난밤에, 과음을 좀 했다. 진땀이, 송골송골 이마에 솟아난다. 산뜻한 아침 해가 기차 안으로 비쳐들자, 나 혼자만 탁하고 더럽고 부패한 것 같아, 도저히, 견딜 수가 없다. 이러한 자기혐오를, 과음한 다음 날 반드시, 아마도 수천 번, 되풀이해 경험하면서도, 아직도 술을 단호히 끊을 마음은 들지 않는다. 술꾼이라는 약점 때문에, 이런저런 사람들이 나를 업신여긴다. 세상에, 술이 없었더라면, 나 어쩌면 성자가 되었을지도 몰라, 하는 한심한 생각을 유난히 진지하게 하면서, 멍하니 창밖으로 쓰가루 평야를 바라보다가, 이윽고 가나기를 지나, 아시노 공원 역이라는 건널목 초소만큼 작은 역에 도착했는데, 가나기 마을 이장이 도쿄에 갔다가 돌아오는 길에 우에노 역에서 아시노 공원 가는 기차표를 달라고 했지만, 그런 역은 없다는 말에, 벌컥 화를 내며, 쓰가루 철도 아시노 공원 역을 모르느냐, 역원에게 30분이나 찾아보게 한 끝에, 결국 아시노 공원 표를 손에 넣었다고 하는 옛 일화가 떠올라, 창밖으로 머리를 내밀고 그 작은 역을 구경하는데, 그때 막 구루메가스리 기모노에 몸뻬 바지를 입은 어린 소녀가, 커다란 보따리 두 개를 양손에 들고 표를 입에 문 채로 개찰구로 달려와서는, 눈을 지그시 감고 개찰하는 미소년 역원에게 얼굴을 살포시 내밀자, 미소년도 조심조심, 그 새하얀 이 사이에 물려 있는 빨간 차표에, 마치 숙련된 치과의사가 앓니를 뽑듯, 야무진 손놀림으로, 짤까닥 하고 개표 구멍[1]을 냈다。 소녀도 미소년도, 전혀 웃지 않는다。 당연하다는 듯 덤덤하다。 소녀가 기차에 오르자마자, 덜커덩 하고 발차。 마치, 기관사는 그 소녀

[1]과거에는 승차권 재사용을 막기 위해 탑승 시 승차권에 구멍을 뚫어 표시했다.

가 타기를 기다렸던 것 같다。이런 한가로운 역은 전국에서도 찾아보기 그다지 쉽지 않을 것이다。가나기 마을 이장은、다음에 또 우에노 역에서、더 큰 소리로、아시노 공원! 이라고 호통을 쳐도 괜찮을 거라는 생각을 했다。기차는、낙엽송 숲속을 달린다。이 주변은、가나기의 공원으로 지정되어 있다。호수가 보인다。이름은 아시노 호수。오래 전 이 호수에、형이 유람 보트를 한 척 기증했을 것이다。곧 나카사토에 도착한다。인구、4천의 작은 마을。이 근처부터 쓰가루 평야도 좁아지는데、더 북쪽으로 우치가타、아이우치、와키모토 같은 마을에 이르면 논도 부쩍 줄어서、음、여기를 쓰가루 평야의 북쪽 관문이라 할 수 있을 것 같다。나는 어린 시절、이곳에서 가나마루라는 포목점을 운영하는 친척집에 놀러 온 적이 있다。네 살 무렵이었나? 마을 어귀에 있는 폭포 말고는、아무것도 기억에 남아 있지 않다。

"슛짜앙。" 하고 부르는 소리에、돌아보니、그 가나마루의 따님이 웃고 있다。나보다 한두 살 연상인 걸로 아는데、별로 늙지를 않았네。

"오랜만이야。어디 가?"

"어、고도마리。" 나는 이미、어서 빨리 다케를 만나고 싶어서、다른 일은 모두 흥뚱항뚱이다。"나 이 버스 타야 돼。그럼、이만。"

"그래。오는 길에、우리 집에도 들러。이번에 저 산 위에、새로 집을 지었거든。"

손가락으로 가리킨 쪽을 보니、역에서 오른편 푸릇푸릇한 동산 위에 새 집이 한 채 서 있다。다케만 아니었어도、나는 틀림없이 소꿉친구와의 우연한 만남을 기뻐하며、저기 새로 지은 집에 들러、천천히 나카사토 이야기라도 들었을 테지만、여하튼 일각을 다투는 것처럼 괜히 마음만 조급해서、

"그럼、또 보자。" 하고、대충 인사를 하고、후다닥 버스에 타버렸다。버스는、꽤 북적거렸다。나는 고도마리까지 약 두 시간、서서 갔다。나카사토 북쪽은、내가 태어나서 처음 보는 땅이다。쓰가루의 먼 조상이라 불리는 안도 씨 일족이、이 주변에 살았고、쥬산 항구의 번영에 대한 이야기는 앞에서도 했지만、쓰가루 평야 역사의 중심은、이 나카사토와 고도마리 사이에 있었다고 한다。버스는 산길을 올라 북쪽으로 나아간다。길이 안 좋은지、꽤 험하게 흔들린다。나는 그

물 선반 옆에 있는 봉을 단단히 붙잡고, 허리를 구부려 버스 차창 밖 풍경을 내다본다. 역시나, 북쓰가루. 후카우라 풍경에 비해서, 어딘지 모르게 사납다. 사람의 살냄새가 나지 않는다. 산중의 수목도, 가시덩굴도, 조릿대도, 사람과 완전히 무관계하게 살고 있다. 동해안 닷피와 비교하면, 훨씬 사근사근하지만, 그러나, 이 주변 초목도 역시 '풍경'이 되기 일보직전, 조금도 나그네와 대화를 하려 하지 않는다. 곧이어, 쥬산 호수가 냉랭하고 하얗게 눈앞에 펼쳐진다. 얕은 진주조개 조가비에 물을 담은 듯, 기품은 있으나 허전한 느낌의 호수다. 물결 하나 없다. 배도 안 떠 있다. 쥐 죽은 듯 조용하고, 그리고, 꽤 넓다. 사람들에게 버림받은 고독한 웅덩이. 흘러가는 구름도 날아가는 새 그림자도, 이 호수면에는 비치지 않을 듯한 느낌이다. 쥬산 호수를 지나면, 머지않아 일본해 해안이 나온다. 이 부근부터 슬슬 국방상 중요한 장소이므로, 항상 그렇듯 더 이상은, 세세한 묘사를 피하기로 하자. 정오 조금 전에, 나는 고도마리에 도착했다. 여기는, 혼슈 서해안 최북단의 항구 마을이다. 이보다 북쪽은, 산을 넘으면 바로 동해안 닷피다. 서해안 마을은, 여기에서 끝이 나게 된다。한마디로 나는、고쇼가와라 일대를 중심으로、괘종 시계 추처럼、옛 쓰가루 령 서해안 남단의 후카우라에서 훌쩍 되돌아왔다가 이번에는 단숨에 같은 서해안 북단의 고도마리까지 오고야 말았던 것이다。이곳은 인구 2천5백 정도의 자그마한 어촌이지만、중고 시대(794년~1192년) 무렵부터 이미 다른 지역의 선박이 드나들었고、특히 에조를 왕래하던 배가、강한 동풍을 피할 때에는 반드시 이 항구에 들어와 잠시 정박했다고 한다。에도 시대에는、가까운 쥬산 항구와 함께 쌀과 목재를 활발하게 실어 날랐다는 사실、앞에서도 누차 언급했던 바이다。지금도、이 마을 항구는、마을에 어울리지 않을 만큼 훌륭하다。논은、마을 외곽에、아주 조금 있을 뿐이지만、수산물은 상당히 풍부하여、볼락、쥐노래미、오징어、정어리 같은 어류 외에、다시마、미역 같은 해초도 많이 난다고 한다。

"고시노 다케、라는 사람 아시나요?" 나는 버스에서 내려、그 주변을 지나가는 사람을 붙잡고、냉큼 물었다。

"고시노、다케、요?" 국민복[1]을 입은、마을 사무소 공무

[1]전쟁 중 물자 통제를 위해 제정한 군복과 유사한 형태의 남성용 표준 복장.

원이 아닐까 생각되는 중년 남자가, 고개를 갸웃하며, "이 마을에는, 고시노라는 성을 쓰는 집이 많아서요."

"전에 가나기에 살던 사람인데요. 그리고, 지금, 쉰쯤 됐을 겁니다." 나는 필사적이다.

"아아, 알겠다. 그 사람이라면, 예, 있습니다."

"있어요? 어디지요? 집이 어디쯤이지요?"

나는 가르쳐준 대로 가서, 다케의 집을 찾아냈다. 길에 면한 쪽 너비가 세 간(5.4m)쯤 되는 아담한 철물점이었다. 도쿄에 있는 우리 판잣집보다 열 배는 좋다. 가게 앞에 커튼이 드리워져 있다. 안 돼, 하는 생각에 입구 유리문으로 달려갔는데, 아닌 게 아니라, 문에 작은 자물쇠가, 철커덕 채워져 있는 것이다. 다른 유리문에도 손을 대봤지만, 모두 굳게 닫혀 있다. 집에 없다. 나는 눈앞이 캄캄해져, 땀을 훔쳤다. 이사 갔다, 든가 그런 건 아니겠지. 어디, 잠깐 나갔나? 아니, 도쿄와 달리, 시골에서는 잠깐 외출하면서, 가게에 커튼을 치고, 문단속을 하지는 않는다. 이삼일? 아니면 더 오래? 이런, 낭패가. 다케는, 어딘가 다른 마을에 간 것이다. 그럴 수도 있지. 집만 알면, 이제 다 된 일이라고 생각했던 내가 바보였다。나는 유리문을 두드리며、고시노 씨、고시노 씨、하고 불러봤지만、말할 것도 없이、대답이 있을 리가 없다。한숨을 쉬며 그 집에서 멀어져、대각선으로 마주보고 있는 담뱃가게로 들어가、고시노 씨 댁에 아무도 없는 것 같던데、어디 갔는지 혹시 모르십니까? 하고 물었다。앙상한 할머니는、운동회에 갔나? 하고 별일 아니라는 듯 대답했다。나는 기세가 올라、

"그러면、그 운동회는、어디서 하지요? 요 근처인가요? 아니면……。"

바로 요 앞이란다。이 길을 쭈욱 가면 논이 나오고、더 가면 학교가 있는데、운동회는 그 학교 뒤에서 하고 있단다。

"오늘 아침에、찬합 들고、애랑 같이 가던데。"

"그래요? 감사합니다。"

가르쳐준 대로 가보니、과연 논이 나오고、논두렁길을 따라가니 모래언덕이 나오는데、그 모래언덕 위에 국민학교가 있다。학교 뒤로 돌아가서、나는、깜짝 놀랐다。이런 기분을、꿈꾸는 것 같다고 하나? 혼슈 북쪽 끄트머리 어촌에서、옛날과 조금도 다르지 않은 모습으로、슬프도록 아름답고 활기찬 축제가, 지금 눈앞에 벌어지고 있는 것이다。제일 먼저, 만국기。한껏 차려입은 아가씨들。여기저기 백주 대낮의 취객。그리고 운동장 주위로, 백 개 가까운 천막이 빽빽이 줄지어 들어섰고, 아니, 운동장 주위만으로는 자리가 부족했는지, 운동장을 내려다볼 수 있을 만한 높직한 언던 위에까지 돗자리를 천막처럼 깔끔하게 둘러쳐 오두막을 만들었는데, 마침 지금이 점심시간인지, 백여 채의 오두막 안에, 가족끼리 찬합을 펼쳐놓고, 남자들은 술을 마시고, 아이들과 여자들은, 밥을 먹으며, 너무나 기분 좋게 웃고 떠들고 있다。일본은, 신기한 나라라고, 가만히 생각했다。분명, 해가 뜨는 나라라고 생각했다。국운을 건 전쟁이 한창이지만, 혼슈 북쪽 끄트머리 외진 마을에서는, 이렇게 해맑고 신비로운 잔치가 열리고 있다。고대 신들의 호방한 웃음과 활달한 춤사위를 이 혼슈 외딴곳에서 직접 보고 듣는 기분이었다。산 넘고 바다 건너 어머니를 찾아 3만 리를 떠돌아, 다다른 땅끝 모래언덕 위에, 화려한 신악[1]이 열리고 있더라는 옛날이야기의 주인공이 된 기분이었다。자 이제, 나는, 이 기운찬 신

1 신에게 제사를 지내거나 신의 노여움을 풀기 위해 연주하는 음악.

악의 향연 속에서, 나를 길러준 어버이를 찾아야만 한다. 헤어지고, 어언 30년 가까이 된다. 눈이 크고 뺨이 붉은 사람이었다. 오른쪽인가, 왼쪽 눈꺼풀 위에, 빨간 점이 작게 있었다. 그것뿐이 기억을 못하겠다. 보면, 알아. 자신은 있었지만, 이 군중 속에서 찾아내기란, 어렵겠구나, 하고 나는 운동장을 둘러보며 울먹였다. 도무지, 손을 쓸 방도가 없다. 나는 그저, 운동장 주변을, 어슬렁어슬렁 돌아다닐 뿐.

"고시노 다케라는 사람, 어디 있는지, 아시나요?" 나는 용기를 내어, 한 청년한테 물었다. "쉰쯤 됐고, 철물점을 하는 고시노요." 그게 다케에 대해 내가 아는 전부였다.

"철물점 고시노……." 청년은 곰곰이 생각하더니, "아, 저기 저 근처 천막에 있었던 것 같은데."

"그렇습니까? 저 근처요?"

"글쎄요, 확실히는 모릅니다. 왠지, 본 것 같은데, 음, 찾아보세요."

그 찾아보는 게 큰일이라니까. 아무리 그래도, 30년 만에 어쩌구저쩌구 하면서, 꼴사납게 미주알고주알 털어놓을 수도 없다. 나는 청년한테 인사를 하고, 막연히 가리킨 쪽으로 가서 우왕좌왕해봤지만, 그런 식으로 찾을 리 만무했다. 급기야 나는, 한창 점심을 먹고 있는 단란한 천막 안으로, 불쑥 얼굴을 들이밀고는,

“죄송합니다. 저기, 실례지만, 고시노 다케, 그게, 철물점 고시노 다케, 여기 안 계신가요?”

“없는데요.” 뚱뚱한 아주머니는 불쾌하다는 듯 눈살을 찌푸리며 말한다.

“그렇습니까. 실례했습니다. 뭐 어디, 이 근처에서 못 보셨나요?”

“글쎄요, 모르겠는데, 워낙, 사람이 많아서.”

그리고 나는 또 다른 천막을 들여다보며 물었다. 모른다. 또 다른 천막. 마치 뭔가에 홀린 듯, 다케 있나요? 철물점 다케 있나요? 묻고 다니며, 운동장을 두 바퀴나 돌았지만, 못 찾겠다. 숙취 때문인지, 목이 타 죽겠다. 학교 우물에 가 물을 떠 마시고, 그러고 나서 다시 운동장으로 되돌아와, 모래밭 위에 앉아, 점퍼를 벗고 땀을 닦으며, 남녀노소의 행복한 흥청거림을, 멍하니 바라보았다. 이 중에, 있다. 틀림없이 있다. 지금은, 내가 이렇게 고생하는지도 모르고, 찬합을 펼쳐

놓고 아이들에게 밥을 먹이고 있겠지。차라리、학교 선생님한테 부탁해서、메가폰으로 "고시노 다케 씨、면회요!" 하고 외쳐달라고 할까? 하고도 생각했지만、그런 폭력적인 수단은 아무래도 싫었다。그런 요란스럽고 짓궂은 장난 같은 짓까지 해서 억지로 나의 행복을 그럴듯하게 꾸며내기는 싫었다。인연이 없는 것이다。신이 만나지 말라고 하는 것이다。돌아가자。나는、점퍼를 입고 일어섰다。다시 논두렁길을 따라 걸어、마을로 돌아왔다。운동회가 끝나는 게 네 시쯤일까? 앞으로 네 시간、요 근처 여관에서 뒹굴뒹굴하면서、다케가 돌아올 때까지 기다려도 되잖아? 그렇게도 생각했지만、그 네 시간、너저분한 여관방에서 청승맞게 기다리다가、에이、다케고 뭐고 아무렴 어떠냐、하는 괘씸한 마음이 생기지는 않을지。나는、지금 이 기분 이대로 다케를 만나고 싶다。그러나、아무리 해도 만날 수가 없다。말하자면、인연이 없는 것이다。아득히 먼 길 여기까지 찾아와、바로 여기、지금 여기 있다는 걸 분명히 알면서도、못 만나고 돌아간다……、지금까지 요령 없이 살아온 내 인생에 어울리는 사건일지도 모른다。내가 기뻐서 어쩔 줄을 모르며 세웠던 계획은、항상 이런 식으로, 꼭, 엉망이 되고 만다. 나는 그런 지독한 숙명을 타고났으리라. 돌아가자. 생각해보면, 아무리 키워준 어버이라지만, 노골적으로 말하면 고용인. 하녀잖아. 너는, 하녀의 자식이란 말이냐? 남자가, 낫살이나 먹고, 옛날 하녀가 보고 싶어서, 한번 만나고 싶다는 둥 뭐라는 둥, 그래서 너는 틀렸다는 거야. 형들이 너를, 천박하고 계집애 같은 녀석이라고 한심하게 보는 것도 일리가 있다. 너는 형제들 중에서도, 혼자만 유달리, 어찌하여 그렇게 칠칠치 못하고, 구질구질하고, 천박한 것이냐. 정신 차려! 나는 버스 터미널에 가서, 버스 출발 시간을 물었다. 한 시 반에 나카사토행 버스가 온다. 음, 그 버스 한 대뿐이고, 다음 차는 없다고 한다. 한 시 반 버스로 돌아가는 것으로 마음을 굳혔다. 아직 30분 정도 짬이 있다. 살짝 배도 고파졌다. 나는 버스 터미널 근처에 있는 우중충한 여관으로 들어가, "지금 빨리 점심을 좀 먹고 싶은데요." 하고 말하면서, 한편 내심으로는, 역시 미련이 남아, 만약에 이 여관이 느낌이 좋으면, 여기서 네 시까지 쉬다가……, 하는 마음도 있었는데, 안 된단다. 오늘은 가게 사람들이 모두 운동회에 가 있어서, 아무것도 못 한다고 몸이 아파 보이는 여주인이, 안쪽에서 핼끔 얼굴을 내밀고 쌀쌀맞게 대답했다. 결국 돌아가기로 마음먹고, 버스 타는 곳 벤치에 앉아, 10분 정도 쉬고는 다시 일어나 어슬렁어슬렁 그 주변을 서성이다가, 그럼, 딱 한 번만 더, 다케가 나가고 없는 집 앞까지 가서, 남몰래 이번 생 마지막 작별 인사라도 하고 오자는 생각에 쓴웃음 지으며, 철물점 앞까지 가, 문득 보니, 입구의 자물쇠가 풀려 있다. 그리고 문이 두세 치(6~9cm) 열려 있다. 하늘이 도왔다! 하며 용기백배, 벌커덕! 하는 품위 없는 의성어라도 써야 할 만큼 힘을 주어 유리문을 밀어젖히며,

"계십니까! 계세요?"

"예." 하고 안쪽에서 대답 소리가 나더니 세일러복을 입은 열네댓 살 소녀가 얼굴을 내민다. 나는, 그 소녀 얼굴을 보자, 다케의 얼굴이 또렷이 떠올랐다. 이제는 망설이지 않고, 봉당 안쪽 그 소녀 옆까지 다가가,

"가나기에서 온 쓰시마 슈지라고 해." 나는 이름을 댔다.

소녀는, 아아, 하더니 웃는다. 쓰시마 집안 아이를 키웠다는 걸, 다케는, 자기 아이들에게도 진작부터 말해주었을지

모른다。이미 그것만으로、나와 이 소녀 사이에、모든 서먹함이 사라졌다。다행이라는 생각이 들었다。나는、다케의 자식이다。하녀의 자식이든 뭐든 상관없어。나는 큰소리로 말할 수 있다。나는、다케의 자식이다。형들이 경멸해도 상관없어。나는 이 소녀와 남매다。

“아이구、살았다。” 나는 그만 엉겁결에 그렇게 내뱉고는、“엄마는? 아직도、운동회?”

“응。” 소녀도 나에게 털끝만큼의 경계심도 부끄러움도 없이、차분하게 고개를 끄덕이며、“난 배가 아파서、지금、약 가지러 온 거야。”

미안하다만、배가 아파서、다행이야。배탈에 감사한다。이 아이를 붙잡았으니、이제 안심이다。틀림없이 다케를 만날 수 있다。이제 하늘이 무너져도 이 아이만 붙잡고、늘어지면 된다。

“한참 운동장을 찾아다녔는데、못 봤네。”

“응。” 하고 대답하고 희미하게 고개를 끄덕이며、배를 누른다。

“아직도 아파?”

"조금。"

"약 먹었어?"

말없이 끄덕인다。

"배 많이 아파?"

웃으며 도리질을 한다。

"그러면、부탁 좀 하자。나를、엄마한테 데려다줘。너도 배 아픈 건 아는데、나도 멀리서 왔거든。걸을 수 있겠어?"

"응。" 하고 힘차게 고개를 끄덕였다。

"장하다、장해! 그럼 부탁해。"

응、응、하고 두 번 연달아 고개를 끄덕이고는、곧장 봉당으로 내려와 게다를 꿰신더니、배를 꾸욱 누른 채、몸을 꺽쇠(<) 모양으로 구부리고 집을 나섰다。

"운동회에서 달리기 했어?"

"했어。"

"상 받았어?"

"못 받았어。"

배에 손을 얹고서、성큼성큼 내 앞을 걸어간다。또다시 논두렁길을 지나자、모래언덕이 나오고、학교 뒤로 돌아가、운동장 한가운데를 가로질러, 그리고 종종종종 뛰더니, 어느 천막으로 들어가는, 소녀와 엇갈리며, 다케가 나왔다. 다케는, 넋 나간 눈빛으로 나를 바라보았다.

"나 슈지야." 나는 웃으며 모자를 벗었다.

"어머나." 그게 다였다. 웃지도 않는다. 표정이 심각하다. 하지만, 곧 그 뻣뻣하게 굳은 자세를 풀고 언제 그랬냐는 듯, 체념한 듯, 묘하게 여린 말투로, "자, 들어와, 운동회 보자." 하고 말하고는, 천막으로 데리고 들어가더니, "여기 앉아." 하면서 자기 옆에 앉힌다.

다케는 그 말뿐. 더는 아무 말도 없이, 똑바로 무릎을 꿇고 앉아 몸뻬 바지 둥그런 무릎 위에 단정히 두 주먹을 올려두고, 아이들 달리기 하는 모습을 열심히 보고 있다. 그래도, 나는 아무런 불만이 없다. 완전히, 이제, 마음을 놓아버렸다. 발을 쭉 뻗고, 멍하니 운동회를 보며, 가슴속에, 하나도 떠오르는 생각이 없다. 이제, 아무래도 좋다, 그런 걱정 근심 없는 잔잔함. 평화란, 그런 상태를 말하는 것일까? 만약, 그렇다면, 나는 이때, 난생 처음 마음의 평화를 체험했다 해도 좋으리라. 작년에 돌아가신 나를 낳아준 어머니는,

고도마리에 사는
다케의 얼굴

기품 있고 온화한 좋은 어머니였지만, 이렇게 신비로운 안도감을 내게 주지는 않았다. 세상 어머니란 존재는, 모두, 아이들에게 달콤하리만치 편안한 휴식을 주는 존재일까? 그렇다면, 참, 무슨 수를 써서라도, 효도를 하고 싶어질 것이다. 그렇게 고마운 어머니라는 존재가 있으면서, 병이 들거나, 게으름을 피우는 녀석들의 마음을 모르겠다. 효도는 자연스러운 마음이다. 윤리가 아니라.

다케의 뺨은, 여전히 빨갛고, 그리고 오른쪽 눈꺼풀 위에, 양귀비씨만한 작고 빨간 점이, 그대로 있다. 머리에 새치도 있지만, 그래도, 지금 내 옆에 단정히 앉아 있는 다케는, 내 어린 시절 추억 속 다케와, 조금도 다르지 않다.

나중에 들은 이야기, 다케가 우리 집에 일하러 와서, 나를 처음 업은 게, 내가 세 살, 다케가 열네 살 때였다고 한다. 그 후로 6년 동안 나를, 다케가 기르고 가르쳤는데, 그런데, 내 추억 속 다케는, 결코 그런, 어린 소녀가 아니라, 지금 눈앞에 있는 이 다케와 요만큼도 다르지 않은 어른스러운 사람이었다. 이것도 나중에, 다케한테 들은 이야기인데, 그날, 다케가 두른 붓꽃 무늬 짙푸른 오비는, 우리 집에서 일하던 시절에도 했던 것이고, 또, 연보랏빛 덧깃[1]도, 역시나 그때, 우리 집에서 받은 것이라고 한다. 그래서 그랬는지 몰라도, 다케는, 내 추억과 꼭 닮은 분위기를 띠며 앉아 있다. 아마 팔이 안으로 굽어서 그렇겠지만, 다케한테서는 이 어촌 다른 아바(아야의 Femme)들과는, 전혀 다른 도도함이 느껴졌다. 새로 지은 웃옷은, 손으로 짠 줄무늬 무명천, 그것과 같은 천으로 만든 몸빼 바지를 입었는데, 그 줄무늬가, 아무러면, 세련되기야 하겠냐만, 그래도, 취향이 확실하다. 촌스럽지 않다. 전체적으로, 뭔가, 분위기가 강하다.

나 역시, 언제까지고 잠자코 있으려니, 얼마 안 가 다케는, 똑바로 운동회를 응시하면서, 어깨에 파도가 치듯 깊고 긴 한숨을 내쉬었다. 다케도 무덤덤한 건 아니로구나, 하고 나는 그때 처음 알았다. 하지만, 역시 나는 잠자코 있었다.

다케는, 문득 정신이 들었는지,

"뭐 좀, 먹을래?" 하고 나에게 말했다.

"됐어." 나는 답했다. 정말, 아무것도 먹고 싶지 않았다.

"떡 있는데." 다케는, 천막 구석에 치워둔 찬합에 손을 얹

---

1 기모노 깃이 더러워지는 것을 방지하기 위해 덧댄 깃. 떼었다 붙였다 할 수 있고 세탁이 용이하다.

으며 말했다.

"괜찮아. 생각 없어."

다케는 가볍게 고개를 끄덕이더니 더는 권하지 않는다.

"떡이 아니겠지." 하고 작게 속삭이며 미소를 짓는다. 30년 가까이 서로 소식이 끊겼어도, 내가 술꾼이라는 사실을 잘 알고 있는 것 같다. 신기하다. 내가 싱글싱글 웃고만 있으니, 다케는 눈살을 찌푸리며,

"담배도 펴? 아까부터, 계속 피던데. 난, 너한테 책 읽는 건 가르쳐줬지만, 담배나 술 같은 건, 가르친 적 없는데." 하고 말했다. 방심은 금물이라는 말은 바로 이것. 나는 웃음을 거두었다.

내가 끝내 꿍한 표정을 지어버리니, 이번에는, 다케가 웃으며, 일어나서는,

"용왕님 벚꽃이라도 보러 갈까? 응?" 하고 나에게 물었다.

"어어, 가자."

나는, 다케 뒤를 따라 천막 뒤 모래 산을 올랐다. 모래 산에, 제비꽃이 피었다. 키 작은 등나무 덩굴도, 넓게 뻗어 있다. 다케는 말없이 올라간다. 나도 아무 말 하지 않고, 어슬

렁어슬렁 뒤따라 걸었다。모래 산에 다 올라、완만한 내리막을 줄줄 내려가면 용왕님 숲이라는 곳이 나오는데、그 숲 오솔길 곳곳에 겹벚꽃이 피었다。다케가、갑자기、휙 하고 손을 뻗어 겹벚꽃나무 잔가지를 꺾어 들더니、가지에 달린 꽃을 떼어 땅바닥에 떨어뜨리며 걸어가다가、그리고 멈춰 서서는、홱 내 쪽으로 돌아섰는데、별안간에、둑이 터진 것처럼 말문이 터졌다。

“오랜만이야。처음엔、몰랐어。가나기에서 쓰시마 씨가 왔다고、우리 애가 그러는데、설마 했지。설마、올 거라고는 생각도 못했거든。천막에서 나와 니 얼굴을 봤는데도、모르겠더라。나 슈지야、하니까、어머나、하고、그러고는、말문이 막혀버렸어。운동회고 뭐고 눈에 들어오지가 않더라구。30년 가까이、난 니가 보고 싶어서、볼 수 있을까、만날 수 있을까、그 생각만 하면서 살았는데、이렇게 멋지게 커서、내가 보고 싶어서、멀고 먼 고도마리까지 찾아온 건가 생각하니、고마운 건지、기쁜 건지、슬픈 건지、그런 게、무슨 상관이니、아、잘 왔어、가나기 집에 일하러 갔을 때、넌、아장아장 걷다가 넘어지고、아장아장 걷다가 넘어지고、아직 잘 걷지도 못하고、밥 먹을 때는 밥그릇을 들고 여기저기 돌아다니다가、창고 돌계단 아래서 먹는 걸 제일 좋아하고、나한테 옛날이야기를 해달라고 조르고、내 얼굴을 빤히 쳐다보면서 밥을 떠먹여달라고 하고、손도 많이 갔지만、귀여웠지、근데 이렇게 어른이 되다니、전부 꿈만 같아。가나기에도、가끔 갔었는데、가나기 길거리를 지나가면서、어쩌면 니가 그 근처에서 놀고 있지는 않을까 하고、너랑 같은 또래 남자 아이를 하나하나 쳐다보면서 걷곤 했지。잘 왔어。" 하고 한마디、한마디、말할 때마다、손에 든 벚나무 작은 가지에 달린 꽃을 정신없이、떼어서 버리고、떼어서 버리고、그러고 있다。

"아이는?"

끝내 그 작은 가지도 꺾어서 버리더니、두 팔을 쭉 펴 몸뻬 바지를 추켜올리며、"아이는、몇이야?"

나는 오솔길 곁에 서 있는 삼나무에 살짝 기대어、하나、하고 대답했다。

"아들? 딸?"

"딸。"

"몇 살?"

자꾸자꾸 연달아 질문을 한다。나는 다케의、그렇게 거세고 거침없는 애정 표현을 보고、아아、나는、다케를 닮았구나、하고 생각했다。형제들 중에서、나 혼자、거칠고、막돼먹은 구석이 있는 것은、나를 길러준 이 애처로운 어버이의 영향이었다는 사실을 깨달았다。나는、그때 처음、내가 어떻게 자랐는지에 대한 본질을 분명히 알게 되었다。나는 결코、곱게 자라지 않았다。어딘가 부잣집 자식답지 않은 데가 있었다。보라、내가 잊지 못하는 사람은、아오모리의 T군、고쇼가와라의 나카하타 씨、가나기의 아야、그리고 고도마리의 다케。아야는 지금도 우리 집에서 일하고 있지만、나머지도、그 옛날 한때는、우리 집에서 일하던 사람들이다。나는、그들과 친구다。

아무튼、옛 성인의 획린[(1)]을 흉내 내는 것은 아니지만、전쟁 중의 쓰가루 여행기는、작가의 획우[(2)]를 고백하는 것으로、일단 펜을 멈추어도 큰 지장은 없으리라。아직 쓰고 싶은 이야기가、이것저것 더 있지만、쓰가루의 생생한 분위기

1〈춘추〉에 나오는 말로, 기린을 잡았다(얻었다)는 뜻. 글을 끝맺거나 절필할 때 흔히 쓴다. 공자가 쓴 노나라 역사서 〈춘추〉는 '서쪽에서 기린을 사냥해 잡았다'는 말로 끝이 나는데, 기린은 성인군자와 함께 나타난다는 상서로운 짐승임에도 사람들이 이를 알아보지 못하고 잡아 죽인 참혹한 현실을 한탄하며 〈춘추〉의 저술을 그만두었다고 한다.

2공자의 〈획린〉을 흉내 낸 말로 친구를 얻었다는 이야기로 끝을 맺는다는 뜻.

는、이로써 대충 다 전한 것 같다。나는 허세를 부리지 않았다。독자를 속이지도 않았다。잘 있거라、독자여。목숨 붙어 있거든 훗날 다시 만나리。힘내서 가자구。절망하지 말어。

그럼、이만。

-(끝)-

다자이와 다케가 만난 장소에 세워진 기념상. 다자이의 당시 여행 복장을 알 수 있다.

다자이의 그 거지 같은 여행 복장은 일본 정부가 제정한 국민복이었다.

일본의 전통 의상

하오리

기모노

조리

하카마

게다

여성용 국민복

몸뻬

다자이가 동경한 옷차림(중학교 시절 낙서)

에도 시대 소방수들의 복장(검정 쫄바지)

일본의 전통 난방 겸 조리 시설 이로리

쥬니히토에

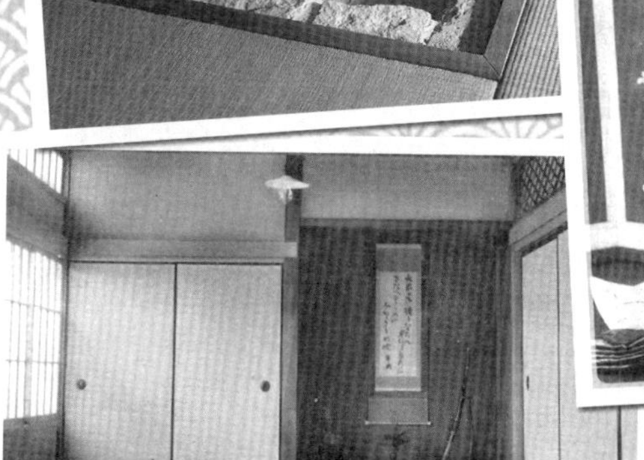

도코노마

중학생 다자이
동생
N군

대학생 다자이
N군

고등학생 다자이

다자이(슈지)
동생 레이지
셋째형 케이지
둘째형 분지
큰형 에이지

6세 다자이
구루메가스리 기모노
줄무늬 하카마

가나기의 고향집

쓰가루 평야에서 바라본 이와키 산

가족 사진

닭장으로 착각했던 닷피 마을 어귀

닷피 곶에서 바라본 오비 섬

간란산에서 술판을 벌였던 자리에 세워진 기념비

전갱이가 많이 잡힌다는 아지가사와 풍경

기즈쿠리의 고모히

고도마리에서 열린 운동회(1960년대)

그냥 돌아갈까 망설이던 버스 터미널

고도마리의 다케

29세 때의 다케

다자이 오사무 소설 〈쓰가루〉 등장인물 사진전 팸플릿

도미 사건을 일으킨 요리사를 찾았다는 신문 기사

（平成30年）12月23日 日曜日

交差点

外ヶ浜

「私はそれを一尾の原形のままで焼いてもらって、そうしてそれを大皿に載せて眺めたかったのである。（中略）いま思い出しても、あの鯛は、くやしい」―。本県の文豪・太宰治の小説「津軽」の一こま。太宰が丸焼きで頼んだ大きなタイを切り身にされ、へそを曲げてしまった「鯛事件」だ。太宰のタイを切ったのは誰か。このほど、元三厩村役場総務課職員だった外ヶ浜町三厩の牧野和香子さん(67)が1年に及ぶ独自調査を行い、ついに調理人を探し当てた。（泉匠鈸）

小説「津軽」の鯛事件　丸焼きのはずが切り身に

太宰憤怒の調理人特定

牧野さん（元三厩村職員）1年がかり

丸山旅館でお手伝いとして働いていた左んこさん（牧野さん提供）

太宰が宿泊した丸山旅館のあ…

도미를 다섯 토막으로 잘라서 구운 이유는 화로가 너무 작아서 두 자(60cm)나 되는 커다란 도미를 통째로 구울 수 없었기 때문이라고.

도쿄 미타카 역 건널목 앞에서

|| 다자이 오사무 ||

다자이 오사무。본명 쓰시마 슈지는 1909년 6월 19일、아오모리현 기타쓰가루 군 가나기라는 마을에서 열한 남매 중 열 번째 아이、여섯 번째 아들로 태어났습니다。쓰시마 가문은 증조부 때부터 소작과 고리대금업으로 막대한 부를 쌓은 신흥지주로、다자이가 태어났을 무렵에는 은행과 철도 사업까지 진출하였으며 이렇게 축적한 거대자본을 이용해 정계에도 영향력을 행사하는、이른바 아오모리 굴지의 명문가로 이름을 떨쳤습니다。

쓰가루 평야 한복판、인구 5천의 작은 마을 가나기에서、쓰시마 가문은 영주와 다름없었습니다。600백 평 대지에 둘러쳐진 높이 4미터의 벽돌담、그 위로 솟아오른 대저택의 붉은 지붕은 궁궐을 방불케 했습니다. 저택 안뜰에는 추수한 곡식으로 넘쳐나는 창고와 스무 개가 넘는 방이 있었음에도, 쓰시마 가문의 여섯 번째 도련님 슈지의 방은 어디에도 없었습니다. 병약한 어머니에게서 태어난 다자이는 유모의 젖을 먹고 자랐고, 남편과 사별한 후 쓰시마 가문에 몸을 의지하고 있던 이모 기에가 그를 친자식처럼 돌봐주었습니다. 가부장적인 아버지는 정치 활동과 맏형 분지를 후계자로 키우는 일로 항상 바빴기 때문에, 다자이는 집안일을 돌보는 하인들과 가깝게 지내며 그들 속으로 섞여 들어갔습니다.

가나기 심상소학교를 거쳐 현립 아오모리 중학교에 입학한 다자이는 친척 집에 머무르며 학교에 다녔습니다. 중학교를 우수한 성적으로 졸업하고 진학한 히로사키 고등학교는 전원 기숙사 생활을 해야 하는 규칙이 있었으나, 부잣집 도련님 다자이만은 예외였습니다. 그는 집을 떠나 친척집을 전전하면서 비로소 자기 방을 갖게 되었고, 그때부터 문학의 길을 꿈꾸었습니다. 존경해 마지않던 아쿠타가와 류노스케의 음독자살 소식이 들려올 즈음, 성실한 학생이었던 다자이는 친구들과 어울려 아오모리의 요정에 드나들며 소설을 논하는 멋쟁이 문학청년이 되어 있었습니다. 고등학교 2학년 때는 급우들과 함께 문학잡지 『세포문예』를 간행하였고 그 밖의 여러 문학잡지에 이런 저런 가명으로 글을 발표하며 본격적인 창작활동을 시작했습니다。그리고 때마침 유행하기 시작한 좌익사상에 매력을 느꼈지만 프롤레타리아 혁명을 추구하는 좌익이념과 대지주의 아들이라는 본인의 신분이 충돌하는 현실에 혼란을 느낀 다자이는 수면제를 다량 복용하여 자살을 기도했다가 미수에 그쳤습니다。

그 후、1930년、21세 나이로 도쿄제국대학 불문과에 입학하여 도쿄에서 하숙생활을 시작했고 중학교 시절부터 존경하던 소설가 이부세 마스지를 찾아가 그의 제자가 되었습니다。그해 가을、고교 시절부터 알고 지내던 게이샤 오야마 하쓰요가 다자이를 찾아 도쿄로 올라왔고、둘은 동거를 하게 되었습니다。이 소식을 듣고 맏형 분지가 급히 상경했지만 다자이의 마음을 바꿀 수는 없었습니다。지방의 유력 명문가로서 도저히 용납할 수 없는 일이었기에 분지는 다자이를 호적에서 제적하였습니다。훗날 정식으로 결혼식을 올린다는 조건으로 일단 하쓰요를 아오모리로 돌려보낸 다자이는 그해 11월、긴자의 술집 종업원 다나베 시메코와 가마쿠라 앞바다에 투신하여 동반자살을 기도했습니다。그러나 시메코만 죽고 다자이는 살아남아 자살방조 혐의로 조사를 받았는데, 맏형이 손을 써서 기소유예로 풀려날 수 있었습니다. 이후 다자이와 하쓰요는 쓰가루 산속 여관에서 둘만의 결혼식을 올렸습니다. 그리고 이듬해 2월, 도쿄 시나가와에 신혼방을 차렸고 맏형 분지에게 사정하여 다달이 생활비를 받아 살림을 꾸려 나갔습니다.

도쿄제국대학 학생이기는 했지만 문학가의 길을 걷기로 마음먹은 이상 꼭 졸업해야 할 이유는 없었습니다. 수업도 거의 듣지 않고 밤낮없이 긴자 거리를 방황했고, 도서관에서 대출한 책을 읽으며 훗날 『만년』이라는 책으로 엮여 나올 작품들을 드문드문 써 내려갔습니다. 생활고와 미래에 대한 불안감에 술로 하루를 보내던 다자이는 건강이 급격히 악화되었고, 그 무렵에 폐병을 얻었습니다. 하지만 일생의 문우들인 야마기시 가이시, 단 가즈오, 이마 하루베, 쓰무라 노부오, 곤 간이치, 나카하라 츄야 등과 함께 동인잡지 『푸른 꽃』을 창간했습니다. 『푸른 꽃』은 창간호를 끝으로 폐간되고 말았으나, 이후 『일본낭만파』에 합류하여 작품 활동을 이어 나가는 계기가 되었습니다.

27세가 되던 1935년 3월, 다자이는 어느 신문사에 입사지원을 했지만 탈락의 고배를 마시게 되었고, 이에 실망한 나머지

가마쿠라에서 목을 매 자살을 시도했지만 그마저도 실패를 했습니다. 그 후 맹장염에 걸려 병원에 입원하여 치료를 받았는데 복막염으로 발전하여 중태에 빠졌고, 본가의 지원을 받아 치료 후 요양을 위해 치바현 후나바시로 거처를 옮겼습니다. 단칸 하숙방을 전전하던 다자이에게 처음으로 허락된 단독주택이었습니다. 하지만 다자이는 진통제로 처방된 파비날에 중독되었고, 파비날 중독은 앞으로 다자이의 인생과 문학에 커다란 영향을 끼치게 됩니다. 후나바시에 머문 1년 3개월 동안 다자이의 몸과 마음은 약에 찌들어 갔습니다. 다자이는 약을 사기 위해 지인들을 찾아다니며 갚을 기약 없는 돈을 빌렸고 빚은 점점 늘어났습니다.

여름이 한창인 8월이었습니다. 지난 2월에 발표한 작품 『역행』이 제1회 아쿠타가와상 후보에 올랐습니다. 상금은 5백엔. 다자이는 그 돈이 꼭 필요했습니다. 다급한 나머지 아쿠타가와상 심사위원 사토 하루오를 찾아가 당선을 종용하는 등 그의 언동은 이미 정상이 아니었습니다. 비록 『역행』은 차석에 그쳤지만 이를 계기로 다자이는 『문예춘추』 등 유력 문학지에서도 원고 의뢰를 받게 되었습니다. 다자이의 불안정한 심리상태를 염려한 지인들의 도움으로, 약물에 중독된 상태로 목숨을 걸고 써 내려간 유서와도 같은 작품들이 『만년』이라는 한 권의 책이 되어 출판되었습니다。 파비날 중독 시기에 쓴 독특한 발상과 특이한 문체의 이 작품들은 약물중독 당시 다자이의 심경을 잘 나타내고 있습니다。 출판기념회에 모인 문인들은 심신이 피폐해진 다자이의 몰골을 보고 깜짝 놀랐습니다。 그로부터 석 달 후、스승 이부세 마스지의 권유로 다자이는 정신병원에 입원하여 약물중독 치료를 받았습니다。 이때 느낀 좌절감은 『HUMAN LOST』라는 작품에 고스란히 나타나 있습니다。 하지만 병원에 입원한 사이、먼 친척이자 친구처럼 지내던 서양화가 고다테 젠시로와 아내 하쓰요가 간통한 사실을 알게 되었고、충격을 받은 다자이는 이러지도 저러지도 못하다가 결국 하쓰요와 함께 군마현 산속에서 수면제를 먹고 자살을 기도했습니다。 그러나 역시 실패했고、도쿄로 돌아오자마자 그녀와 이혼을 했습니다。 하쓰요와 이별한 다자이는 동료 문인들과 여행을 다니며 그동안 지친 몸과 마음을 추슬렀습니다。 그러나 약물중독으로 정신병원에 입원했다는 사실이 알려지자 원고 청탁은 완전히 끊겼습니다。

1938년。 다자이 오사무、29세。 문학가로 살아갈 것을 다짐한 그는 스승 이부세 마스지가 머물렀던 미사카 고개의 한 찻

집으로 가서 다시 집필활동을 시작했습니다。 그리고 이부세 마스지의 소개로 일생의 반려 이시하라 미치코를 만나 이듬해 결혼식을 올리고 처가가 있는 고후에서 신혼살림을 시작했습니다。 그리고 가을、도쿄 미타카로 거처를 옮겼습니다。 평화로운 가정、안정된 생활、규칙적인 집필。 작품이 속속 발표되었습니다。『부악백경』『여학생』『유다의 고백』『달려라 메로스』『신햄릿』『동경팔경』『치요조』 등 수작이 쏟아져 나왔습니다。 다자이 인생의 황금기였습니다。 그의 곁에는 성실한 아내와 우여곡절마다 함께해 준 스승 이부세 마스지、일생의 벗들이 있었고 다자이를 만나고자 각지에서 소설가 지망생들이 미타카로 몰려들었습니다。 33세 되던 해、장녀 소노코가 태어났습니다。 세상에 부러울 것이 없었습니다。 곧이어 불어닥친 전쟁의 바람에도 다자이는 집필을 멈추지 않았습니다。

하지만 패색이 짙어지던 전쟁 말기、공습으로 불탄 미타카 집을 떠나 처가가 있는 고후로、고후에서 다시 고향 쓰가루로、피난을 가야만 했습니다。 1946년 말、다자이는 미타카로 다시 돌아왔습니다。 전쟁으로 생긴 공백을 메우려는 듯 신문과 잡지가 속속 창간되었고、저널리즘의 총아가 된 다자이에게 원고 청탁이 쇄도했습니다。 하루가 멀다 하고 찾아오는 방문객을 피해 아침 아홉 시에 집을 나와 비밀 작업실에서 오후 세 시까지 글을 썼으며, 하루 작업량은 원고지 다섯 장. 꾸준했습니다. 『메리크리스마스』 『비용의 아내』 『범인』 등이 이 시기에 완성되었습니다. 일이 끝나면 미타카역 앞 장어구이집에 앉아 술을 마셨고, 친구나 기자들은 약속도 없이 장어구이집으로 찾아와 다자이를 만났습니다. 그는 특유의 화법으로 방문객들을 웃겨 주는 서비스를 잊지 않았습니다.

1947년 2월, 38세. 다자이는 가나가와현에 사는 오타 시즈코라는 여성을 찾아가 그곳에서 며칠을 머물며 몰락한 귀족을 주인공으로 한 소설의 초안을 작성했습니다. 그리고 이즈 반도의 여관을 전전하며 1장과 2장을 집필, 미타카 작업실에서 나머지를 완성하여 7월에 발표했습니다. 소설의 제목은 『사양』. 어마어마한 반응을 일으키며 흥행에 성공했고 다자이는 단숨에 인기 작가 반열에 올랐습니다. 오타 시즈코의 일기장에서 모티브를 얻었다고는 하나, 패전 직후 농지개혁으로 몰락한 쓰시마 가문에 대한 애잔함도 분명 집필의 주된 동기였을 것입니다. 그리고 11월, 오타 시즈코와의 사이에서 딸 하루코가 태어났습니다.

『사양』 발표 후 시작된 지독한 불면증과 나날이 심해지는 각혈, 다자이는 죽음을 직감했습니다. 그리고 자신의 문학과 삶의 총결산인 『인간실격』의 집필에 혼신을 다했습니다. 『인간실격』은 1948년 3월에 집필을 시작하여 5월 하순에 완성되었고 문학잡지 『전망』 6월호에 3부작으로 연재될 예정이었습니다. 1회부터 폭발적인 반응이 나왔습니다. 일본이 들끓었습니다. 하지만 다자이는 이미 이 세상 사람이 아니었습니다.

6월 13일, 다자이는 전쟁 미망인이었던 야마자키 도미에와 몸을 묶고 다마가와죠스이 수로에 몸을 던져 함께 목숨을 끊고 말았습니다. 때마침 내린 비로 물이 불어 수색에 어려움을 겪다가 며칠 후인 6월 19일, 하류에서 시체가 발견되었는데, 공교롭게도 그의 생일이었습니다. 책상 위에는 아사히신문에 연재하기로 한 소설 『굿바이』의 미완성 원고와, 아내와 친구에게 남긴 유서, 아이들에게 줄 장난감이 놓여 있었습니다.

다자이 오사무. 향년 39세.

그렇게, 모든 것이, 지나갔습니다.

도쿄 미타카 역과 무사시사카이 역 사이의 구름다리 위에서

|| 주변 사람들이 말하는 다자이 오사무 ||

● 처자

(妻) 쓰시마 미치코. 결혼 전 성은 이시하라. 고등학교 교사(였다).

(女) 쓰시마 소노코.

(子) 쓰시마 마사키. 다운증후군이었다. 15세에 폐렴으로 사망.

(女) 쓰시마 유코. 본명은 사토코. 소설가.

(女) 오타 하루코. 내연녀 오타 시즈코가 낳은 딸. 소설가.

● 직업

소설가. 1935년 「문예」 2월호 소설 「역행」으로 등단. 대표작은 「부악백경(1939)」 「달려라 메로스(1940)」 「쓰가루(1944)」 「비용의 아내(1947)」 「사양(1947)」, 인간실격(1948)」 등.

● 키

179cm. 당시로선 굉장히 큰 키였는데 약간 새우등이라 앞으로 고꾸라질 듯 구부정해서 그리 훤칠해 보이지는 않았다.

● **몸무게**

55kg. 마른 편.

● **신발 사이즈**

270mm. 발이 매우 빨랐다. 소싯적 친구들 사이에서 별명이 '송골매 긴지'인데 싸움만 났다 하면 날쌔게 도망친다 하여 그렇다나? 책상에 앉을 때 한쪽 무릎을 세우고 앉는 버릇이 있어서 방석 커버가 곧잘 찢어졌다.

● **얼굴**

코가 커서 고민. 정면에서 보면 가뜩이나 큰 코가 더 커 보여서 정면 사진보다는 옆얼굴 사진이 많다. 코 이야기를 하자면 단호히 거부! 근시였지만 안경을 쓰는 걸 싫어했다. 정수리가납작했다고.

● **손가락**

손이 매끈하고 손가락이 길었다. 동료들은 '붓을 잡기 위해 태어난 사람의 손'이라고 찬양. 집게손가락 세 번째 마디에 펜 때문에 생긴 굳은살이 있었다.

● **담배**

뻑뻑뻑 소리를 내며 빨았지만 끌 때는 조심조심 재떨이에 비벼 껐다. 필터가 없는 양절 담배를 좋아했고 즐겨 피운 담배는 골든배트, 카멜, 피스. 하루에 골든배트 대여섯 갑을 피우기도. 담뱃진 때문인지 집게손가락 끝이 누랬고 서재 유리창을 닦으면 시커먼 때가 묻어 나왔다.

● **목소리**

쓰가루 사투리 때문인지 의치 때문인지 발음이 그다지 좋지 않았다. 목소리도 담배 연기 같았다(?)는 부인 미치코 여사의 회상.

● **좋아하는 음식**

바나나. 연어알 낫토(낫토를 넣고 비빈 밥에 연어알을 얹고 간장을 살짝), 데운 두부, 술. 부드러운 음식을 좋아한 이유는 이가 좋지 않아서(자기 이빨이 거의 없었다고). 술은 주로 정종, 위스키를 즐겨 마셨고, 안주는 닭꼬치에 산초가루 듬뿍!

● **젓가락질의 명수**

젓가락을 기가 막히게 다루었다. 특히 젓가락 끝으로 생선을 발라 먹는 솜씨가 일품. 한번 젓가락을 대면 살점 하나 남기지 않고 깨끗이 먹어치웠다. "그렇게 젓가락 잘 쓰는 사람도 드물 거예요." 라는 미치코 여사의 말. 그러나 성격이 급하고 짜증이 많은 성격이라 잔가시가 많은 생선은 질색. "청어도 좋긴 한데 가시가 많아서……." 라고 푸념을 늘어놓기도.

● **고향에 대한 자부심(집착?)**

맛만 있으면 뭐든 잘 먹어서, 참치 뱃살이든, 꽁치 내장이든 다 잘 먹었는데, 전쟁 중이라 먹을거리가 여의치 않으면 "음식은 역시 쓰가루 음식이지, 재료든 요리법이든 뭐든 쓰가루가 최고지." 하며 투정을 부렸고, 고향에서 먹을 걸 보내주기라도 하면 어린애처럼 좋아했다. 특히 털게.

● **된장국**

스승 이부세 마스지, 동료 작가들과 함께 여행을 한 적이 있는데 사람들 눈을 피해 된장국 여섯 그릇을 비우는 장면이 목격되었다. 그러자 "들켰네." 하며 웃더란다. 고등학교 시절, 보온병에 된장국을 담아(세 그릇 정도), 도시락과 함께 들고 다녔다.

● **아지노모토(미원)**

"내가, 절대적으로, 확신하는 건 아지노모토뿐"이라며 통조림 연어

위에 아지노모토를 사정없이 뿌렸다. 웩.

● **식성**

미치코 여사 왈, "체질 때문에 그런지, 머리를 쓰는 직업이라서 그런지, 고기나 생선, 내장 같은 걸 특히 좋아했어요. 저는 먹을거리를 구하느라 매일 미타카 시장을 뛰어다녔지요. 식료품점 주인한테 계란을 매일 사먹느냐, 며 한소리 듣기도 했는데……. 닭은 백숙을 좋아했어요."

● **술**

"오직 술만이 나를 살아있게 해준다." 다자이를 말하는 데 있어 빼놓을 수 없는 것이, 바로 술. 「술이 싫다」 「금주의 다짐」 「술의 추억」 등 술에 대한 글을 많이 썼는데, "두부는 술독을 풀어준다"거나 "된장국은 담배 독을 빼준다"는 말도 안 되는 명언을 남겼다.

● **장서**

그런 거 없다. 책장도 없는데 장서는 무슨. 늘 곁에 두고 보는 책? 손님이 오면 책을 선물로 줘버리는 바람에 그때그때 바뀌었다. 작고 가벼운 책을 좋아해서 일할 때 필요한 책은 될 수 있으면 헌책방에서 문고본으로 구입했다.

● **작업**

미타카에 정착한 후 규칙적으로 글을 썼다. 아침 아홉 시부터, 세 시간에서 여섯 시간, 원고지 대여섯 장. 다 쓰면 대낮이라도 동네 술집으로. 다자이 작품의 3분의 2가 미타카 시절에 탄생했다. 작업실의 위치를 집에는 알리지 않았다고.

● **신문**

아사히신문만 읽었는데, 한 글자도 빠뜨리지 않고 읽었다. 앉으나

서나 소설 생각뿐이라, 신문에서 소설의 실마리라도 찾아볼까 했던 것 같다, 고 미치코 여사.

● 맥주병

수영을 전혀 못해서 항상 "나 수영 못해. 나 맥주병이야." 하며 혼자 심각했다.

● 목욕 마니아

둘째가라면 서러울 정도로 목욕을 좋아했다. 대표작은 거의 온천 여관에서 탄생하거나 완성되었다.

1940년 시마 온천에서 스승 이부세 마스지와 함께

1판 1쇄 2021년 5월 25일

지 은 이 다자이 오사무
옮 긴 이 김동근
발 행 처 소와다리
주 소 인천광역시 남구 구월로 40번길 6-21번지 3가동 302호
대표전화 0505-719-7787
팩시밀리 0505-719-7788
출판등록 제2011-000015호(2011년 8월 3일)
이 메 일 sowadari@naver.com

※잘못 만들어진 책은 구입하신 서점을 통해 바꾸어드립니다.

ISBN 978-89-98046-91-0 (04830)